AZIYADÉ

PIERRE LOTI

AZIYADÉ

EXTRAIT DES NOTES ET LETTRES
D'UN LIEUTENANT
DE LA MARINE ANGLAISE
ENTRÉ AU SERVICE DE LA TURQUIE
LE 10 MAI 1876
TUÉ DANS LES MURS DE KARS, LE 27 OCTOBRE 1877

Préface, Bibliographie, Chronologie et Notes
de Bruno VERCIER

GF Flammarion

© 1989, FLAMMARION, Paris.
ISBN 2-08-070550-4

PRÉFACE

Dans Lorient désert

« Novembre 1877. Enfin, toutes mes démarches pour retourner en Turquie ont abouti à me faire expédier à Lorient où je perche dans un garni de hasard. » Celui qui écrit ces phrases dans son Journal[1] s'appelle Julien Viaud. Il a 27 ans, il est officier de marine, il revient de Constantinople où son navire (la *Couronne,* puis le *Gladiateur*) patrouillait au large des côtes turques et dans le Bosphore après l'assassinat des consuls de France et d'Allemagne.

Depuis quelques jours, ou quelques semaines, le manuscrit de son premier roman a été déposé chez un éditeur parisien, Dentu. Julien Viaud y raconte la vie qu'il a menée en Turquie car il était plus souvent à terre qu'à bord. Le manuscrit est intitulé *Béhidgé*, du nom de l'héroïne principale : cette histoire est un roman d'amour, pour une femme, pour une ville, pour tout un peuple. Dans le roman, J. V. a imaginé qu'il était « un lieutenant de la marine anglaise » et qu'à la fin il retournait en Turquie pour retrouver Béhidgé. Mais trop tard, elle est morte de chagrin. L'officier anglais, devenu officier de l'armée turque, est tué dans la guerre avec la Russie « sous les murs de Kars » le 27 octobre 1877. Le nom de ce personnage est Loti. Il n'a pas de prénom.

---

* Calmann, frère de Michel Lévy décédé en 1875, dirige alors la maison d'édition. Ce n'est que vers la fin du siècle que la graphie Calmann-Lévy, avec le tiret, sera adoptée.

Bientôt le manuscrit va être accepté par un autre éditeur, Calmann Lévy *. Le 16 février 1878, le contrat sera signé par Lucien Jousselin « agissant tant en son nom personnel qu'au nom de M. Viaud ». Lucien Jousselin est aussi officier de marine, c'est un ami de Julien Viaud. Le livre sera publié en janvier 1879. Sans nom d'auteur. Il a changé de titre : maintenant il s'appelle *Aziyadé*. Avec un long sous-titre : « Extrait des Notes et Lettres d'un lieutenant de la marine anglaise entré au service de la Turquie le 10 mai 1876 tué sous les murs de Kars, le 27 octobre 1877. »

Quelques années plus tard — entre-temps il a publié un deuxième livre *Le Mariage de Loti* « par l'auteur d'*Aziyadé* », qui, à la différence du premier, a connu un grand succès — Julien Viaud adopte le pseudonyme de Loti pour signer son troisième livre *Le Roman d'un spahi*. Calmann Lévy réédite alors *Aziyadé* sous ce même nom d'auteur ; Loti n'est donc plus mort ; il a même droit à un prénom : Pierre. Et, bientôt, il sera tout à fait immortel, puisque, en 1891, il est élu à l'Académie française [2].

A Lorient en novembre 1877 Julien Viaud s'ennuie. Il rêve... d'un autre Orient que celui où la marine l'a affecté. Vivre loin de Constantinople (et d'Aziyadé) c'est ne vivre qu'à moitié, c'est survivre. Il vient d'arriver de Rochefort (sa ville natale) où il a passé quelques jours, et les choses n'y étaient guère plus réjouissantes :

« Rochefort, novembre 1877.

» Je suis à Rochefort, où il fait un temps triste ; mais les affections de mon enfance sont heureusement encore très vivaces dans mon cœur. J'adore ma mère, à laquelle j'ai fait le sacrifice de ma vie orientale et qui, probablement, ne s'en doutera jamais.

» J'ai meublé ma chambre d'une manière à peu près turque, avec des coussins de soie d'Asie et les bibelots que l'incendie de ma maison d'Eyoub et les usuriers juifs m'ont laissés, et cela rappelle de loin ce petit salon tendu de satin bleu et parfumé d'eau de rose que j'avais là-bas, au fond de la Corne d'or.

» Je vis beaucoup chez moi, ce sont des heures de

calme dans ma vie ; en fumant mon narguilé, je rêve de Stamboul et des beaux yeux verts limpides de ma chère petite Aziyadé.

» Je n'ai plus personne à qui parler la langue de l'Islam et, tout doucement, je commence à l'oublier[3]... »

« Le sacrifice de ma vie orientale » : Julien Viaud ne sait pas encore qu'en faisant ce sacrifice, il est en train de gagner sur un autre tableau, celui de la littérature. Alors que son héros expire « sous les murs de Kars », un romancier est en train de naître, son double encore sans nom.

Aziyadé est l'histoire d'un renoncement, au nom de la mère et au nom du père, si l'on peut se permettre de jouer sur l'ambiguïté de cette expression. Renoncer à devenir turc, renoncer à la fusion avec l'Orient de toutes les libertés, de toutes les tentations, de toutes les perversions[4]. Deux scènes articulent clairement cette difficile maturation : le chapitre XXII de la 3e partie d'abord, qui dit le rêve fou de la perte d'identité : d'abord le changement de milieu « ici je suis devenu homme du peuple », puis la disparition envisagée grâce au jeu de la double identité : « Loti aurait disparu, et disparu pour toujours », le refus de la vie de l'esprit au profit d'une vie du corps et des muscles, « la haine de tous les devoirs conventionnels, de toutes les obligations sociales de nos pays d'Occident » et puis le fantasme : « être batelier en veste dorée, quelque part au sud de la Turquie, là où le ciel est toujours pur et le soleil toujours chaud... ». On comprend que Viaud ne puisse publier ces lignes sous le nom paternel...

Mais c'est au nom de la mère qu'il revient à la raison : « Je te jure, Aziyadé, dis-je, que je laisserais tout sans regret, ma position, mon nom et mon pays. Mes amis... je n'en ai pas et je m'en moque ! Mais, vois-tu, j'ai une vieille mère. » Cette mère qui, au début du roman, avant que l'amour ne l'arrache à cette autre tentation du néant qu'est le suicide, le retient seule au bord du gouffre : « Tant que je conserverai ma chère vieille mère, je resterai en apparence ce que je suis aujourd'hui. Quand elle n'y sera plus, j'irai te [sa sœur] dire adieu, et puis je disparaîtrai sans laisser trace de moi-même... » (chap. XXIV, 2ᵉ partie).

Ensuite les deux premiers chapitres de la 4ᵉ partie : Loti vient d'apprendre que son navire va quitter la Turquie. Pour ne pas quitter Aziyadé, il a trouvé une solution : devenir officier turc, c'est-à-dire rester un peu lui-même en devenant autre, et puis les congés lui permettront d'aller « là-bas voir ceux que j'aime [...] à Brightbury sous les vieux tilleuls », — subtile manière de concilier les principes de plaisir et de réalité. Il demande cependant une heure de réflexion au pacha avant de prendre sa décision : « abandonner son pays, abandonner son nom, c'est plus sérieux qu'on ne pense quand cela devient une réalité pressante ». Le fantasme est séduisant : « Être le yuzbâchi Arif [...] Et je songeai à cet instant d'ivresse : rentrer à Eyoub, un beau jour, costumé en yuzbâchi, en lui annonçant que je ne m'en vais plus. » Il va dire oui et il rentre chez le pacha. Et alors : « Je vais renoncer, je n'accepte pas[5]. » Le souvenir de l'Angleterre est le plus fort, l'appel de la mère, il rentrera.

Pour mieux repartir donc, et mourir. Cette 5ᵉ partie est le dernier hommage que l'écrivain rend à ce à quoi il a renoncé : il s'acharne sur ses personnages et les fait tous périr, même le gentil Achmet. *Aziyadé* n'est pas *Bérénice* (*Bajazet* plutôt, histoire de sérail et de morts violentes...) et l'Histoire, avec la guerre, fournit au romancier (dans le second manuscrit cette 5ᵉ partie est sous-titrée ou intitulée « Fiction », et l'on retrouve ce terme dans la lettre de Jousselin à E. Aucante[6]) une issue plausible : la mort puisqu'il est impossible, décidément, de vivre selon le désir. Aziyadé est le nom du désir, il devrait être irrésistible. Julien Viaud survit seul, dans sa chambre meublée à la turque, d'une vie crépusculaire. En mars 1878, il songe même à entrer à la Trappe « fasciné par la paix froide et morne de ce lieu, dans lequel s'éteignent tous les bruits de ce monde[7] ». Comment ne pas songer à cette phrase : « Tous ces bruits des nuits de Constantinople sont restés dans ma mémoire, mêlés au son de sa voix à elle,

qui souvent m'en donnait des explications étranges »
(chap. LV, 3ᵉ partie)?

C'est la mère qui a gagné (dans le roman c'est aussi la
sœur[8]), elle qui pourtant ne devra pas lire le livre :
« 21 mars 1879, Tu vas au-devant de mon désir, mon
cher enfant, en me priant de ne jamais lire *Aziyadé*;
mon intention était justement de te demander cela, car
mes nerfs sont un peu malades, ma pauvre tête ne vaut
plus grand-chose, et je redoute tout sujet d'émotion et
d'angoisse[9]. » Le roman est une lettre à la mère qui ne
doit surtout pas atteindre sa destinatrice : la littérature
est à ce prix, détour par un large public.

L'intime et le public

Quand il publie *Aziyadé*, Julien Viaud est à la fois un
néophyte et un professionnel. Néophyte puisque c'est
là son premier livre. Mais ses dessins sont, depuis
plusieurs années, publiés par des magazines illustrés
(*L'Illustration, Le Monde illustré*) sous forme de gra-
vures (réalisées par d'autres) quelquefois accompagnées de textes documentaires ou descriptifs, de sa
main ou récrits d'après ses notes. Publier n'est donc
pas pour lui une nouveauté absolue. Il a d'ailleurs
confié son manuscrit, entre autres, à sa tante Nelly
Lieutier qui l'avait, lors de son premier séjour parisien
(avant son entrée à Navale) mis en contact avec des
poètes et des écrivains; elle-même publie dans ces
magazines : comme tous les membres de cette famille
(le père de Julien a publié, localement; la sœur fait de
la peinture), elle a une activité artistique.

Julien a toujours écrit. Sans même parler de la masse
énorme de la correspondance (avec la famille et les
amis), il tient, depuis l'âge de douze ou treize ans, un
Journal intime auquel il restera fidèle presque jusqu'à
la fin de sa vie. Rien là que d'assez banal. Ce qui l'est
beaucoup moins est que ce journal véritablement
intime — « caché, fermé sous clef comme une œuvre
criminelle[10] » — devienne le matériau du roman
destiné à être publié.

Rien dans le « Journal intime » (publié ou inédit) des années 1877-1878 ne fixe avec précision ce qui pousse Julien Viaud à vouloir devenir écrivain. Lorsqu'il évoquera cette mutation, dans *Le Roman d'un enfant,* il se plaira à entretenir le mystère : « Ce serait beaucoup sortir du cadre de ce récit d'enfance, que de conter par quels hasards et par quels revirements dans ma manière, j'en suis venu à chanter mon mal et à le crier aux passants quelconques, pour appeler à moi la sympathie des inconnus les plus lointains [...] et pour essayer de prolonger, au-delà de ma propre durée, tout ce que j'ai été, tout ce que j'ai pleuré, tout ce que j'ai aimé [11]. »

On peut déduire, d'après la place importante que prennent les aspects financiers dans la négociation avec Calmann Lévy, que Julien a vu dans la publication d'un roman une source éventuelle de revenus supplémentaires, qui viendrait s'ajouter à sa solde et aux paiements de ses dessins. Rappelons qu'à cette époque, après de nombreux revers de fortune familiaux, Julien se débat pour sauver la maison familiale de Rochefort. Qu'il ait tenu, à la fin de sa vie, à publier son Journal de ces années-là sous le titre *Un jeune officier pauvre* prouve assez que l'argent était alors un souci majeur de son existence. Qu'il y ait là une incitation (le « hasard ») est probable. Mais il m'apparaît que l'urgence (le « revirement ») qui pousse le jeune officier à publier, à rendre public, ce qui jusque-là devait demeurer caché, intime, est d'un tout autre ordre.

Si la crise de Constantinople — ce renoncement que nous avons vu se répercuter du roman au Journal et vice versa — a pu déclencher cette venue à la littérature, c'est qu'elle répète une autre crise, récente elle aussi, qu'elle en est comme la conséquence inévitable, et que le changement de statut de l'écriture est sans doute la seule solution. Dans les années qui viennent de s'écouler, Julien Viaud a subi un double choc dans ses affections, ce qu'il considère comme une double trahison qui le laisse, déjà, dans un état de « mort » affective et spirituelle. C'est d'abord la femme aimée au Sénégal : « Mais c'était vivre, tandis qu'à présent je suis mort… Je me souviens seulement comme un mort qui se souviendrait de la vie ; c'est le sentiment que j'éprouve quand je regarde en arrière [12]. » Et, plus récemment, c'est la rupture avec Joseph Bernard, son « frère », celui qui avait pris la place de Gustave, le frère mort, et à qui Julien écrivait de véritables « lettres d'amour » : « Croirais-tu, petit frère, que j'ai quitté avec un vrai regret notre pauvre chambre de Toulon et que, avant de partir, j'ai pris un croquis du chat [13]. » « Mon cher frère, Je m'occupe à arranger convenablement dans notre petit musée, nos coraux et nos souvenirs de Tahiti, pour que tu trouves tout en bon ordre quand tu viendras ; mais si tu ne dois pas venir, je pense que je n'aurai pas le courage de continuer et que je laisserais tout en l'air [14]. » « Frère chéri, Grâce à M. de Ségur, que j'aime déjà beaucoup, je vais te rejoindre bientôt au Sénégal [15]. »

Au Sénégal précisément, le Journal intime est écrit à la première personne du pluriel : « Mars 1874. Elle était originale, notre grande maison de Dakar, que j'avais mis tant de soins à embellir. Nous nous étions attachés à elle [16]… » Et parfois même, il prend la forme d'une lettre « à toi mon bon frère ».

Si l'on considère que Julien avait commencé à tenir ce Journal à peu près au moment du départ pour l'Extrême-Orient de son frère Gustave, puis de sa mort, on imagine aisément quel choc provoqua la rupture avec Joseph Bernard (du fait de celui-ci) au début de 1876 : « Depuis que Jean n'est plus mon ami, chaque nuit revient le même rêve sinistre : je rêve qu'il est mort. C'est toujours à Magellan que se passe ce rêve ; sans doute parce que c'est l'endroit du monde où nous avons été le plus malheureux et où nous nous sommes le plus fraternellement aimés [17]. » Cette phrase succède à celle-ci, tout aussi capitale : « Je ne fais plus de peinture, ni de musique ; si, à une certaine époque de ma vie, je me suis cru artiste, si j'ai eu autrefois quelques éclairs, tout cela s'est fort obscurci, et je sens plus que jamais aujourd'hui mon impuissance à saisir cet idéal que parfois j'entrevois encore… Je me suis donc mis à traîner mes soirées dans les bouges… »

Tel est donc l'état d'âme de Julien au moment où il part pour la Turquie : la trahison affective amène à la perte de l'idéal et de l'énergie créatrice, au divertissement dans l'exercice physique (Joinville, le Cirque Étrusque) et les soirées de beuverie crapuleuse. L'écriture du Journal, seule, résiste à ces tempêtes et le maintient dans une certaine fidélité à lui-même. Salonique et Constantinople vont prolonger Toulon et ses bouges : l'impression de dégradation spirituelle persiste, et Aziyadé la petite esclave a bien du mal à faire oublier l'Autre...

Affronter le jugement des éditeurs c'est sans doute tenter de retrouver la valeur ; publier, c'est sortir de l'enfermement régressif et, par la séduction d'une écriture, conquérir une autre fraternité, s'assurer à tout jamais contre la désillusion. C'est également bien sûr, car avec Loti rien n'est jamais tranché, se replonger dans l'ivresse interdite, c'est courir encore une fois par les rues de la ville qu'il a fallu quitter. C'est surtout s'installer quelque part entre la vie et la fiction, se donner la possibilité de revêtir tous les déguisements possibles, et rendre acceptables tous les compromis. Il faudra bien courir de nouvelles aventures, vivre de nouvelles amours pour le plaisir de lecteurs avides, toujours plus nombreux.

Changer les noms

Il ne suffit pas, pour écrire un roman, de changer les noms de la vie. Mais il faut, pour le réussir, que les noms inventés instaurent un univers sonore suggestif, en résonance avec les exigences profondes de ce nouvel univers qu'est l'œuvre. Viaud (on peut aussi refuser le nom du père pour des raisons d'euphonie...) n'a pas à s'inventer de nom nouveau puisque le nom de Loti lui a été donné dans un second baptême, à l'autre bout du monde :

« Loti fut baptisé le 25 janvier 1872, à l'âge de vingt-deux ans et onze jours.

» Lorsque la chose eut lieu, il était environ une heure de l'après-midi, à Londres et à Paris.

» Il était à peu près minuit, en dessous, sur l'autre face de la boule terrestre, dans les jardins de la feue reine Pomaré, où la scène se passait.

» En Europe, c'était une froide et triste journée d'hiver. En dessous, dans les jardins de la reine, c'était le calme, l'énervante langueur d'une nuit d'été.

» Cinq personnes assistaient à ce baptême de Loti, au milieu des mimosas et des orangers, dans une atmosphère chaude et parfumée, sous un ciel tout constellé d'étoiles australes [18]. »

Le nom de Loti ne fait pas très anglais (son « vrai » nom est Harry Grant) mais qu'importe, puisque c'est un surnom exotique dont l'effet est d'abord de mettre à distance et de masquer. C'est la première de ces identités d'emprunt qui jalonnent le roman : l'Albanais, Marketo, Arif, l'officier turc, les passeports de fantaisie : les pseudonymes vont avec les costumes, le grand plaisir du héros étant d'en changer le plus souvent possible, chez des Juives ou des Italiennes, afin d'atteindre à cet incognito qui permettra de se perdre dans la ville étrangère. Ne plus être le Touriste (le Touriste ce n'est jamais moi, mais l'autre qui détonne, qui ne « sait pas » voyager), devenir l'autochtone : quitter le quartier occidental et aller vivre, déguisé, sous un nom d'emprunt (comme Nerval, déjà, celui de tous les voyageurs d'Orient dont Loti est le plus proche) : ne plus faire tache dans le paysage, se fondre dans le décor, vivre à la turque, être turc enfin.

Il est facile de donner une allure anglaise aux autres noms européens : le « Journal intime » permet de voir comment Baudin devient Brown (Georges puis William), Thevenet Thompson [19], Martin Martyn, et Sarah Bernhardt Isabelle B... En gardant chaque fois la même initiale, l'écrivain garde un pied dans la réalité vécue. La Saintonge, elle, devient le Yorkshire, mais la fiction « anglaise » est tout à fait négligée (estaminet, végétation,...) : il est clair que Loti ne sera pas un romancier réaliste, qu'il ne parle avec justesse que de ce qu'il connaît bien, que de ce qu'il a vécu. Surtout Jousselin devient Plumkett [20]. Expéditeur réel des lettres de Plumkett, Lucien Jousselin est donc à la fois,

comme Loti et les autres épistoliers, personnage et
« auteur » du roman. On pourrait dire aussi qu'il en est
l'inventeur (« éditeur » au sens anglo-saxon du terme)
puisque non seulement il présente la manuscrit à
Calmann-Lévy après l'avoir modifié (corrections
diverses, retraits, orthographe...), mais qu'il signe le
contrat, avant d'en devenir un des premiers critiques...
Le tout sous une double et incertaine identité, dans un
constant va-et-vient entre réalité et fiction : démarche
toute spontanée qui préfigure les stratégies complexes
d'un Nabokov ou d'un Pessoa. Être l'ami d'un écrivain
tel que Loti peut entraîner vers de curieux parages, et
le surnom de Plumkett va si bien lui coller à la peau
qu'il publiera sous ce nom un livre *Fleurs d'ennui*, en
collaboration avec Loti.

Pour les noms orientaux, Loti recourt aux mêmes
principes : les pseudonymes restent proches des noms
d'origine : si Enim devient Abeddin c'est qu'il importe
de protéger sa jeune épouse, mais Isaac devient Saketo,
Mehmed devient Ahmed puis Achmet, Hakidjé
Behidgé, et Daniel Samuel. Deux de ces noms méri-
tent qu'on s'y arrête un peu longuement. Samuel : on
aimerait comprendre par quels mécanismes l'écrivain
choisit, pour désigner son sulfureux personnage —
celui qui incarne le « vice de Sodome », que les
éditeurs (Jousselin tout le premier) ont rendu à peu
près incompréhensible en censurant lourdement (et
maladroitement) les chapitres où il figurait[21] — le
prénom de son ancêtre pasteur, incarnation des vertus
patriarcales, de la résistance à la persécution reli-
gieuse[22], — avant de donner, quelques années plus
tard, ce même prénom de Samuel à son propre fils.
Certes, il s'agit d'un prénom biblique, comme Daniel,
avec le même nombre de lettres, et le rappel sonore du
el en finale... Y a-t-il là volonté sacrilège ? ironie
impassible ? ou plutôt plasticité mentale de celui pour
qui réalité et fiction ne s'opposent pas, ne sont peut-
être même pas nettement distinctes, et pour qui la
transgression devient, à force d'imagination, une sorte
de nature première...

Et puis Aziyadé : les réticences des éditeurs aux

audaces du premier manuscrit *Béhidgé*, en nous donnant à lire un texte autre que celui voulu d'abord par
Loti, ont forcé celui-ci (pourquoi d'ailleurs[23] ?) à
inventer un nom où semble se concentrer toute une
part de la charge romanesque du livre, avec ces
sonorités mêlées, lourdes et aiguës, sensuelles, cha-
toyantes... Mais ne serait-ce pas là attribuer au seul
nom ce qui relève, en fait, de l'ensemble du texte, et
donc d'une impression rétrospective ? Dans la première transposition du nom Loti n'avait conservé que
la finale du nom réel : Hakidjé devient Béhidgé. En
inventant le nom d'Aziyadé, il retrouve tout le schéma
vocalique : A, I, É ; le D et le Yod sont intervertis ; le
A est redoublé, et surtout le Z remplace le K — « la
caresse du Z » (Roland Barthes).

Sur ce nom parfait, les gloses se sont multipliées[24].
La source la plus évidente est le nom d'Albaydé du
poème de Hugo que Loti cite à la toute fin du livre (et
le vers suivant avec le AZ de gazelle a sans doute dû
jouer son rôle). On peut aussi penser à Bajazet. Mais
on pourrait peut-être également y entendre un jeu de
mots dans la veine du « Jérimadeth » hugolien : de A à
Z il y a D... Les Turcs, eux[25], nous disent qu'ils y
entendent la liberté : « Aziyadé dérive du mot persan
Azadé, lui-même d'origine arabe. Arâd, voulant dire
libre, liberté ou libéré. Dans l'ancien turc, azâd était
souvent employé, et précisément quand on octroyait la
liberté à une esclave. » (O. N. Hacioglu) — cette
liberté sans laquelle Aziyadé ne peut que mourir.
Même si elle vit sur la rive européenne du Bosphore,
Aziyadé c'est déjà l'Asie[26], l'Orient tel qu'on le rêve.

Être turc c'est aussi être divisé, être dédoublé, entre
l'Europe et l'Asie. L'excursion vers Angora, à la fin de
la 3e partie, est un moyen de faire entrer plus
décidément l'Asie dans le roman, de vérifier des rêves.
Quitter Aziyadé quelques jours, avec un passeport
ottoman de fantaisie, et sous un autre déguisement.
Quelle différence entre cette « caravane pittoresque »
de derviches et de dames turques, et celle qui amenait
Loti de Salonique à Constantinople au début du
roman : les voyageurs européens avec qui « on joue

tout Beethoven » font place aux montreurs d'ours des
caravansérails, aux zaibeks et aux bachibozouks : c'est
l'aventure du voyage dans une terre inconnue. Épisode
totalement « inutile » (il n'est pas le seul, nous y
reviendrons) mais qui donne l'occasion à Loti d'évoquer un paysage de montagnes qui constitue la première apparition d'un de ses paysages archétypaux —
tel qu'il le fixera dans *Le Roman d'un enfant* :

— *Aziyadé* (chap. LXII, 3ᵉ partie) : « J'emporte de
cette première partie du voyage le souvenir d'une
nature ombreuse et sauvage, de fraîches fontaines, de
profondes vallées, tapissées de chênes verts, de fusains
et de rhododendrons en fleur. »

— *Le Roman d'un enfant* (chap. XLVI) : « Il me parlait
longuement d'un lieu appelé Fatauä, qui était une
vallée profonde entre d'abruptes montagnes ; une
demi-nuit perpétuelle y régnait, sous de grands arbres
inconnus, et la fraîcheur des cascades y entretenait des
tapis de fougères rares. »

Dans *Le Roman d'un enfant,* Loti nous raconte
comment ce paysage de l'île délicieuse (Tahiti) décrit
dans les lettres du frère aîné (paysage bien évidemment
chargé de visions féminines), réactivé par des lectures,
des rêveries, des découvertes diverses, est l'élément
qui décide l'enfant à franchir le pas, à s'opposer à ses
parents et à choisir le métier de marin. Et voilà
comment le futur pasteur s'est retrouvé navigateur !

Ici, au retour de l'expédition asiatique, expédition
qui tourne court mais qu'importe, Aziyadé fait cadeau
à son amant de la bague « sur laquelle était gravé son
nom » : anneau sacré que Loti promet de porter
toujours. La légende raconte [27] que la nuit qui suivit
l'enterrement de Loti, dans le jardin de la maison des
Aïeules, à Saint-Pierre-d'Oléron, son fils Samuel, aidé
de deux marins, déterra le cercueil pour récupérer le
précieux anneau... alors qu'il s'agissait seulement
d'obéir au vœu de Loti d'être enterré à même la terre,
comme dans les pays musulmans, pour que son corps
retourne plus vite à la poussière...

S'agissait-il là de l'ultime provocation, de l'ultime transgression : introduire l'autre au cœur du même (comme avec le nom de Samuel), subvertir de l'intérieur un monde qu'il souhaitait immobile ? Il y a chez Loti un mélange d'impudeur et de naïveté, comme d'un enfant qui réalise ses rêves, qui s'expose et se protège tout à la fois. Avec naturel : les poses à la Byron ne sont pas son genre, ni même à la Musset malgré toutes les allusions et les références explicites (Rolla, Namouna). La séduction du personnage tient à ce fond d'innocence qui le retient au bord du gouffre, au fait que tous ces comportements à la limite du scandaleux soient finalement jeux d'identité et de travestissement : c'est le déguisement qui lui est naturel. Si la perversion est le prolongement sérieux, maniaque, des jeux enfantins, alors Loti n'est pas pervers : il se voit trop en personnage d'opérette, il indique suffisamment qu'il joue un rôle. Si, avec Samuel, il a « vu d'étranges choses » (chap. XIII, 1ʳᵉ partie), il ne semble pas qu'il fasse quoi que ce soit. On le sent plus heureux dans le couple qu'il forme avec Achmet, paire d'adolescents en bordée [28], qui préfigure tous les « couples » qu'il formera par la suite avec un marin breton (*Mon frère Yves*) ou un contrebandier basque (*Ramuntcho*), et jusque dans le lit de Madame Chrysanthème.

Autre tentation perverse qui n'aboutit pas : l'aventure avec Seniha (chap. XLII à XLVI, 3ᵉ partie) : passer d'une femme à une autre avec l'accord de la première, celle qui vous aime, jouer les Don Juan ou les Valmont. Loti c'est un peu Manon jouant avec des Grieux : vite il rappelle Aziyadé après avoir congédié Seniha, et implore son pardon : « l'épisode de Seniha-hanum était clos, il avait eu pour résultat de nous faire plus vivement nous aimer. » Lorsqu'il demande au vieux Kaïroullah de lui amener des femmes (chap. XXVII, 2ᵉ partie), c'est qu'Aziyadé ne l'a pas encore rejoint à Constantinople (elle va arriver dans le chapitre qui suit) ; et lorsqu'il lui suggère de lui amener... son fils, l'épisode tourne court : ce n'était qu'une provocation pour se débarrasser du vieillard tentateur. Dirat-on que Loti joue un peu trop souvent avec le feu ? que cette insistance à désigner la « pâle débauche » (les nuits de Salonique, le rôdeur du cimetière, etc.) doive être interprétée ? que la dénégation est par trop maladroite ? Considérons plutôt que Loti, comme le pervers polymorphe qu'est l'enfant selon Freud, affronte dans l'Orient l'éventail complet de la tentation.

Seule l'expérience de la drogue va à son terme : là, enfin, les censures sont levées sans trop de réticence, trait d'époque peut-être, qui ne culpabilise pas autant que nous ce phénomène : « Et tout doucement arrive l'ivresse, l'oubli désiré de toutes les choses humaines ! » Mais la scène est unique (chap. LIV, 3e partie), isolée, encadrée par un passage où Loti, victime d'un incendie, fait « des tours de clown » devant une assistance ahurie, et par le chapitre très innocent où Aziyadé fait cadeau à son amant du chat Kédi-bey. L'expérience de dépossession de soi-même n'est donc qu'une des curiosités de la vie turque — même si ces soirées « barbares » lui deviennent familières : « et chez moi, plus tard avaient lieu des réceptions semblables où l'on s'enivrait au bruit des tambourins, avec des parfums et de la fumée ».

Tous ces interdits, frôlés, franchis à moitié, recherchés autant que condamnés, sont là surtout pour faire ressortir l'inouï de l'amour d'Aziyadé et de son lieutenant : le livre est d'abord un roman d'amour, il le devient, progressivement, tragiquement, idylle paradoxale sur fond de ténèbres.

L'amour la mort

Loti, au début du livre, est un être blessé doublement, dans l'amour et dans l'amitié : « je souffre encore de tout ce qui a été brisé dans mon cœur ». Son ton blasé est une défense contre ces blessures : ne plus aimer pour ne plus souffrir, se satisfaire de « l'ivresse des sens » (de tous les sens) pour se divertir de ce « vide écœurant et de l'immense ennui de vivre ». La rencontre avec la femme du harem, par son côté risqué, l'amuse. Peu à peu ce jeu sensuel, devant lequel se multiplient les obstacles, se transforme en une passion profonde. Les amours contrariées sont les seules amours durables. Tout ce qui devrait séparer les amants finit par les attacher davantage l'un à l'autre.

Impossible de ne pas songer à *Manon Lescaut*, avec une permutation des rôles : Aziyadé finit par rendre Loti amoureux qui, au départ, n'était que flatté, piqué, sensible à de beaux yeux verts. La différence sociale se double d'une différence de langues qui empêche tout dialogue mais, peu à peu, Loti apprend la langue d'Aziyadé, comme des Grieux apprend l'amour selon Manon, avant de l'instruire à son tour. Au romanesque échevelé des premières rencontres nocturnes en barque succède l'installation à Eyoub, presque l'embourgeoisement : « Protégés par de lourds verrous de fer, par tout un arsenal d'armes chargées [...] assis devant le brasero de cuivre... petite Aziyadé, qu'on est bien chez nous ! » (fin chap. IV, 3e partie). Mais comme à La Nouvelle-Orléans, la fatalité veille : même rachetée moralement, Manon doit mourir et des Grieux se retrouver seul pour expier et pour raconter. Aziyadé, autre femme-enfant, innocente malgré l'atmosphère du sérail, doit mourir d'amour quand le navire, à l'heure inscrite dans l'ordre des choses, sera reparti.

Loti traite ici, pour la première fois, un thème — l'escale, la femme rencontrée, le « mariage », la passion, la femme abandonnée — qui correspond à la situation qu'il avait connue à Tahiti (et que son frère Gustave y avait, avant lui, connue aussi). Il le reprendra, avec des variantes, dans *Le Mariage de Loti*, dans *Madame Chrysanthème*, jusqu'à exercer la verve des satiristes qui s'amuseront à imaginer les incarnations géographiques les plus insolites, sous tous les climats, sous toutes les latitudes... à quand le mariage esquimau[29] ?

Pourtant, ce qui pourrait n'être qu'une recette de fabrication, un schéma d'opérette (ou d'opéra : *Madame Butterfly*), est pour Loti — et le lecteur le sent bien — l'expression d'une disposition intime de l'être, dont il donnera la clé dans *Le Roman d'un enfant,* ce livre des origines. Les petites filles de son monde, de son milieu social, les Jeanne ou les Antoinette, ne peuvent être que des camarades de jeux — et c'est pour Véronique, la petite « sauvageonne » de l'île d'Oléron, au teint brûlé, qu'il peut éprouver quelque chose de l'ordre du désir et de l'affectif : « et surtout ces adieux à des petites créatures sauvages, aimées peut-être précisément parce qu'elles étaient ainsi, — ça représente toute ma vie, cela [30]... » L'adieu, dès le début inscrit dans la rencontre, fait partie inhérente de l'amour. Là déjà (là encore) il semble bien que ce soit Véronique qui fasse les premières avances, comme c'est Aziyadé (ou Samuel ?) qui « drague » le bel officier de marine (à l'étranger, les officiers de marine sont beaux, par essence) : « un très jeune homme dont l'aspect ne lui causait ni répulsion ni frayeur ». Loti demeure toujours attentif à ce qu'il y a d'enfantin dans les très jeunes femmes aimées : la première notation sur le regard d'Aziyadé, ce regard qui l'accroche, est : « on eût dit un regard d'enfant, tant il avait de fraîcheur et de jeunesse ».

Se faire les ongles, jeter des pantoufles dans le Bosphore, jouer aux cartes, ne rien faire — la vie d'Aziyadé, comme celle de Manon, est une vie de frivolités puériles et désarmantes. Qui contrastent avec les images de mort qui assombrissent le livre. Celui-ci s'ouvre sur la pendaison des condamnés et se clôt par la mort de Loti ; la dernière scène avec Aziyadé (la « vraie » fin avant la « fiction » de la cinquième partie) est une promenade dans un cimetière où l'enfance surgit à chaque pas : il s'agit de l'enterrement d'un enfant, les amants sont « heureux comme des enfants », Aziyadé « redevient enfant ».

L'insouciance enfantine d'Aziyadé se double, dès la première scène d'amour, dans la barque, d'une irrésistible pulsion de mort : la seule issue qu'elle puisse envisager à leur amour est de se laisser couler dans la mer avec son amant, tous deux enlacés. Pour l'esclave de harem, Loti représente la vie, l'amour, la liberté ; sa seule liberté à elle, face à cet ordre implacable, est la mort. Toute la quatrième partie (« Mané, Thécel, Pharès », autre inscription de la fatalité) — la plus belle parce que la plus désorientée — est une descente vers la mort, les « derniers jours d'une condamnée à mort », le seul moment aussi où elle puisse faire tout ce qui lui plaît — sa dernière cigarette : « Tu ne diras rien et tu approuveras tout ». Les dernières heures de Loti dans Stamboul, avec ce départ toujours repoussé de vingt-quatre heures, courses frénétiques avec Achmet pour « tout revoir encore une fois », pour « fumer un dernier narguilé », atteignent aux sommets du vrai pathétique.

Il sent bien — nous avions dit la même chose de Julien Viaud — que partir c'est mourir tout à fait, et il préférerait vivre encore. Le héros n'a pas, lui, la possibilité qui s'offre à l'homme : écrire, publier, pour crier qu'il est mort, pour vivre autrement.

Notes et lettres

Le choix d'une forme qui pourrait sembler vieillotte, artificielle — « Extrait de notes et lettres », publication assurée par les amis du mort — est en fait le seul qui puisse dire jusqu'au bout cette disparition du héros, aussi nécessaire à cette histoire tragique que l'est la narration à la première personne de Des Grieux. Le mort qu'est Loti n'est plus là pour construire un récit, mais il a noté son aventure, au jour le jour. La publication de ces notes sera assurée par ses amis, Plumkett, William Brown. Notons le fascinant effet de miroir entre les circonstances de la vie et les exigences de la fiction. Au héros mort répond cet auteur comme en retrait : ce sont bien les amis de J. Viaud (Jousselin, Baudin, Polignac, V. Lempérière) qui, après l'avoir entendu lire quelques fragments de son Journal, le poussent à composer un roman avant de l'aider à le faire éditer. Viaud indifférent aux négociations, aux tractations, ce sont eux — et Jousselin le premier — qui corrigent, coupent les passages « scabreux », ajou-

tent les lettres de la sœur pour donner une note morale
« plus saine », comme si l'auteur était vraiment « mort
sous les murs de Kars ».

Si Viaud ne signe pas son texte de son nom, c'est
bien sûr par prudence (pour Aziyadé, pour la Marine,
pour sa carrière), c'est aussi qu'il n'en est pas l'auteur,
au sens classique du terme. La voix de Loti n'est
qu'une voix parmi d'autres : amis, sœur, Achmet,
poètes orientaux. Depuis toujours, J. Viaud a l'habitude d'intercaler dans son Journal les lettres qu'il
reçoit [31] et celles qu'il expédie ne sont souvent que des
versions peu remaniées de pages du Journal. Il n'y a
pas pour lui de frontière très distincte entre les
différentes formes d'expression de son Moi. Sa voix
elle-même est double, au moins : dans les deux
premières parties surtout, les évocations historico-
politiques tiennent une grande place : l'histoire
d'amour rivalise avec la grande Histoire. Loti utilise
sans grande modification les reportages de J. Viaud
pour le *Monde illustré* [32] : l'Histoire amène, protège
l'histoire d'Aziyadé avant d'y mettre fin, brutalement.
Le regard légèrement ironique que le jeune homme
porte sur la comédie politique et diplomatique vire au
sérieux, au nostalgique, à mesure qu'il se sent devenir
turc, dans la fumée des narguilés et le vertige des
mascarades. Amour : parenthèse entre les exécutions
de Salonique et les désastres de la guerre. Le livre se
termine en empruntant encore une autre voix : la
coupure du journal, la coupure de presse, anonyme elle
aussi.

Journal de bord

Quand il entre en littérature, Loti n'est pas un
homme de lettres instruit des débats qui l'agitent. Il ne
sait pas que, tandis que lui court les rues de Constantinople, en quête d'émotions et de sensations, un obscur
professeur d'anglais, Stéphane Mallarmé, commence à
rassembler les jeunes poètes rue de Rome ; il ne sait pas
que Zola et ses disciples font triompher le naturalisme

à coup d'articles et de pamphlets (« Émile Zola et l'Assommoir » de Huysmans est de 1877); il ne peut pas se douter que cette écriture du Moi va devenir, en peu d'années, un moyen de contester la domination du naturalisme, ses prétentions à l'objectif et au scientifique. Loti n'imagine pas de faire autre chose que ce qu'il a toujours fait : noter des impressions, des émotions. *Aziyadé* est seulement un roman vrai c'est-à-dire une histoire vécue, vue à travers le prisme d'une subjectivité.

Lorsque l'on compare le texte du roman à celui du « Journal intime », on voit que le travail de l'écrivain — outre l'organisation en cinq parties — consiste surtout en un travail de découpe. Loti casse le moule du chapitre, sans jamais instituer cette liberté en système. La plupart des entrées, journalières ou non, sont longues, souvent compactes. Par une scansion nerveuse, irrégulière, Loti fait vibrer son texte : le récit d'un unique épisode (par ex. : chap. XVIII, XIX et XX de la deuxième partie) est coupé en trois sans autre souci, semble-t-il, qu'un souci de respiration. La légèreté, la vivacité de remarques de Loti est encore accentuée par le contraste avec le ton sentencieux des lettres reçues d'Europe[33].

Indifférence également à la logique, à la chronologie : ces effets de surgissement, de redémarrage incessants vont parfois jusqu'à l'obscurité ou à la confusion : les personnages agissent avant d'avoir été présentés (Yousouf, Izeddin-Ali), Samuel a une présence très incertaine dans les trois dernières parties, les chattes font des petits avant d'être entrées dans la maisonnée, les lettres sont reçues avant d'avoir été expédiées, les dates du sous-titre (mai 1876; octobre 1877) ne s'accordent guère avec celles de l'action, etc. : c'est le désordre d'une existence divisée, tumultueuse, c'est aussi peut-être la volonté de rendre compte d'une liasse de papiers retrouvés *post mortem* et impossibles à organiser : « Mais ce livre n'est point un roman, ou, du moins, c'en est un qui n'a pas été plus conduit que la vie de son héros » (préface de Plumkett[34]).

Cette tonalité de Journal de bord permet à Loti de

naviguer entre tous les écueils qui guettent ce genre de roman. Lorsqu'il semble vouloir sacrifier à la description exotique, aux obligations du récit de voyage, par exemple le chapitre sur le Karaguɛuz (chap. XVII, 2e partie) — chapitre attendu, figure imposée du voyage en Orient — notons d'abord que ce chapitre est bref (à peine une page), et surtout qu'il joue une certaine fonction : il succède à une évocation plus personnelle de l'exploration des bas-fonds de Stamboul (« … ce spectacle, digne des beaux moments de Sodome ») qu'il est donc chargé de rendre plus tolérable (« En Turquie, cela passe, la censure n'y trouve rien à redire... C'est là un trait curieux des mœurs orientales, et on serait tenté d'en déduire que les musulmans sont beaucoup plus dépravés que nous-mêmes, conclusion qui serait absolument fausse ») — et qu'il précède l'installation de Loti à Eyoub (le « saint faubourg d'Eyoub ») : la Turquie est ce pays autre, incompréhensible, où sainteté et obscénité se côtoient selon des règles qui échappent (à la sœur comme à Plumkett) et qui fascinent (Loti bien sûr, le lecteur sans doute).

Une grande part du charme du roman tient à cet art de la marqueterie que compose l'imprévisible succession des chapitres, le retour capricieux des thèmes et des motifs — à l'image de cette ville éclatée, bigarrée, où se côtoient races, langues et religions. L'histoire progresse invisiblement, de fragment en fragment, d'ellipse en ellipse jusqu'à des temps forts inoubliables : la petite tasse brisée, la promenade dans le cimetière. Les moments de pause apparents, les plus nombreux, ne sont que les transitions et les harmoniques d'une note qui n'en finit pas de résonner. Ainsi : le chapitre XIC de la troisième partie : Loti et Achmet assis au soleil sur la place de Mehmed-Fahti, rêvant, attendant ; courte description de la place ; rien ne se passe. Mais juste avant, il y a eu le chapitre de l'agitation des softas sur une autre place et les revendications de liberté politique. Et, juste après, le brévissime (6 lignes) chapitre sur Aziyadé enfermée dans sa maison, non loin de la place Mehmed-Fahti, qui explique *a posteriori* la présence de Loti sur cette place.

Echos, contrastes, intervalles de silence qui permettent au lecteur de rêver, lui aussi, de s'imprégner de ces impressions si puissantes d'être plus fugitives. C'est bien là la fonction que Loti attribue à son Journal : « J'y inscrivais, moins les événements de ma petite existence tranquille, que mes impressions incohérentes, mes tristesses des soirs, mes regrets des étés passés et mes rêves de lointains pays [35]... »

Mêlant — et minant l'un par l'autre — aventure amoureuse, récit exotique, reportage historique, notations d'atmosphère, Loti s'invente une forme d'une souplesse extrême qui convient à ce vagabondage sentimental qu'est son existence, incapable des enracinements durables autant que des ruptures définitives. Il a, presque d'un coup, mis au point la formule qui lui permettra de se dire et de dire son rapport au monde. Il lui suffira d'oser parler avec sa propre voix davantage, en se débarrassant de l'échafaudage pesant des lettres amicales ou fraternelles — quitte à y revenir, ponctuellement, lorsque la fantaisie l'en prendra.

Sous peine de s'affadir, l'impression doit être notée rapidement, enlevée. Loti ne s'attarde que rarement à de véritables descriptions. Il pousse encore d'un cran la rapidité de croquis d'un Nerval qui écrivait déjà : « Je n'ai pas entrepris de peindre Constantinople : ses palais, ses mosquées, ses bains et ses rivages ont été tant de fois décrits : j'ai voulu seulement donner l'idée d'une promenade à travers ses rues et ses places à l'époque des principales fêtes [36]. » Mais il y a encore là une sorte de programme, de cahier des charges à respecter. Rien de tel chez Loti : sa promenade n'est pas celle d'un touriste, nous l'avons dit : son idéal serait la vision d'un autochtone, tellement habitué aux sites qu'il ne les remarque plus : « être soi-même une partie de ce tableau plein de mouvement et de lumière ». Et puis, ne l'oublions pas, Loti est d'abord un dessinateur : une ligne, une tache, une masse lui suffisent à dresser un décor, un détail à recréer une atmosphère. Il ne peint vraiment que lorsque la circonstance est exceptionnelle : une visite officielle

chez le padishah, une éclipse de lune. Et là encore, il
s'arrange pour éviter la description organisée. Préfé-
rence est donnée au blanc sur les couleurs (la neige —
« le suaire de neige » —, le marbre), aux jours de pluie
et de brume (et voici que Constantinople prend des
allures londoniennes), et surtout à la nuit sur le jour.
Loti est, sans le savoir, un véritable impressionniste,
fasciné par les reflets, les ombres, les aubes, les
décompositions de la lumière : « de loin en loin, une
rare lumière [...] laissait tomber dans l'eau trouble une
traînée jaune » ou : « le déluge de la journée avait fait
de ce lieu un vrai lac où se reflétaient toutes ces lignes
de feux ». La chance a voulu qu'une bonne partie de
son aventure se déroule l'hiver, pour aboutir à cet
Orient noyé. Loti concentre les couleurs vives dans la
première et la cinquième partie — ce qui correspond à
la vérité climatique des mois de mai et de juin — pour
faire ressortir l'horreur de ces pendaisons, de ces
cimetières lumineux et pleins de fleurs. Parti de
Chateaubriand, il en arrive à Gauguin : « le soleil
couchant dorait les vieux marbres verdâtres des
tombes, il promenait des lueurs roses sur les grands
cyprès, sur leurs troncs séculaires, sur leurs mélancoli-
ques ramures grises » (chap. IV, 5ᵉ partie).

   S'il peut passer si facilement du Journal à cette
forme de récit, c'est qu'il y a déjà dans le Journal, à
mesure qu'il s'écrit, un étrange effet de révolu[37].
D'habitude un journal s'écrit au présent, et le passage
du temps résulte de la superposition des journées
qu'opère la relecture. Chez Loti, chaque jour est
constamment en train de basculer dans un passé
lointain. Le présent s'échappe de toutes parts jusqu'à
susciter des futurs qui annulent le moment vécu, qui
donnent l'impression d'une rétrospection : « Qui me
rendra ma vie d'Orient, ma vie libre et en plein air,
mes longues promenades sans but, et le tapage de
Stamboul ? » (chap. VII, 3ᵉ partie) ou, encore plus
étonnant : « Tous ces bruits des nuits de Constantinople sont restés dans ma mémoire, mêlés au son de sa
voix, qui souvent m'en donnait des explications
étranges » (chap. LV, 3ᵉ partie) : comment imaginer

que ces lignes sont écrites à Constantinople, dans le quotidien de l'aventure, du vivant d'Aziyadé ?

Ce Journal est une sorte d'autobiographie, de livre de souvenirs en train de se faire : non seulement par le lexique (la « case » qui vient d'Afrique ou de Tahiti, et qui désigne même la maison du Yorkshire, dans une lettre de la sœur) ou les allusions aux années écoulées, mais surtout par l'emploi des temps grammaticaux presque toujours surprenants : le présent laisse la place aux temps du passé, sans raison apparente mais avec un indéniable effet de « sillage » : les choses qui étaient là, à l'instant, sont déjà là-bas, très loin. La prise de conscience est une mise en mémoire immédiate. Le monde de l'enfance — autre trait autobiographique — est peut-être le seul dont on soit certain, vers lequel on puisse revenir. Temps étiré, temps contracté : serait-ce là un temps de marin : longues traversées monotones, sans repère, escales trop brèves, où la vie se bouscule ? Viaud n'est resté que quelques mois à Constantinople, et le lecteur peut croire qu'il y a passé toute une vie.

Interminablement

« Notre histoire à deux s'est perdue, mais sans finir » : Loti n'en finira jamais ni avec Aziyadé ni avec Constantinople. Entré en littérature sous leur double invocation, il leur reviendra toujours, pèlerin ensorcelé qui a laissé sur les rives du Bosphore toute une part de lui-même : « Un charme dont je ne me déprendrai jamais m'a été jeté par l'Islam, au temps où j'habitais la rive du Bosphore[38]. »

Le contrat avec Calmann Lévy est à peine signé que Loti tente déjà de repartir — en vain. Quelque temps il correspond avec Aziyadé et avec Achmet. Le 8 mars 1878, il s'inquiète des nouvelles reçues de là-bas et remue ciel et terre pour faire « évader » Aziyadé[39]. Et puis les nouvelles cessent, le silence s'installe, Loti part vers d'autres contrées, d'autres amours. Mais toujours le souvenir le hante, qu'il soit à Rochefort ou à Nagasaki, des nuits de Stamboul, et c'est par exemple, dans *Madame Chrysanthème* (chapitre X) l'association

entre un mot japonais et un mot turc : « — *Nidzoumi !*
(les souris !), dit Chrysanthème. Et, brusquement, ce
mot m'en rappela un autre, d'une langue bien différente et parlée loin d'ici : « Setchan !... » mot entendu
jadis ailleurs, mot dit comme cela tout près de moi par
une voix de jeune femme, dans des circonstances
pareilles, à un instant de frayeur nocturne. — « Setchan !... » Une de nos premières nuits passées à
Stamboul, sous le toit mystérieux d'Eyoub, quand tout
était danger autour de nous [...] Oh ! alors, un grand
frisson, à ce souvenir, me secoua tout entier : ce fut
comme si je me réveillais d'un sommeil de dix années. »
    Loti ne retourne à Constantinople qu'en 1887 :
brève visite de trois jours (qu'il raconte dans *Fantôme
d'Orient*) à la recherche d'Aziyadé et d'Achmet [40].
Courses folles en tout sens, pressé par le temps, pour
retrouver Kadidja ou la sœur d'Achmet. Le romancier
avait vu juste, dix ans plus tôt, en faisant mourir ses
personnages : Achmet est mort à la guerre, et Aziyadé
de chagrin : « C'est alors que la lente agonie avait
réellement commencé, avec la fin de tout espoir. » La
visite au cimetière qui suit, la première d'une longue
série (*Les Désenchantées*), aboutira en 1904 à un étrange
enlèvement : à défaut d'avoir pu enlever Aziyadé vivante,
Loti enlève la stèle funéraire qui orne sa tombe, la fait
transporter dans sa cabine, avant de l'installer, en 1905,
au centre de sa maison de Rochefort, dans la mosquée [41]. Est-ce l'amour ou la mort qu'il dresse au cœur
de la maison familiale, dans cet étrange cénotaphe ?
    Il y aura encore d'autres voyages à Constantinople,
d'autres visites au cimetière, de plus en plus hallucі-
nées (*Suprêmes Visions d'Orient*), d'autres allusions
dans d'autres romans. D'une tombe l'autre, de Rochefort à Stamboul, Loti ne quittera plus Aziyadé.
    Et pourtant il demandera à être enterré non pas à son
côté, mais dans le jardin de la maison de ses ancêtres, à
Saint-Pierre d'Oléron. Aujourd'hui, à cent mètres de
là, dans la rue principale, il y a un magasin de Bijoux et
Cadeaux à la superbe devanture mauve : le magasin
s'appelle « Aziyadé ».

                                          Bruno VERCIER.

NOTES

1. *Un jeune officier pauvre* (JOP), p. 173.
2. Élu au treizième fauteuil, celui qu'avait occupé, entre autres, Racine.
3. JOP, p. 171-172.
4. Le mot figure dans un passage retranché (second manuscrit) à propos des relations de Loti avec Samuel : « Et j'oubliai Aziyadé en songeant à l'étrange lien qui m'attachait à cet homme... Anomalie, perversion ténébreuse... Ce sentiment qui peut se développer avec une puissance si terrible, d'où vient-il ? Il est comparable à ces difformités, à ces erreurs monstrueuses de la nature, qui font douter du Dieu créateurs ; il inspire, quand on y réfléchit, le même dégoût et la même épouvante. Ce charme exercé sur Samuel me plonge dans des pensées pleines de trouble, de vague inquiétude et d'horreur mystérieuse. » Cf. aussi Annexe II.
5. Dans le « Journal intime » la fin de la scène est plus brève encore et l'effet peut-être moins brutal puisqu'il n'y a pas la coupure et la surprise du nouveau chapitre : « ... *prise et irrévocable :* ma requête serait le soir même présentée au sultan. Je me fis introduire chez le Pacha... — Je vous remercie, Excellence, dis-je, je n'accepte pas. *Veuillez seulement vous souvenir de moi. Quand je serai en France...* »
6. Voir plus loin « Publication et Texte ».
7. JOP, p. 189.
8. Voir ma préface au *Roman d'un enfant* (GF, N° 509) sur les rapports de Loti et de sa sœur.
9. Lettre de sa mère, *Journal intime*, 1878-1881, p. 73.
10. *Roman d'un enfant* (RE), p. 202.
11. *Ibid.*, p. 203.
12. JOP, p. 101, 1ᵉʳ février 1875.
13. *Ibid.*, p. 39-40, 26 mars 1873.
14. *Ibid.*, p. 40, 27 juin 1873.
15. *Ibid.*, p. 43, 5 juillet 1873.
16. *Ibid.*, p. 67, mars 1874.
17. *Ibid.*, p. 132 et 133, janvier 1876.
18. C'est la première page du *Mariage de Loti*, le second roman de Loti.

19. Cf. la page du « Journal intime » reproduite en fac-similé.

20. Le deuxième T est rajouté sur épreuves, probablement. Et dans *Le Mariage de Loti* Loti écrit Plumket. Voir Annexe III.

21. Voir Annexe II, les passages supprimés.

22. RE, chap. XXIX.

23. Dans sa lettre du 9 mars 1878 à E. Aucante, L. Jousselin dit seulement : « le nom est plus joli » ; dans *Fantôme d'Orient*, Loti écrit : « Aziyadé, un nom de femme turque inventé par moi pour remplacer le véritable qui était plus joli et plus doux, mais que je ne voulais pas dire. »

24. Voir l'article de A. Gaubert et le livre d'A. Buisine.

25. O. N. Hacioglu, « Le prénom Aziyadé », *Revue Pierre Loti*, N° 3, juil.-sept. 1980.

26. « Aziyadé est en Asie » (chap. XXXVIII, 3e partie), « Aziyadé sera passée en Asie » (chap. XXV, 4e partie).

27. Rapporté par Lesley Blanch.

28. JOP, p. 167.

29. C'est évidemment ce thème du mariage exotique que Reboux et Muller choisissent pour leur pastiche de Loti « Papaoutemari » *(A la manière de,* t. I.)

30. RE, p. 102.

31. Figurent encore, dans le second manuscrit, des lettres manuscrites de L. Jousselin (Plumkett).

32. Voir en Annexe II les différentes versions des incidents de Salonique.

33. Jousselin souhaitait supprimer ses lettres du texte définitif. Ce désir partait d'un sentiment très juste de la disparate du texte, mais ne lui est-elle pas indispensable ?

34. A moins que ce ne soit — tout simplement — le désordre d'un manuscrit sujet à trop de manipulations et retouches : on lit, par exemple, sur une page du second manuscrit cette indication du metteur en pages : « l'auteur remarquera que ce feuillet ne se suit pas avec le suivant numéroté 291 au crayon bleu (ordre dans lequel la copie a été envoyée à l'imprimeur). J'ai cru devoir reporter le feuillet 291 (bleu) après le feuillet 297 (bleu) — endroit qui me paraît sa véritable place ». La lettre de Loti à Plumkett du chap. XV de la 1re partie répond à une lettre de Plumkett du chap. XXIII de la... 3e partie ! *Aziyadé* serait-il un des premiers livres à « structure aléatoire » ?

35. RE, p. 202.

36. Nerval, *Le Voyage en Orient*, GF, N° 333, t. II, p. 361.

37. Ce qu'Alain Buisine appelle « l'écriture sépia ».

38. *Fantôme d'Orient*, p. 5.

39. JOP, p. 208-223.

40. Le début du livre est une relecture d'*Aziyadé* : Loti nous renseigne, entre autres, sur les oublis, la part de fiction et analyse son personnage, d'une manière tout à fait suggestive.

41. Voir Annexe IV.

PUBLICATION ET TEXTE

Il est possible de reconstituer à peu près complètement l'histoire compliquée de la publication d'*Aziyadé*, grâce aux lettres de L. Jousselin à Loti[1], à Émile Aucante[2] (chargé des relations avec les auteurs chez Calmann Lévy), des lettres à Loti d'Émile Aucante, de Léon Baudin et de Victor Lempérière[3].

A son retour à Toulon, dans l'été 1877, Julien Viaud lit à quelques amis de la Marine certains passages de son Journal « turc ». Ces amis (Polignac, Jousselin, d'autres) l'encouragent à tenter la publication sous forme de roman. Polignac confie le manuscrit à l'éditeur Dentu qui le refuse. Jousselin retouche alors le manuscrit, sans en aviser Viaud, avant de le proposer, d'abord à Dentu, puis à Calmann-Lévy, sans nom d'auteur.

Julien Viaud avait confié une autre copie de son manuscrit à sa tante Nelly Lieutier. Il est question d'une publication en feuilleton. Les choses traînent. Un autre ami de Navale, Victor Lempérière, récupère l'exemplaire de N. Lieutier et le fait accepter, grâce à Aurélien Scholl, à *L'Événement*.

C'est finalement Calmann Lévy qui l'accepte le

1. Publiées par F. Laplaud dans *La Revue maritime*, N° 46, février 1950.
2. Archives Calmann-Lévy, lettre publiée partiellement par Jean-Yves Mollier.
3. Archives familiales (inédit). Et *Un jeune officier pauvre*, p. 180.

premier et fait signer le contrat à L. Jousselin le 16
février 1878. Le livre s'appelle alors *Béhidgé*. Jousselin
(orthographié Jouslin dans le contrat !) signe en son
nom ; une addition marginale précise « et M. Julien Viaud, officier de marine, actuellement en voyage,
pour lequel M. Jouslin, son collaborateur, déclare se
porter fort, s'engageant à lui faire ratifier le traité qui
va suivre, si M. Calmann-Lévy le désire ». La vente du
manuscrit « a lieu à forfait moyennant la somme de
cinq cents francs ».

Une lettre de Jousselin à E. Aucante, du 9 mars
1878 [1], montre qu'il s'était engagé à revoir le manuscrit. Et que sont déjà en circulation « deux manuscrits ». Les corrections doivent être de deux ordres :
corrections formelles, et modifications (suppressions et
ajouts) de fond pour éviter la censure et les réactions
morales des lecteurs. Loti a déjà apporté un certain
nombre de modifications au premier manuscrit puisque Jousselin indique ensuite la liste de ces transforma-
tions.

Jousselin rappelé à Toulon ne peut assurer cette
révision, comme il s'y était engagé. Julien Viaud vient
donc enfin à Paris en mars 1878 rencontrer son
éditeur [2] et l'on peut supposer que c'est pour décider de
l'état définitif de ce manuscrit si changeant.

A partir de mars c'est Victor Lempérière qui va
assurer la liaison entre l'éditeur et le navigateur
(Lempérière a quitté la marine pour les affaires). Deux
questions principales sont soulevées dans ses lettres
ainsi que dans celles d'E. Aucante : le problème du
nom d'auteur et celui d'une éventuelle illustration du
roman (ou seulement de la couverture) par J. Viaud.

Ainsi, le 13 novembre 1878, Aucante écrit : « Seulement nous vous prions de nous dire au plus tôt si le
titre et la couverture doivent porter votre nom. Nous
sommes d'autant plus dans le doute sur ce point, que le
titre a passé sous vos yeux, que votre nom en est
absent, et que vous n'en avez pas fait la remarque [une

---

1. Voir Annexe III.
2. JOP, p. 225.

lettre du 17 septembre avait annoncé l'envoi des premières épreuves]. Si ce nom doit y figurer, vous n'ignorez sans doute pas que ce ne peut être sans l'autorisation de vos chefs hiérarchiques. Ainsi le veulent les règlements militaires. Si, au contraire, vous renoncez à être nommé, encore avons-nous besoin d'en être assurés par vous-même. »

Le 4 décembre : « Monsieur, il est trop tard, en effet, pour que, dans les circonstances, nous puissions mettre à profit votre talent de dessinateur. Toutes nos dispositions sont prises pour le tirage de la couverture d'*Azyadé* [*sic*]. Elle sera ornée d'un assez joli portrait de jeune femme turque et tirée à l'encre bleue, sur fond blanc glacé. Nous espérons que vous n'en serez pas mécontent. » (E.A.)

Une seule lettre, du 12 décembre, aborde des problèmes d'écriture : « Un mot seulement pour vous tranquilliser. On a remis des points [1] partout où vous l'avez indiqué ; d'autant plus volontiers que, comme vous le dites, ces points se trouvant au bout des alinéas, ne nécessitent pas de remaniements typographiques. Il sera fait de même jusqu'à la fin du volume. » (E.A.)

Le 13 janvier 1879, Lempérière, qui depuis des mois essaie de faire accélérer la publication (mais il y a eu la période des livres de fin d'année, etc. !), annonce à Viaud que le livre « paraîtra prochainement » et que l'éditeur demande « un petit bout de réclame ». Les archives de la famille Loti-Viaud renferment ce petit texte imprimé qui est sans nom d'auteur : « Sous le titre de Azyadé [re-*sic*], il vient de paraître à la Librairie Calmann-Lévy, un roman digne de l'attention du public auquel il s'adresse. L'auteur, qui a cru devoir garder l'anonyme, nous transporte en plein Orient. Son livre est une délicieuse idylle dans laquelle, au milieu d'événements romanesques, le lecteur trouvera des récits chauds et colorés, des tableaux pleins d'imprévu et d'originalité, de tou-

---

1. Probablement les points de suspension qui sont un des traits du style de Loti, en fin mais aussi en début de paragraphe.

chantes scènes d'amour, une ardeur entraînante et une intensité de vie qui attirent et subjuguent. »

Le livre est finalement publié le 20 janvier 1879.

Le 12 février, Émile Aucante, en envoyant à J. Viaud ses 12 exemplaires d'auteur, le tient au courant de la campagne de presse : « Une grande annonce-affiche d'*Aziyadé* a paru à la 4ᵉ page des principaux journaux de Paris, lesquels ont inséré aussi la petite réclame ci-incluse. De plus, cette réclame a été publiée par une centaine de feuilles de la province. Maintenant il nous faudrait des articles. Le volume a été remis à tous les critiques influents et nous l'avons tout particulièrement recommandé à ceux que nous savons bien disposés pour notre maison. Nous avons lieu d'espérer qu'ils en parleront. Malheureusement les changements politiques qui sont survenus dans notre pays depuis la mise au jour de votre ouvrage, ont jusqu'ici absorbé l'attention : mais on va pouvoir revenir aux livres. [...]

» Nous n'avons, du reste, jamais compté sur un grand succès de vente. *Aziyadé* sera, nous le croyons, très apprécié des artistes, des littérateurs et de tous ceux qui ont le goût épuré ; mais, comme vous le savez, ce public-là est assez restreint. Votre volume, en raison de ses qualités, ne saurait convenir au commun des lecteurs. Dans l'intérêt de votre réputation, mieux vaut qu'il en soit ainsi. »

Malgré ce lancement, *Aziyadé* attire peu l'attention des critiques. Le seul article de quelque importance est celui de Maxime Gaucher dans la *Revue politique et littéraire* du 22 février. Viaud devra attendre son second livre pour connaître le succès.

Nous avons pu consulter deux manuscrits d'*Aziyadé* : le « Journal intime » (Archives familiales) qui a servi de base au premier manuscrit dont parle Jousselin ; les personnages ont encore leur nom réel, certaines lettres y figurent, d'autres non (voir Annexes et Notes du Texte). Un autre manuscrit (le second de Jousselin ?) figure dans la collection du colonel Sickles : il est visiblement celui qui a servi à la publication (pagination, préparation). Il contient aussi de nombreuses variantes, souvent au crayon, qui montrent l'écrivain au travail. Cet ensemble n'est pas homogène et manifeste bien la difficile élaboration du texte définitif. Il ne nous était donc pas possible de nous appuyer sur l'un de ces manuscrits pour proposer un texte « meilleur » que le texte imprimé.

Nous avons donc logiquement choisi l'état du texte au moment où Loti en reconnaît la paternité. Il effectue alors, par rapport à la première édition, quelques modifications : la principale est la suppression d'une « Lettre de William Brown à Plumkett » qui précédait la « Préface de Plumkett » (nous la donnons en Note) ; dans le sous-titre il change « sous les murs de Kars » en « dans les murs de Kars » ; d'autres modifications, minimes, établissent une plus grande cohérence (datations en particulier). Nous avons reproduit ce texte en poursuivant ce travail de cohérence et d'harmonisation (italiques, majuscules ou minuscules, orthographe, coquilles même, jamais corrigées au fil des rééditions) ; nous avons respecté cependant les erreurs dans les citations fautives (signalées en notes) et les transcriptions que Loti donne des termes turcs (à l'exception de narguilé qu'à l'époque il écrivait narguilhé). Subsiste le délicat problème de la ponctuation : variant d'une édition à l'autre, il est bien difficile de savoir si ces changements sont voulus par l'auteur ou sont l'œuvre d'imprimeurs zélés ; les manuscrits ne permettent pas de trancher. Nous avons jugé qu'il était utile de préciser (notes en bas de page précédées d'un astérisque ★) le sens de certains termes de la langue turque.

Nous tenons à remercier tous ceux et toutes celles qui ont facilité notre travail : en tout premier lieu M. Pierre Pierre-Loti Viaud, petit-fils de l'écrivain, et sa femme, pour leur généreuse coopération et leur accueil si amical ; M. Fernand Laplaud et Alain Quella-Villéger pour toutes les informations qu'ils nous ont si aimablement communiquées ; M. J.-Yves Mollier et Thierry Bodin qui nous ont laissé consulter de précieux documents ; et les autres.

B. V.

AZIYADÉ

PRÉFACE DE PLUMKETT[1]

AMI DE LOTI

Dans tout roman bien conduit, une description du héros est de rigueur. Mais ce livre n'est point un roman, ou, du moins, c'en est un qui n'a pas été plus conduit que la vie de son héros. Et puis décrire au public indifférent ce Loti que nous aimions n'est pas chose aisée, et les plus habiles pourraient bien s'y perdre.

Pour son portrait physique, lecteur, allez à Musset ; ouvrez « *Namouna*, conte oriental » et lisez :

> Bien cambré, bien lavé ; . . . .
> Des mains de patricien, l'aspect fier et nerveux.
> Ce qu'il avait de beau surtout, c'étaient les yeux[2].

Comme Hassan, il était très joyeux, et pourtant très maussade ; indignement naïf, et pourtant très blasé. En bien comme en mal, il allait loin toujours mais nous l'aimions mieux que cet Hassan égoïste, et c'était à Rolla[3] plutôt qu'il eût pu ressembler...

> Dans plus d'une âme on voit deux choses à la fois :
> . . . .
> Le ciel, — qui teint les eaux à peine remuées,
> . . . .
> Et la vase, — fond morne, affreux, sombre et dormant.

(Victor Hugo, Les Ondines[4].)

PLUMKETT.

I

SALONIQUE

JOURNAL DE LOTI

I

16 mai 1876.

... Une belle journée de mai, un beau soleil, un ciel pur... Quand les canots étrangers arrivèrent, les bourreaux, sur les quais, mettaient la dernière main à leur œuvre : six pendus exécutaient en présence de la foule l'horrible contorsion finale... Les fenêtres, les toits étaient encombrés de spectateurs ; sur un balcon voisin, les autorités turques [5] souriaient à ce spectacle familier.

Le gouvernement du sultan avait fait peu de frais pour l'appareil du supplice ; les potences étaient si basses que les pieds nus des condamnés touchaient la terre. Leurs ongles crispés grinçaient sur le sable.

II

L'exécution terminée, les soldats se retirèrent et les morts restèrent jusqu'à la tombée du jour exposés aux yeux du peuple. Les six cadavres, debout sur leurs pieds, firent jusqu'au soir, la hideuse grimace de la mort au beau soleil de Turquie, au milieu des promeneurs indifférents et de groupes silencieux de jeunes femmes.

III

Les gouvernements de France et d'Allemagne avaient exigé ces exécutions d'ensemble, comme réparation de ce massacre des consuls qui fit du bruit en Europe au début de la crise orientale[6].

Toutes les nations européennes avaient envoyé sur rade de Salonique d'imposants cuirassés. L'Angleterre s'y était une des premières fait représenter, et c'est ainsi que j'y étais venu moi-même, sur l'une des corvettes de Sa Majesté.

IV

Un beau jour de printemps, un des premiers où il nous fut permis de circuler dans Salonique de Macédoine, peu après les massacres, trois jours après les pendaisons, vers quatre heures de l'après-midi, il arriva que je m'arrêtai devant la porte fermée d'une vieille mosquée, pour regarder se battre deux cigognes.

La scène se passait dans une rue du vieux quartier musulman. Des maisons caduques bordaient de petits chemins tortueux, à moitié recouverts par les saillies des *shaknisirs* (sorte d'observatoires mystérieux, de grands balcons fermés et grillés, d'où les passants sont reluqués par des petits trous invisibles). Des avoines poussaient entre les pavés de galets noirs, et des branches de fraîche verdure couraient sur les toits ; le ciel, entrevu par échappées, était pur et bleu ; on respirait partout l'air tiède et la bonne odeur de mai.

La population de Salonique conservait encore envers nous une attitude contrainte et hostile ; aussi l'autorité nous obligeait-elle à traîner par les rues un sabre et tout un appareil de guerre. De loin en loin, quelques personnages à turban passaient en longeant les murs et aucune tête de femme ne se montrait derrière les grillages discrets des *haremlikes* * ; on eût dit une ville morte.

Je me croyais si parfaitement seul, que j'éprouvai une étrange impression en apercevant près de moi, derrière d'épais barreaux de fer, le haut d'une tête humaine, deux grands yeux verts fixés sur les miens.

Les sourcils étaient bruns, légèrement froncés, rapprochés jusqu'à se rejoindre ; l'expression de ce regard était un mélange d'énergie et de naïveté ; on eût dit un regard d'enfant, tant il avait de fraîcheur et de jeunesse.

La jeune femme qui avait ces yeux se leva, et montra jusqu'à la ceinture sa taille enveloppée d'un camail à la turque (*féredjé*) aux plis longs et rigides. Le camail était de soie verte, orné de broderies d'argent. Un voile blanc enveloppait soigneusement la tête, n'en laissant paraître que le front et les grands yeux. Les prunelles étaient bien vertes, de cette teinte vert de mer d'autrefois chantée par les poètes d'Orient.

Cette jeune femme était Aziyadé.

V

Aziyadé me regardait fixement. Devant un Turc, elle se fût cachée ; mais un giaour ** n'est pas un homme ; tout au plus est-ce un objet de curiosité qu'on peut contempler à loisir. Elle paraissait surprise qu'un de ces étrangers, qui étaient venus menacer son pays sur de si terribles machines de fer, pût être un très jeune homme dont l'aspect ne lui causait ni répulsion ni frayeur.

VI

Tous les canots des escadres étaient partis quand je revins sur le quai ; les yeux verts m'avaient légèrement

---

* Appartements des femmes.
** Infidèle.

captivé, bien que le visage exquis caché par le voile
blanc me fût encore inconnu ; j'étais repassé trois fois
devant la mosquée aux cigognes, et l'heure s'en était
allée sans que j'en eusse conscience.

Les impossibilités étaient entassées comme à plaisir
entre cette jeune femme et moi ; impossibilité d'échanger avec elle une pensée, de lui parler ni de lui écrire ;
défense de quitter le bord après six heures du soir, et
autrement qu'en armes ; départ probable avant huit
jours pour ne jamais revenir, et, par-dessus tout, les
farouches surveillances des harems.

Je regardai s'éloigner les derniers canots anglais, le
soleil près de disparaître, et je m'assis irrésolu sous la
tente d'un café turc.

VII

Un attroupement fut aussitôt formé autour de moi ;
c'était une bande de ces hommes qui vivent à la belle
étoile sur les quais de Salonique, bateliers ou portefaix,
qui désiraient savoir pourquoi j'étais resté à terre et
attendaient là, dans l'espoir que peut-être j'aurais
besoin de leurs services.

Dans ce groupe de Macédoniens, je remarquai un
homme qui avait une drôle de barbe, séparée en petites
boucles comme les plus antiques statues de ce pays ; il
était assis devant moi par terre et m'examinait avec
beaucoup de curiosité ; mon costume et surtout mes
bottines paraissaient l'intéresser vivement. Il s'étirait
avec des airs câlins, des mines de gros chat angora, et
bâillait en montrant deux rangées de dents toutes
petites, aussi brillantes que des perles.

Il avait d'ailleurs une très belle tête, une grande
douceur dans les yeux qui resplendissaient d'honnêteté
et d'intelligence. Il était tout dépenaillé, pieds nus,
jambes nues, la chemise en lambeaux, mais propre
comme une chatte.

Ce personnage était Samuel[7].

VIII

Ces deux êtres rencontrés le même jour devaient bientôt remplir un rôle dans mon existence et jouer, pendant trois mois, leur vie pour moi; on m'eût beaucoup étonné en me le disant. Tous deux devaient abandonner ensuite leur pays pour me suivre, et nous étions destinés à passer l'hiver ensemble, sous le même toit, à Stamboul.

IX

Samuel s'enhardit jusqu'à me dire les trois mots qu'il savait d'anglais :

— *Do you want to go on board?* (Avez-vous besoin d'aller à bord ?)

Et il continua en sabir :

— *Te portarem col la mia barca.* (Je t'y porterai avec ma barque.)

Samuel entendait le sabir ; je songeai tout de suite au parti qu'on pouvait tirer d'un garçon intelligent et déterminé, parlant une langue connue, pour cette entreprise insensée qui flottait déjà devant moi à l'état de vague ébauche.

L'or était un moyen de m'attacher ce va-nu-pieds, mais j'en avais peu. Samuel, d'ailleurs, devait être honnête, et un garçon qui l'est ne consent point pour de l'or à servir d'intermédiaire entre un jeune homme et une jeune femme.

X

À WILLIAM BROWN[8], LIEUTENANT
AU 3e D'INFANTERIE DE LIGNE À LONDRES

Salonique, 2 juin.

... Ce n'était d'abord qu'une ivresse de l'imagination
et des sens ; quelque chose de plus est venu ensuite, de
l'amour ou peu s'en faut ; j'en suis surpris et charmé.

Si vous aviez pu suivre aujourd'hui votre ami Loti
dans les rues d'un vieux quartier solitaire, vous l'auriez
vu monter dans une maison d'aspect fantastique. La
porte se referme sur lui avec mystère. C'est la case
choisie pour ces changements de décors qui lui sont
familiers. (Autrefois, vous vous en souvenez, c'était
pour Isabelle B..., l'étoile : la scène se passait dans un
fiacre, ou Hay-Market street, chez la maîtresse du
grand Martyn[9] ; vieille histoire que ces changements
de décors, et c'est à peine si le costume oriental leur
prête encore quelque peu d'attrait et de nouveauté.)

Début de mélodrame. *Premier tableau :* Un vieil
appartement obscur. Aspect assez misérable, mais
beaucoup de couleur orientale. Des narguilés traînent à
terre avec des armes.

Votre ami Loti est planté au milieu et trois vieilles
juives s'empressent autour de lui sans mot dire. Elles
ont des costumes pittoresques et des nez crochus, de
longues vestes ornées de paillettes, des sequins enfilés
pour colliers, et, pour coiffure, des catogans de soie
verte. Elles se dépêchent de lui enlever ses vêtements
d'officier et se mettent à l'habiller à la turque, en
s'agenouillant pour commencer par les guêtres dorées
et les jarretières. Loti conserve l'air sombre et préoccupé qui convient au héros d'un drame lyrique.

Les trois vieilles mettent dans sa ceinture plusieurs
poignards dont les manches d'argent sont incrustés de
corail, et les lames damasquinées d'or ; elles lui passent
une veste dorée à manches flottantes, et le coiffent d'un

*tarbouch**. Après cela, elles expriment, par des gestes, que Loti est très beau ainsi, et vont chercher un grand miroir.

Loti trouve qu'il n'est pas mal en effet, et sourit tristement à cette toilette qui pourrait lui être fatale ; et puis il disparaît par une porte de derrière et traverse toute une ville saugrenue, des bazars d'Orient et des mosquées ; il passe inaperçu dans des foules bariolées, vêtues de ces couleurs éclatantes qu'on affectionne en Turquie ; quelques femmes voilées de blanc se disent seulement sur son passage : « Voici un Albanais qui est bien mis, et ses armes sont belles. »

Plus loin, mon cher William [10], il serait imprudent de suivre votre ami Loti ; au bout de cette course, il y a l'amour d'une femme turque, laquelle est la femme d'un Turc, — entreprise insensée en tout temps, et qui n'a plus de nom dans les circonstances du jour. — Auprès d'elle, Loti va passer une heure de complète ivresse, au risque de sa tête, de la tête de plusieurs autres, et de toutes sortes de complications diplomatiques.

Vous direz qu'il faut, pour en arriver là, un terrible fonds d'égoïsme ; je ne dis pas le contraire ; mais j'en suis venu à penser que tout ce qui me plaît est bon à faire et qu'il faut toujours épicer de son mieux le repas si fade de la vie.

Vous ne vous plaindrez pas de moi, mon cher William ; je vous ai écrit longuement. Je ne crois nullement à votre affection, pas plus qu'à celle de personne ; mais vous êtes, parmi les gens que j'ai rencontrés deçà et delà dans le monde, un de ceux avec lesquels je puis trouver du plaisir à vivre et à échanger mes impressions. S'il y a dans ma lettre quelque peu d'épanchement, il ne faut pas m'en vouloir : j'avais bu du vin de Chypre.

A présent c'est passé ; je suis monté sur le pont respirer l'air vif du soir, et Salonique faisait piètre mine ; ses minarets avaient l'air d'un tas de vieilles bougies, posées sur une ville sale et noire où fleurissent

* Turban.

les vices de Sodome. Quand l'air humide me saisit comme une douche glacée, et que la nature prend ses airs ternes et piteux, je retombe sur moi-même ; je ne retrouve plus au-dedans de moi que le vide écœurant et l'immense ennui de vivre.

Je pense aller bientôt à Jérusalem, où je tâcherai de ressaisir quelques bribes de foi. Pour l'instant, mes croyances religieuses et philosophiques, mes principes de morale, mes théories sociales, etc., sont représentés par cette grande personnalité : le gendarme.

Je vous reviendrai sans doute en automne dans le Yorkshire [11]. En attendant, je vous serre les mains et je suis votre dévoué.

LOTI.

XI

Ce fut une des époques troublées de mon existence que ces derniers jours de mai 1876.

Longtemps, j'étais resté anéanti, le cœur vide, inerte, à force d'avoir souffert ; mais cet état transitoire avait passé, et la force de la jeunesse amenait le réveil. Je m'éveillais seul dans la vie ; mes dernières croyances s'en étaient allées, et aucun frein ne me retenait plus.

Quelque chose comme de l'amour naissait sur ces ruines, et l'Orient jetait son grand charme sur ce réveil de moi-même, qui se traduisait par le trouble des sens.

XII

Elle était venue habiter avec les trois autres femmes de son maître un *yali* * de campagne, dans un bois, sur le chemin de Monastir [12] ; là, on la surveillait moins.

Le jour je descendais en armes. Par grosse mer, toujours, un canot me jetait sur les quais, au milieu de la foule des bateliers et des pêcheurs ; et Samuel, placé comme par hasard sur mon passage, recevait par signes mes ordres pour la nuit.

---

* Maison de campagne.

J'ai passé bien des journées à errer sur ce chemin de Monastir. C'était une campagne nue et triste, où l'œil s'étendait à perte de vue sur des cimetières antiques ; des tombes de marbre en ruine, dont le lichen rongeait les inscriptions mystérieuses ; des champs plantés de menhirs de granit ; des sépultures grecques, byzantines, musulmanes, couvraient ce vieux sol de Macédoine où les grands peuples du passé ont laissé leur poussière. De loin en loin, la silhouette aiguë d'un cyprès, ou un platane immense, abritant des bergers albanais et des chèvres ; sur la terre aride, de larges fleurs lilas pâle, répandant une douce odeur de chèvrefeuille, sous un soleil déjà brûlant. Les moindres détails de ce pays sont restés dans ma mémoire.

La nuit, c'était un calme tiède, inaltérable, un silence mêlé de bruits de cigales, un air pur rempli de parfums d'été ; la mer immobile, le ciel aussi brillant qu'autrefois dans mes nuits des tropiques.

Elle ne m'appartenait pas encore ; mais il n'y avait plus entre nous que des barrières matérielles, la présence de son maître, et le grillage de fer de ses fenêtres.

Je passais ces nuits à l'attendre, à attendre ce moment très court quelquefois, où je pouvais toucher ses bras à travers les terribles barreaux, et embrasser dans l'obscurité ses mains blanches, ornées de bagues d'Orient.

Et puis, à certaine heure du matin, avant le jour, je pouvais, avec mille dangers, rejoindre ma corvette par un moyen convenu avec les officiers de garde.

XIII

Mes soirées se passaient en compagnie de Samuel. J'ai vu d'étranges choses avec lui, dans les tavernes des bateliers ; j'ai fait des études de mœurs que peu de gens ont pu faire, dans les *cours des miracles* et les *tapis francs* des juifs de la Turquie. Le costume que je promenais dans ces bouges était celui des matelots turcs, le moins compromettant pour traverser de nuit la rade de

Salonique. Samuel contrastait singulièrement avec de pareils milieux ; sa belle et douce figure rayonnait sur ces sombres repoussoirs. Peu à peu je m'attachais à lui, et son refus de me servir auprès d'Aziyadé me faisait l'estimer davantage.

Mais j'ai vu d'étranges choses la nuit avec ce vagabond, une prostitution étrange, dans les caves où se consomment jusqu'à complète ivresse le mastic * et le raki...

XIV

Une nuit tiède de juin, étendus tous deux à terre dans la campagne, nous attendions deux heures du matin, — l'heure convenue. — Je me souviens de cette belle nuit étoilée, où l'on n'entendait que le faible bruit de la mer calme. Les cyprès dessinaient sur la montagne des larmes noires, les platanes des masses obscures ; de loin en loin, de vieilles bornes séculaires marquaient la place oubliée de quelque derviche d'autrefois ; l'herbe sèche, la mousse et le lichen avaient bonne odeur ; c'était un bonheur d'être en pleine campagne une pareille nuit, et il faisait bon vivre.

Mais Samuel paraissait subir cette corvée nocturne avec une détestable humeur, et ne me répondait même plus.

Alors je lui pris la main pour la première fois, en signe d'amitié, et lui fis en espagnol à peu près ce discours :

— Mon bon Samuel, vous dormez chaque nuit sur la terre dure ou sur des planches ; l'herbe qui est ici est meilleure et sent bon comme le serpolet. Dormez, et vous serez de plus belle humeur après. N'êtes-vous pas content de moi ? et qu'ai-je pu vous faire ?

Sa main tremblait dans la mienne et la serrait plus qu'il n'eût été nécessaire.

* Synonyme de raki (alcool).

— *Che volete*, dit-il d'une voix sombre et troublée, *che volete mî* (Que voulez-vous de moi[13] ?)...

Quelque chose d'inouï et de ténébreux avait un moment passé dans la tête du pauvre Samuel ; — dans le vieil Orient tout est possible ! — et puis il s'était couvert la figure de ses bras, et restait là, terrifié de lui-même, immobile et tremblant...

Mais, depuis cet instant étrange, il est à mon service corps et âme ; il joue chaque soir sa liberté et sa vie en entrant dans la maison qu'Aziyadé habite ; il traverse, dans l'obscurité, pour aller la chercher, ce cimetière rempli pour lui de visions et de terreurs mortelles ; il rame jusqu'au matin dans sa barque pour veiller sur la nôtre, ou bien m'attend toute la nuit, couché pêle-mêle avec cinquante vagabonds, sur la cinquième dalle de pierre du quai de Salonique. Sa personnalité est comme absorbée dans la mienne, et je le trouve partout dans mon ombre, quels que soient le lieu et le costume que j'aie choisis, prêt à défendre ma vie au risque de la sienne.

XV

LOTI A PLUMKETT, LIEUTENANT DE MARINE

Salonique, mai 1876.

Mon cher Plumkett,

Vous pouvez me raconter, sans m'ennuyer jamais, toutes les choses tristes cu saugrenues, ou même gaies, qui vous passeront par la tête ; comme vous êtes classé pour moi en dehors du « vil troupeau », je lirai toujours avec plaisir ce que vous m'écrirez.

Votre lettre m'a été remise sur la fin d'un dîner au vin d'Espagne, et je me souviens qu'elle m'a un peu, à première vue, abasourdi par son ensemble original. Vous êtes en effet « un drôle de type » ; mais cela, je le savais déjà. Vous êtes aussi un garçon d'esprit, ce qui était connu. Mais ce n'est point là seulement ce que j'ai démêlé dans votre longue lettre, je vous l'assure.

J'ai vu que vous avez dû beaucoup souffrir, et c'est
là un point de commun entre nous deux. Moi aussi, il y
a dix longues années que j'ai été lancé dans la vie, à
Londres, livré à moi-même à seize ans ; j'ai goûté un
peu toutes les jouissances ; mais je ne crois pas non plus
qu'aucun genre de douleur m'ait été épargné. Je me
trouve fort vieux, malgré mon extrême jeunesse physique, que j'entretiens par l'escrime et l'acrobatie.

Les confidences d'ailleurs ne servent à rien ; il suffit
que vous ayez souffert pour qu'il y ait sympathie entre
nous.

Je vois aussi que j'ai été assez heureux pour vous
inspirer quelque affection ; je vous en remercie. Nous
aurons, si vous voulez bien, ce que vous appelez une
amitié intellectuelle, et nos relations nous aideront à
passer le temps maussade de la vie.

A la quatrième page de votre papier, votre main
courait un peu vite sans doute, quand vous avez écrit :
« une affection et un dévouement illimités ». Si vous
avez pensé cela, vous voyez bien, mon cher ami, qu'il y
a encore chez vous de la jeunesse et de la fraîcheur, et
que tout n'est pas perdu. Ces belles amitiés-là, à la vie,
à la mort, personne plus que moi n'en a éprouvé tout le
charme ; mais, voyez-vous, on les a à dix-huit ans ; à
vingt-cinq, elles sont finies, et on n'a plus de dévouement que pour soi-même. C'est désolant, ce que je
vous dis là, mais c'est terriblement vrai.

                              XVI

                                    Salonique, juin 1876.

C'était un bonheur de faire à Salonique ces corvées
matinales qui vous mettaient à terre avant le lever du
soleil. L'air était si léger, la fraîcheur si délicieuse,
qu'on n'avait aucune peine à vivre ; on était comme
pénétré de bien-être. Quelques Turcs commençaient à
circuler, vêtus de robes rouges, vertes ou orange, sous
les rues voûtées des bazars, à peine éclairées encore
d'une demi-lueur transparente.

L'ingénieur Thompson jouait auprès de moi le rôle du confident d'opéra-comique, et nous avons bien couru ensemble par les vieilles rues de cette ville, aux heures les plus prohibées et dans les tenues les moins réglementaires.

Le soir, c'était pour les yeux un enchantement d'un autre genre : tout était rose ou doré. L'Olympe avait des teintes de braise ou de métal en fusion, et se réfléchissait dans une mer unie comme une glace. Aucune vapeur dans l'air : il semblait qu'il n'y avait plus d'atmosphère et que les montagnes se découpaient dans le vide, tant leurs arêtes les plus lointaines étaient nettes et décidées.

Nous étions souvent assis le soir sur les quais où se portait la foule, devant cette baie tranquille. Les *orgues de Barbarie* d'Orient y jouaient leurs airs bizarres, accompagnés de clochettes et de chapeaux chinois ; les *cafedjis* * encombraient la voie publique de leurs petites tables toujours garnies, et ne suffisaient plus à servir les narguilés, les skiros **, le lokoum et le raki.

Samuel était heureux et fier quand nous l'invitions à notre table. Il rôdait alentour, pour me transmettre par signes convenus quelque rendez-vous d'Aziyadé, et je tremblais d'impatience en songeant à la nuit qui allait venir.

XVII

Salonique, juillet 1876.

Aziyadé avait dit à Samuel qu'il resterait cette nuit-là auprès de nous. Je la regardais faire avec étonnement : elle m'avait prié de m'asseoir entre elle et lui, et commençait à lui parler en langue turque.

C'était un entretien qu'elle voulait, le premier entre nous deux, et Samuel devait servir d'interprète ; depuis un mois, liés par l'ivresse des sens, sans avoir pu

* Tenanciers de café.
** Poissons séchés.

échanger même une pensée, nous étions restés jusqu'à cette nuit étrangers l'un à l'autre et inconnus.

— Où es-tu né ? Où as-tu vécu ? Quel âge as-tu ? As-tu une mère ? Crois-tu en Dieu ? Es-tu allé dans le pays des hommes noirs ? As-tu eu beaucoup de maîtresses ? Es-tu un seigneur dans ton pays ?

Elle, elle était une petite fille circassienne [14] venue à Constantinople avec une autre petite de son âge ; un marchand l'avait vendue à un vieux Turc qui l'avait élevée pour la donner à son fils ; le fils était mort, le vieux Turc aussi ; elle, qui avait seize ans, était extrêmement belle ; alors, elle avait été prise par cet homme, qui l'avait remarquée à Stamboul et ramenée dans sa maison de Salonique.

— Elle dit, traduisait Samuel, que son Dieu n'est pas le même que le tien, et qu'elle n'est pas bien sûre, d'après le Koran, que les femmes aient une âme comme les hommes ; elle pense que, quand tu seras parti, vous ne vous verrez jamais, même après que vous serez morts, et c'est pour cela qu'elle pleure. Maintenant, dit Samuel en riant, elle demande si tu veux te jeter dans la mer avec elle tout de suite ; et vous vous laisserez couler au fond en vous tenant serrés tous les deux... Et moi, ensuite, je ramènerai la barque, et je dirai que je ne vous ai pas vus.

— Moi, dis-je, je le veux bien, pourvu qu'elle ne pleure plus ; partons tout de suite, ce sera fini après.

Aziyadé comprit, elle passa ses bras en tremblant autour de mon cou ; et nous nous penchâmes tous deux sur l'eau.

— Ne faites pas cela, cria Samuel, qui eut peur, en nous retenant tous deux avec une poigne de fer. Vilain baiser que vous vous donneriez là. En se noyant, on se mord et on fait une terrible grimace.

Cela était dit en sabir avec une crudité sauvage que le français ne peut pas traduire.

. . . .

Il était l'heure pour Aziyadé de repartir, et, l'instant d'après, elle nous quitta.

XVIII

PLUMKETT A LOTI

Londres, juin 1876.

Mon cher Loti,

J'ai une vague souvenance de vous avoir envoyé le mois dernier une lettre sans queue ni tête, ni rime ni raison. Une de ces lettres que le primesaut vous dicte, où l'imagination galope, suivie par la plume, qui, elle, ne fait que trotter, et encore en butant souvent comme une vieille rossinante de louage.

Ces lettres-là, on ne les a jamais relues avant de les fermer car alors on ne les aurait point envoyées. Des digressions plus ou moins pédantesques dont il est inutile de chercher l'à-propos, suivies d'âneries indignes du *Tintamarre*[15]. Ensuite, pour le bouquet, un auto-panégyrique d'individu incompris qui cherche à se faire plaindre, pour récolter des compliments que vous êtes assez bon pour lui envoyer. Conclusion : tout cela était bien ridicule.

Et les protestations de dévouement ! — Oh ! pour le coup, c'est là que la vieille rossinante à deux becs[16] prenait le mors aux dents ! Vous répondez à cet article de ma lettre comme eût pu le faire cet écrivain du XVIe siècle avant notre ère qui, ayant essayé de tout, d'être un grand roi, un grand philosophe, un grand architecte, d'avoir six cents femmes, etc., en vint à s'ennuyer et à se dégoûter tellement de toutes ces choses, qu'il déclara sur ses vieux jours, toutes réflexions faites, que tout n'était que vanité.

Ce que vous me répondiez là, en style d'Ecclésiaste, je le savais bien ; je suis si bien de votre avis sur tout et même sur autre chose, que je doute fort qu'il m'arrive jamais de discuter avec vous autrement que comme Pandore avec son brigadier[17]. Nous n'avons absolument rien à nous apprendre l'un à l'autre, pour ce qui est des choses de l'ordre moral.

— Les confidences, me dites-vous, sont inutiles.

Plus que jamais, je m'incline : j'aime à avoir des vues d'ensemble sur les personnes et les choses, j'aime à en deviner les grands traits ; quant aux détails, je les ai toujours eus en horreur.

« Affection et dévouement illimités ! » Que voulez-vous ! c'était un de ces bons mouvements, un de ces heureux éclairs à la faveur desquels on est meilleur que soi-même. Croyez bien que l'on est sincère au moment où l'on écrit ainsi. Si ce ne sont que des éclairs, à qui faut-il s'en prendre ?... Est-ce à vous et à moi, qui ne sommes aucunement responsables de la profonde imperfection de notre nature ? Est-ce à celui qui ne nous a créés que pour nous laisser à demi ébauchés, susceptibles des aspirations les plus élevées ; mais incapables d'actes qui soient en rapport avec nos conceptions ? N'est-ce à personne du tout ? Dans le doute où nous sommes à ce sujet, je crois que c'est ce qu'il y a de mieux à faire.

Merci pour ce que vous me dites de la fraîcheur de mes sentiments. Pourtant je n'en crois rien. Ils ont trop servi, ou plutôt je m'en suis trop servi, pour qu'ils ne soient pas un peu défraîchis par l'usage que j'en ai fait. Je pourrais dire que ce sont des sentiments d'occasion, et, à ce propos, je vous rappellerai que souvent on trouve de très bonnes occasions. Je vous ferai également remarquer qu'il est des choses qui gagnent en solidité ce que l'usure peut leur avoir enlevé de brillant et de fraîcheur ; comme exemple tiré du noble métier que nous exerçons tous deux, je vous citerai le vieux filin.

Il est donc bien entendu que je vous aime beaucoup. Il n'y a plus à revenir là-dessus. Une fois pour toutes, je vous déclare que vous êtes très bien doué, et qu'il serait fort malheureux que vous laissiez s'atrophier par l'acrobatie la meilleure partie de vous-même. Cela posé, je cesse de vous assommer de mon affection et de mon admiration, pour entrer dans quelques détails sur mon individu.

Je suis bien portant physiquement, et en traitement pour ce qui est du moral. — Mon traitement consiste à ne plus me tourner la cervelle à l'envers, et à mettre un régulateur à ma sensibilité. Tout est équilibre en ce monde, au dedans de nous-même comme au dehors. Si la sensibilité prend le dessus, c'est toujours aux dépens de la raison. Plus vous serez poète, moins vous serez géomètre, et, dans la vie, il faut un peu de géométrie, et, ce qui est pis encore, beaucoup d'arithmétique. Je crois, Dieu me pardonne, que je vous écris là quelque chose qui a presque le sens commun !

Tout à vous,

PLUMKETT.

XIX

Nuit du 27 juillet, Salonique.

A neuf heures, les uns après les autres, les officiers du bord rentrent dans leurs chambres ; ils se retirent tous en me souhaitant bonne chance et bonne nuit : mon secret est devenu celui de tout le monde.

Et je regarde avec anxiété le ciel du côté du vieil Olympe, d'où partent trop souvent ces gros nuages cuivrés, indices d'orages et de pluie torrentielle.

Ce soir, de ce côté-là, tout est pur, et la montagne mythologique découpe nettement sa cime sur le ciel profond.

Je descends dans ma cabine, je m'habille et je remonte.

Alors commence l'attente anxieuse de chaque soir : une heure, deux heures se passent, les minutes se traînent et sont longues comme des nuits.

A onze heures, un léger bruit d'avirons sur la mer calme ; un point lointain s'approche en glissant comme une ombre. C'est la barque de Samuel. Les factionnaires le couchent en joue et le hèlent. Samuel ne répond rien, et cependant les fusils s'abaissent ; — les factionnaires ont une consigne secrète qui concerne lui seul, et le voilà le long du bord.

On lui remet pour moi des filets, et différents

ustensiles de pêche ; les apparences sont sauvées ainsi, et je saute dans la barque, qui s'éloigne ; j'enlève le manteau qui couvrait mon costume turc et la transformation est faite. Ma veste dorée brille légèrement dans l'obscurité, la brise est molle et tiède, et Samuel rame sans bruit dans la direction de la terre.

Une petite barque est là qui stationne. — Elle contient une vieille négresse hideuse enveloppée d'un drap bleu, un vieux domestique albanais armé jusqu'aux dents, au costume pittoresque ; et puis une femme, tellement voilée qu'on ne voit plus rien d'elle-même qu'une informe masse blanche.

Samuel reçoit dans sa barque les deux premiers de ces personnages, et s'éloigne sans mot dire. Je suis resté seul avec la femme au voile, aussi muette et immobile qu'un fantôme blanc ; j'ai pris les rames, et, en sens inverse, nous nous éloignons aussi dans la direction du large. — Les yeux fixés sur elle, j'attends avec anxiété qu'elle fasse un mouvement ou un signe.

Quand, à son gré, nous sommes assez loin, elle me tend ses bras ; c'est le signal attendu pour venir m'asseoir auprès d'elle. Je tremble en la touchant, ce premier contact me pénètre d'une langueur mortelle, son voile est imprégné des parfums de l'Orient, son contact est ferme et froid.

J'ai aimé plus qu'elle une autre jeune femme [18] que, à présent, je n'ai plus le droit de voir ; mais jamais mes sens n'ont connu pareille ivresse.

XX

La barque d'Aziyadé est remplie de tapis soyeux, de coussins et de couvertures de Turquie. On y trouve tous les raffinements de la nonchalance orientale, et il semblerait voir un lit qui flotte plutôt qu'une barque.

C'est une situation singulière que la nôtre : il nous est interdit d'échanger seulement une parole ; tous les dangers se sont donné rendez-vous autour de ce lit, qui dérive sans direction sur la mer profonde ; on dirait deux êtres qui ne se sont réunis que pour goûter ensemble les charmes enivrants de l'impossible.

Dans trois heures, il faudra partir, quand la Grande Ourse se sera renversée dans le ciel immense. Nous suivons chaque nuit son mouvement régulier, elle est l'aiguille du cadran qui compte nos heures d'ivresse.

D'ici là, c'est l'oubli complet du monde et de la vie, le même baiser commencé le soir qui dure jusqu'au matin, quelque chose de comparable à cette soif ardente des pays de sable de l'Afrique qui s'excite en buvant de l'eau fraîche et que la satiété n'apaise plus...

A une heure, un tapage inattendu dans le silence de cette nuit : des harpes et des voix de femmes ; on nous crie gare, et à peine avons-nous le temps de nous garer. Un canot de la *Maria Pia* passe grand train près de notre barque ; il est rempli d'officiers italiens en partie fine, ivres pour la plupart ; — il avait failli passer sur nous et nous couler.

XXI

Quand nous rejoignîmes la barque de Samuel, la Grande Ourse avait dépassé son point de plus grande inclinaison, et on entendait dans le lointain le chant du coq.

Samuel dormait, roulé dans ma couverture, à l'arrière, au fond de la barque ; la négresse dormait, accroupie à l'avant comme une macaque ; le vieil Albanais dormait entre eux deux, courbé sur ses avirons.

Les deux vieux serviteurs rejoignirent leur maîtresse, et la barque qui portait Aziyadé s'éloigna sans bruit. Longtemps je suivis des yeux la forme blanche de la jeune femme, étendue inerte à la place où je l'avais quittée, chaude de baisers, et humide de la rosée de la nuit.

Trois heures sonnaient à bord des cuirassés allemands ; une lueur blanche à l'orient profilait le contour sombre des montagnes, dont la base était perdue dans l'ombre, dans l'épaisseur de leur propre ombre, reflé-

tée profondément dans l'eau calme. Il était impossible
d'apprécier encore aucune distance dans l'obscurité
projetée par ces montagnes ; seulement les étoiles
pâlissaient.

La fraîcheur humide du matin commençait à tomber
sur la mer ; la rosée se déposait en gouttelettes serrées
sur les planches de la barque de Samuel ; j'étais vêtu à
peine, les épaules seulement couvertes d'une chemise
d'Albanais en mousseline légère. Je cherchais ma veste
dorée ; elle était restée dans la barque d'Aziyadé. Un
froid mortel glissait le long de mes bras, et pénétrait
peu à peu toute ma poitrine. Une heure encore avant le
moment favorable pour rentrer à bord en évitant la
surveillance des hommes de garde ! J'essayai de ramer ;
un sommeil irrésistible engourdissait mes bras. Alors je
soulevai avec des précautions infinies la couverture qui
enveloppait Samuel, pour m'étendre sans l'éveiller à
côté de cet ami de hasard.

Et, sans en avoir eu conscience, en moins d'une
seconde, nous nous étions endormis tous deux de ce
sommeil accablant contre lequel il n'y a pas de
résistance possible ; — et la barque s'en alla en dérive.

Une voix rauque et germanique nous éveilla au bout
d'une heure ; la voix criait quelque chose en allemand
dans le genre de ceci : « Ohé du canot ! »

Nous étions tombés sur les cuirassés allemands, et
nous nous éloignâmes à force de rames ; les fusils des
hommes de garde nous tenaient en joue. Il était quatre
heures ; l'aube, incertaine encore, éclairait la masse
blanche de Salonique, les masses noires des navires de
guerre ; je rentrai à bord comme un voleur, assez
heureux pour être inaperçu.

XXII

La nuit d'après (du 28 au 29), je rêvai que je quittais
brusquement Salonique et Aziyadé. Nous voulions
courir, Samuel et moi, dans le sentier du village turc où
elle demeure, pour au moins lui dire adieu ; l'inertie

des rêves arrêtait notre course; l'heure passait et la corvette larguait ses voiles.

— Je t'enverrai de ses cheveux, disait Samuel, toute une longue natte de ses cheveux bruns.

Et nous cherchions toujours à courir.

Alors, on vint m'éveiller pour le quart; il était minuit. Le timonier alluma une bougie dans ma chambre : je vis briller les dorures et les fleurs de soie de la tapisserie, et m'éveillai tout à fait.

Il plut par torrents cette nuit-là, et je fus trempé.

XXIII

Salonique, 29 juillet.

Je reçois ce matin à dix heures cet ordre inattendu : quitter brusquement ma corvette et Salonique; prendre passage demain sur le paquebot de Constantinople, et rejoindre le stationnaire anglais le *Deerhound*, qui se promène par là-bas, dans les eaux du Bosphore ou du Danube.

Une bande de matelots vient d'envahir ma chambre; ils arrachent les tentures et confectionnent les malles.

J'habitais, tout au fond du *Prince of Wales*, un réduit blindé confinant avec la soute aux poudres. J'avais meublé d'une manière originale [19] ce caveau, où ne pénétrait pas la lumière du soleil : sur les murailles de fer, une épaisse soie rouge à fleurs bizarres; des faïences, des vieilleries redorées, des armes, brillant sur ce fond sombre.

J'avais passé des heures tristes, dans l'obscurité de cette chambre, ces heures inévitables du tête-à-tête avec soi-même, qui sont vouées aux remords, aux regrets déchirants du passé.

XXIV

J'avais quelques bons camarades sur le *Prince of Wales*; j'étais un peu l'enfant gâté du bord, mais je ne tiens plus à personne, et il m'est indifférent de les quitter.

Une période encore de mon existence qui va finir, et Salonique est un coin de la terre que je ne reverrai plus.

J'ai passé pourtant des heures enivrantes sur l'eau tranquille de cette grande baie, des nuits que beaucoup d'hommes achèteraient bien cher et j'aimais presque cette jeune femme, si singulièrement délicieuse !

J'oublierai bientôt ces nuits tièdes, où la première lueur de l'aube nous trouvait étendus dans une barque, enivrés d'amour, et tout trempés de la rosée du matin.

Je regrette Samuel aussi, le pauvre Samüel, qui jouait si gratuitement sa vie pour moi, et qui va pleurer mon départ comme un enfant. C'est ainsi que je me laisse aller encore et prendre à toutes les affections ardentes, à tout ce qui y ressemble, quel qu'en soit le mobile intéressé ou ténébreux ; j'accepte, en fermant les yeux, tout ce qui peut pour une heure combler le vide effrayant de la vie, tout ce qui est une apparence d'amitié ou d'amour.

XXV

30 juillet. Dimanche.

A midi, par une journée brûlante, je quitte Saloni-que. Samuel vient avec sa barque, à la dernière heure, me dire adieu sur le paquebot qui m'emporte.

Il a l'air fort dégagé et satisfait. — Encore un qui m'oubliera vite !

— Au revoir, *effendim, pensia poco de Samuel !* (Au revoir, monseigneur ! pense un peu à Samuel !)

XXVI

— En automne, a dit Aziyadé, Abeddin-effendi, mon maître, transportera à Stamboul son domicile et ses femmes ; si par hasard il n'y venait pas, moi seule j'y viendrais pour toi.

Va pour Stamboul, et je vais l'y attendre. Mais c'est tout à recommencer, un nouveau genre de vie, dans un nouveau pays, avec de nouveaux visages, et pour un temps que j'ignore.

XXVII

L'état-major du *Prince of Wales* exécute des effets de mouchoirs très réussis, et le pays s'éloigne, baigné dans le soleil. Longtemps on distingue la tour blanche, où, la nuit, s'embarquait Aziyadé, et cette campagne pierreuse, çà et là plantée de vieux platanes, si souvent parcourue dans l'obscurité.

Salonique n'est plus bientôt qu'une tache grise qui s'étale sur des montagnes jaunes et arides, une tache hérissée de pointes blanches qui sont des minarets, et de pointes noires qui sont des cyprès.

Et puis la tache grise disparaît, pour toujours sans doute, derrière les hautes terres du cap Kara-Bournou. Quatre grands sommets mythologiques s'élèvent au-dessus de la côte déjà lointaine de Macédoine : Olympe, Athos, Pélion et Ossa !

II

SOLITUDE

I

Constantinople, 3 août 1876.

Traversée en trois jours et trois étapes : Athos, Dédéagatch, les Dardanelles.

Nous étions une bande ainsi composée : une belle dame grecque, deux belles dames juives, un Allemand, un missionnaire américain, sa femme, et un derviche. Une société un peu drôle ! mais nous avons fait bon ménage tout de même, et beaucoup de musique. La conversation générale avait lieu en latin, ou en grec du temps d'Homère. Il y avait même, entre le missionnaire et moi, des apartés en langue polynésienne [20].

Depuis trois jours, j'habite, aux frais de Sa Majesté Britannique, un hôtel du quartier de Péra [21]. Mes voisins sont un lord et une aimable lady, avec laquelle les soirées se passent au piano à jouer tout Beethoven.

J'attends sans impatience le retour de mon bateau, qui se promène quelque part, dans la mer de Marmara.

II

Samuel m'a suivi comme un ami fidèle ; j'en ai été touché. Il a réussi à se faufiler, lui aussi, à bord d'un paquebot des Messageries, et m'est arrivé ce matin ; je l'ai embrassé de bon cœur, heureux de revoir sa franche et honnête figure, la seule qui me soit sympathique dans cette grande ville où je ne connais âme qui vive.

— Voilà, dit-il, effendim ; j'ai tout laissé, mes amis, mon pays, ma barque, — et je t'ai suivi.

J'ai éprouvé déjà que, chez les pauvres gens plus qu'ailleurs, on trouve de ces dévouements absolus et spontanés ; je les aime mieux que les gens policés, décidément : ils n'en ont pas l'égoïsme ni les mesquineries.

III

Tous les verbes de Samuel se terminent en *ate* ; tout ce qui fait du bruit se dit : *fate boum* (faire boum).

— Si Samuel monte à cheval, dit-il, Samuel *fate boum !* (Lisez : « Samuel tombera. »)

Ses réflexions sont subites et incohérentes comme celles des petits enfants ; il est religieux avec naïveté et candeur ; ses superstitions sont originales, et ses observances saugrenues. Il n'est jamais si drôle que quand il veut faire l'homme sérieux.

IV

À LOTI, DE SA SŒUR [22]

Brightbury, août 1876.

Frère aimé,

Tu cours, tu vogues, tu changes, tu te poses... te voilà parti comme un petit oiseau sur lequel jamais on ne peut mettre la main. Pauvre cher petit oiseau, capricieux, blasé, battu des vents, jouet des mirages, qui n'a pas vu encore où il fallait qu'il reposât sa tête fatiguée, son aile frémissante.

Mirage à Salonique, mirage ailleurs ! Tournoie,

tournoie toujours, jusqu'à ce que, dégoûté de ce vol inconscient, tu te poses pour la vie sur quelque jolie branche de fraîche verdure... Non ; tu ne briseras pas tes ailes, et tu ne tomberas pas dans le gouffre, parce que le Dieu des petits oiseaux *a une fois parlé*, et qu'il y a des anges qui veillent autour de cette tête légère et chérie.

C'est donc fini ! Tu ne viendras pas cette année t'asseoir sous les tilleuls ! L'hiver arrivera sans que tu aies foulé notre gazon ! Pendant cinq années, j'ai vu fleurir nos fleurs, se parer nos ombrages, avec la douce, la charmante pensée que je vous y verrais *tous deux*. Chaque saison, chaque été, c'était mon bonheur... Il n'y a plus que toi, et nous ne t'y verrons pas.

Un beau matin d'août, je t'écris de Brightbury, de notre salon de campagne donnant sur la cour aux tilleuls ; les oiseaux chantent, et les rayons du soleil filtrent joyeusement partout. C'est samedi, et les pierres, et le plancher, fraîchement lavés, racontent tout un petit poème rustique et intime, auquel, je le sais, tu n'es point indifférent. Les grandes chaleurs suffocantes sont passées et nous entrons dans cette période de paix, de charme pénétrant, qui peut être si justement comparée au second âge de l'homme ; les fleurs et les plantes, fatiguées de toutes ces voluptés de l'été, s'élancent maintenant, refleurissent vigoureuses, avec des teintes plus ardentes au milieu d'une verdure éclatante, et quelques feuilles déjà jaunies ajoutent au charme viril de cette nature à sa seconde pousse. Dans ce petit coin de mon Éden, tout t'attendait, frère chéri ; il semblait que tout poussait pour toi... et encore une fois tout passera sans toi. C'est décidé, nous ne te verrons pas.

V

Le quartier bruyant du Taxim, sur la hauteur de Péra, les équipages européens, les toilettes européennes heurtant les équipages et les costumes d'Orient ; une grande chaleur, un grand soleil ; un vent

tiède soulevant la poussière et les feuilles jaunies
d'août ; l'odeur des myrtes ; le tapage des marchands
de fruits, les rues encombrées de raisins et de pastè-
ques... les premiers moments de mon séjour à Constantinople ont gravé ces images dans mon souvenir.

Je passais des après-midi au bord de cette route du
Taxim, assis au vent sous les arbres, étranger à tous.
En rêvant de ce temps qui venait de finir, je suivais
d'un regard distrait ce défilé cosmopolite ; je songeais
beaucoup à *elle,* étonné de la trouver si bien assise tout
au fond de ma pensée.

Je fis dans ce quartier la connaissance du prêtre
arménien qui me donna les premières notions de la
langue turque. Je n'aimais pas encore ce pays comme je
l'ai aimé plus tard ; je l'observais en touriste ; et
Stamboul, dont les chrétiens avaient peur, m'était à
peu près inconnu.

Pendant trois mois, je demeurai à Péra, songeant aux
moyens d'exécuter ce projet impossible, aller habiter
avec elle sur l'autre rive de la Corne d'or, vivre de la vie
musulmane qui était sa vie, la posséder des jours
entiers, comprendre et pénétrer ses pensées, lire au
fond de son cœur des choses fraîches et sauvages à
peine soupçonnées dans nos nuits de Salonique, — et
l'avoir à moi tout entière.

Ma maison était située en un point retiré de Péra,
dominant de haut la Corne d'or et le panorama lointain
de la ville turque ; la splendeur de l'été donnait du
charme à cette habitation. En travaillant la langue de
l'islam devant ma grande fenêtre ouverte, je planais sur
le vieux Stamboul baigné de soleil. Tout au fond, dans
un bois de cyprès, apparaissait Eyoub, où il eût été
doux d'aller avec elle cacher son existence, — point
mystérieux et ignoré où notre vie eût trouvé un cadre
étrange et charmant.

Autour de ma maison s'étendaient de vastes terrains
dominant Stamboul, plantés de cyprès et de tombes,
— terrains vagues où j'ai passé plus d'une nuit à errer,
poursuivant quelque aventure imprudente, arménienne ou grecque.

Tout au fond de mon cœur, j'étais resté fidèle à

Aziyadé, mais les jours passaient et elle ne venait pas...

De ces belles créatures, je n'ai conservé que le souvenir sans charme que laisse l'amour enfiévré des sens ; rien de plus ne m'attacha jamais à aucune d'elles, et elles furent vite oubliées.

Mais j'ai souvent parcouru la nuit ces cimetières, et j'y ai fait plus d'une fâcheuse rencontre.

A trois heures, un matin, un homme sorti de derrière un cyprès me barra le passage. C'était un veilleur de nuit ; il était armé d'un long bâton ferré, de deux pistolets et d'un poignard ; — et j'étais sans armes.

Je compris tout de suite ce que voulait cet homme. Il eût attenté à ma vie plutôt que de renoncer à son projet.

Je consentis à le suivre : j'avais mon plan. Nous marchions près de ces fondrières de cinquante mètres de haut qui séparent Péra de Kassim-Pacha. Il était tout au bord ; je saisis l'instant favorable, je me jetai sur lui ; — il posa un pied dans le vide, et perdit l'équilibre. Je l'entendis rouler tout au fond sur les pierres, avec un bruit sinistre et un gémissement.

Il devait avoir des compagnons et sa chute avait pu s'entendre de loin dans ce silence. Je pris mon vol dans la nuit, fendant l'air d'une course si rapide qu'aucun être humain n'eût pu m'atteindre.

Le ciel blanchissait à l'orient quand je regagnai ma chambre. La pâle débauche me retenait souvent par les rues jusqu'à ces heures matinales. A peine étais-je endormi, qu'une suave musique vint m'éveiller ; une vieille aubade d'autrefois, une mélodie gaie et orientale, fraîche comme l'aube du jour, des voix humaines accompagnées de harpes et de guitares.

Le chœur passa, et se perdit dans l'éloignement. Par ma fenêtre grande ouverte, on ne voyait que la vapeur du matin, le vide immense du ciel ; et puis, tout en haut, quelque chose se dessina en rose, un dôme et des minarets ; la silhouette de la ville turque s'esquissa peu à peu, comme suspendue dans l'air... Alors, je me rappelai que j'étais à Stamboul, — et qu'elle avait juré d'y venir.

VI

La rencontre de cet homme m'avait laissé une impression sinistre ; je cessai ce vagabondage nocturne, et n'eus plus d'autres maîtresses, — si ce n'est une jeune fille juive nommée Rébecca, qui me connaissait, dans le faubourg israélite de Pri-Pacha, sous le nom de Marketo.

Je passai la fin d'août et une partie de septembre en excursions dans le Bosphore. Le temps était tiède et splendide. Les rives ombreuses, les palais et les yalis se miraient dans l'eau calme et bleue que sillonnaient des caïques dorés.

On préparait à Stamboul la déposition du sultan Mourad, et le sacre d'Abd-ul-Hamid [23].

VII

Constantinople, 30 août.

Minuit ! la cinquième heure aux horloges turques ; les veilleurs de nuit frappent le sol de leurs lourds bâtons ferrés. Les chiens sont en révolution dans le quartier de Galata et poussent là-bas des hurlements lamentables. Ceux de mon quartier gardent la neutralité et je leur en sais gré ; ils dorment en monceaux devant ma porte. Tout est au grand calme dans mon voisinage ; les lumières s'y sont éteintes une à une, pendant ces trois longues heures que j'ai passées là, étendu devant ma fenêtre ouverte.

A mes pieds, les vieilles cases arméniennes sont obscures et endormies ; j'ai vue sur un très profond ravin, au bas duquel un bois de cyprès séculaires forme une masse absolument noire ; ces arbres tristes ombragent d'antiques sépultures de musulmans ; ils exhalent dans la nuit des parfums balsamiques. L'immense horizon est tranquille et pur ; je domine de haut tout ce

pays. Au-dessus des cyprès, une nappe brillante, c'est
la Corne d'or ; au-dessus encore, tout en haut, la
silhouette d'une ville orientale, c'est Stamboul. Les
minarets, les hautes coupoles des mosquées se décou-
pent sur un ciel très étoilé où un mince croissant de
lune est suspendu ; l'horizon est tout frangé de tours
et de minarets, légèrement dessinés en silhouettes
bleuâtres sur la teinte pâle de la nuit. Les grands
dômes superposés des mosquées montent en teintes
vagues jusqu'à la lune, et produisent sur l'imagination
l'impression du gigantesque.

Dans un de ces palais là-bas, le Seraskierat, il se
passe à l'heure qu'il est une sombre comédie ; les
grands pachas y sont réunis pour déposer le sultan
Mourad ; demain, c'est Abd-ul-Hamid qui l'aura remplacé. Ce sultan pour l'avènement duquel nous avons
fait si grande fête, il y a trois mois, et qu'on servait
aujourd'hui encore comme un dieu, on l'étrangle peut-
être cette nuit dans quelque coin du sérail.

Tout cependant est silencieux dans Constantinople... A onze heures, des cavaliers et de l'artillerie sont
passés au galop, courant vers Stamboul ; et puis le
roulement sourd des batteries s'est perdu dans le
lointain, tout est retombé dans le silence. Des
chouettes chantent dans les cyprès, avec la même voix
que celles de mon pays ; j'aime ce bruit d'été, qui me
ramène aux bois du Yorkshire, aux beaux soirs de mon
enfance, passée sous les arbres, là-bas, dans le jardin de
Brightbury.

Au milieu de ce calme, les images du passé sont
vivement présentes à mon esprit ; les images de tout ce
qui est brisé, parti sans retour.

Je comptais que mon pauvre Samuel serait auprès de
moi ce soir, et sans doute je ne le reverrai jamais. J'en
ai le cœur serré et ma solitude me pèse. Il y a huit
jours, je l'avais laissé partir pour gagner quelque
argent, sur un navire qui s'en allait à Salonique. Les
trois bateaux qui pouvaient me le ramener sont revenus
sans lui, le dernier ce soir, et personne à bord n'en
avait entendu parler...

Le croissant s'abaisse lentement derrière les dômes

de la Suleïmanieh[24]. Dans cette grande ville, je suis
étranger et inconnu. Mon pauvre Samuel était le seul
qui y sût mon nom et mon existence, et sincèrement je
commençais à l'aimer.

M'a-t-il abandonné, lui aussi, ou bien lui est-il arrivé
malheur ?

VIII

Les amis sont comme les chiens : cela finit mal
toujours, et le mieux est de n'en pas avoir.

IX

. . . .
L'ami Saketo, qui fait le va-et-vient de Salonique à
Constantinople sur les paquebots turcs, nous rend
fréquemment visite. D'abord craintif dans la case, il y
vint bientôt comme chez lui. Un brave garçon, ami
d'enfance de Samuel, auquel il apporte les nouvelles du
pays.

La vieille Esther, une juive de Salonique qui avait là-
bas mission de me costumer en Turc et m'appelait son
caro piccolo, m'envoie, par son intermédiaire, ses
souhaits et ses souvenirs.

L'ami Saketo est bienvenu, surtout quand il apporte
les messages qu'Aziyadé lui transmet par l'organe de sa
négresse.

— La *hanum* (la dame turque), dit-il, présente ses
salam à M. Loti ; elle lui mande qu'il ne faut point se
lasser de l'attendre, et qu'avant l'hiver elle sera rendue...

X

LOTI À WILLIAM BROWN

J'ai reçu votre triste lettre il y a seulement deux jours ; vous l'aviez adressée à bord du *Prince of Wales*, elle est allée me chercher à Tunis et ailleurs.

En effet, mon pauvre ami, votre part de chagrin est lourde aussi, et vous les sentez plus vivement que d'autres parce que, pour votre malheur, vous avez reçu comme moi ce genre d'éducation qui développe le cœur et la sensibilité.

Vous avez tenu vos promesses, sans doute, en ce qui concerne la jeune femme que vous aimez. A quoi bon, mon pauvre ami, au profit de qui et en vertu de quelle morale ? Si vous l'aimez à ce point et si elle vous aime, ne vous embarrassez pas des conventions et des scrupules ; prenez-la à n'importe quel prix, vous serez heureux quelque temps, guéri après, et les conséquences sont secondaires.

Je suis en Turquie depuis cinq mois, depuis que je vous ai quitté ; j'y ai rencontré une jeune femme étrangement charmante, du nom d'Aziyadé, qui m'a aidé à passer à Salonique mon temps d'exil, — et un vagabond, Samuel, que j'ai pris pour ami. Le moins possible j'habite le *Deerhound ;* j'y suis intermittent (comme certaines fièvres de Guinée), reparaissant tous les quatre jours pour les besoins du service. J'ai un bout de case à Constantinople, dans un quartier où je suis inconnu ; j'y mène une vie qui n'a pour règle que ma fantaisie, et une petite Bulgare de dix-sept ans est ma maîtresse du jour.

L'Orient a du charme encore ; il est resté plus oriental qu'on ne pense. J'ai fait ce tour de force d'apprendre en deux mois la langue turque [25] ; je porte fez et cafetan, — et je joue à l'*effendi*, comme les enfants jouent aux soldats.

Je riais autrefois de certains romans où l'on voit de braves gens perdre, après quelque catastrophe, la

sensibilité et le sens moral ; peut-être cependant ce cas-
là est-il un peu le mien. Je ne souffre plus, je ne me
souviens plus : je passerais indifférent à côté de ceux
qu'autrefois j'ai adorés.

J'ai essayé d'être chrétien, je ne l'ai pas pu. Cette
illusion sublime qui peut élever le courage de certains
hommes, de certaines femmes, — nos mères par
exemple, — jusqu'à l'héroïsme, cette illusion m'est
refusée.

Les chrétiens du monde me font rire ; si je l'étais,
moi, le reste n'existerait plus à mes yeux ; je me ferais
missionnaire et m'en irais quelque part me faire tuer au
service du Christ...

Croyez-moi, mon pauvre ami, le temps et la
débauche sont deux grands remèdes ; le cœur s'engour-
dit à la longue, et c'est alors qu'on ne souffre plus.
Cette vérité n'est pas neuve, et je reconnais qu'Alfred
de Musset vous l'eût beaucoup mieux accommodée [26] ;
mais, de tous les vieux adages, que, de génération en
génération, les hommes se repassent, celui-là est un des
plus immortellement vrais. Cet amour pur que vous
rêvez est une fiction comme l'amitié ; oubliez celle que
vous aimez pour une coureuse. Cette femme idéale
vous échappe ; éprenez-vous d'une fille de cirque qui
aura de belles formes.

Il n'y a pas de Dieu, il n'y a pas de morale, rien
n'existe de tout ce qu'on nous a enseigné à respecter ; il
y a une vie qui passe, à laquelle il est logique de
demander le plus de jouissance possible, en attendant
l'épouvantable finale qui est la mort.

Les vraies misères, ce sont les maladies, les laideurs
et la vieillesse ; ni vous ni moi, nous n'avons ces
misères-là ; nous pouvons avoir encore une foule de
maîtresses, et jouir de la vie.

Je vais vous ouvrir mon cœur, vous faire ma
profession de foi : j'ai pour règle de conduite de faire
toujours ce qui me plaît, en dépit de toute moralité, de
toute convention sociale. Je ne crois à rien ni à
personne, je n'aime personne ni rien ; je n'ai ni foi ni
espérance.

J'ai mis vingt-sept ans à en venir là [27] ; si je suis

tombé plus bas que la moyenne des hommes, j'étais
aussi parti de plus haut.

Adieu, je vous embrasse.

LOTI.

XI

La mosquée d'Eyoub, située au fond de la Corne
d'or, fut construite sous Mahomet II, sur l'emplacement du tombeau d'Eyoub, compagnon du prophète.

L'accès en est de tout temps interdit aux chrétiens,
et les abords mêmes n'en sont pas sûrs pour eux.

Ce monument est bâti en marbre blanc ; il est placé
dans un lieu solitaire, à la campagne, et entouré de
cimetières de tous côtés. On voit à peine son dôme et
ses minarets sortant d'une épaisse verdure, d'un massif
de platanes gigantesques et de cyprès séculaires.

Les chemins de ces cimetières sont très ombragés et
sombres, dallés en pierre ou en marbre, chemins creux
pour la plupart. Ils sont bordés d'édifices de marbre
fort anciens, dont la blancheur, encore inaltérée,
tranche sur les teintes noires des cyprès.

Des centaines de tombes dorées et entourées de
fleurs se pressent à l'ombre de ces sentiers ; ce sont des
tombes de morts vénérés, d'anciens pachas, de grands
dignitaires musulmans. Les cheik-ul-islam * ont leurs
kiosques funéraires dans une de ces avenues tristes.

C'est dans la mosquée d'Eyoub que sont sacrés les
sultans.

XII

Le 6 septembre, à six heures du matin, j'ai pu
pénétrer dans la seconde cour intérieure de la mosquée
d'Eyoub.

Le vieux monument était vide et silencieux ; deux

* Chefs religieux.

derviches m'accompagnaient, tout tremblants de l'audace de cette entreprise. Nous marchions sans mot dire sur les dalles de marbre. La mosquée, à cette heure matinale, était d'une blancheur de neige ; des centaines de pigeons ramiers picoraient et voletaient dans les cours solitaires.

Les deux derviches, en robe de bure, soulevèrent la portière de cuir qui fermait le sanctuaire, et il me fut permis de plonger un regard dans ce lieu vénéré, le plus saint de Stamboul, où jamais chrétien n'a pu porter les yeux.

C'était la veille du sacre du sultan Abd-ul-Hamid.

Je me souviens du jour où le nouveau sultan vint en grande pompe prendre possession du palais impérial. J'avais été un des premiers à le voir, quand il quitta cette retraite sombre du vieux sérail où l'on tient en Turquie les prétendants au trône ; de grands caïques de gala étaient venus l'y chercher, et mon caïque touchait le sien.

Ces quelques jours de puissance ont déjà vieilli le sultan ; il avait alors une expression de jeunesse et d'énergie qu'il a perdue depuis. L'extrême simplicité de sa mise contrastait avec le luxe oriental dont on venait de l'entourer. Cet homme, que l'on tirait d'une obscurité relative pour le conduire au suprême pouvoir, semblait plongé dans une inquiète rêverie ; il était maigre, pâle et tristement préoccupé, avec de grands yeux noirs cernés de bistre ; sa physionomie était intelligente et distinguée.

Les caïques du sultan sont conduits chacun par vingt-six rameurs. Leurs formes ont l'élégance originale de l'Orient ; ils sont d'une grande magnificence, entièrement ciselés et dorés, et portent à l'avant un éperon d'or. La livrée des laquais de la cour est verte et orange, couverte de dorures. Le trône du sultan, orné de plusieurs soleils, est placé sous un dais rouge et or.

XIII

Aujourd'hui, 7 septembre, a lieu la grande représentation du sacre d'un sultan.

Abd-ul-Hamid, à ce qu'il semble, est pressé de s'entourer du prestige des Khalifes ; il se pourrait que son avènement ouvrît à l'islam une ère nouvelle, et qu'il apportât à la Turquie un peu de gloire encore et un dernier éclat.

Dans la mosquée sainte d'Eyoub, Abd-ul-Hamid est allé ceindre en grande pompe le sabre d'Othman *.

Après quoi, suivi d'un long et magnifique cortège, le sultan a traversé Stamboul dans toute sa longueur pour se rendre au palais du vieux sérail, faisant une pause et disant une prière, comme il est d'usage, dans les mosquées et les kiosques funéraires qui se trouvaient sur son chemin.

Des hallebardiers ouvraient la marche, coiffés de plumets verts de deux mètres de haut, vêtus d'habits écarlates tout chamarrés d'or.

Abd-ul-Hamid s'avançait au milieu d'eux, monté sur un cheval blanc monumental, à l'allure lente et majestueuse, caparaçonné d'or et de pierreries.

Le cheik-ul-islam en manteau vert, les émirs en turban de cachemire, les ulémas ** en turban blanc à bandelettes d'or, les grands pachas, les grands dignitaires, suivaient sur des chevaux étincelants de dorures, — grave et interminable cortège où défilaient de singulières physionomies ! — Des ulémas octogénaires soutenus par des laquais sur leurs montures tranquilles, montraient au peuple des barbes blanches et de sombres regards empreints de fanatisme et d'obscurité.

Une foule innombrable se pressait sur tout ce parcours, une de ces foules turques auprès desquelles les plus luxueuses foules d'Occident paraîtraient laides

* Osman Ier, fondateur de la dynastie Osmanlie.
** Hauts dignitaires religieux.

et tristes. Des estrades disposées sur une étendue de plusieurs kilomètres pliaient sous le poids des curieux, et tous les costumes d'Europe et d'Asie s'y trouvaient mêlés.

Sur les hauteurs d'Eyoub s'étalait la masse mouvante des dames turques. Tous ces corps de femmes, enveloppés chacun jusqu'aux pieds de pièces de soie de couleurs éclatantes, toutes ces têtes blanches cachées sous les plis des yachmaks d'où sortaient des yeux noirs, se confondaient sous les cyprès avec les pierres peintes et historiées des tombes. Cela était si coloré et si bizarre, qu'on eût dit moins une réalité qu'une composition fantastique de quelque orientaliste halluciné.

XIV

Le retour de Samuel est venu apporter un peu de gaieté à ma triste case. La fortune me sourit aux roulettes de Péra, et l'automne est splendide en Orient. J'habite un des plus beaux pays du monde, et ma liberté est illimitée. Je puis courir, à ma guise, les villages, les montagnes, les bois de la côte d'Asie ou d'Europe, et beaucoup de pauvres gens vivraient une année des impressions et des péripéties d'un seul de mes jours.

Puisse Allah accorder longue vie au sultan Abd-ul-Hamid, qui fait revivre les grandes fêtes religieuses, les grandes solennités de l'islam ; Stamboul illuminé chaque soir, le Bosphore éclairé aux feux de Bengale, les dernières lueurs de l'Orient qui s'en va, une féerie à grand spectacle que sans doute on ne reverra plus.

Malgré mon indifférence politique, mes sympathies sont pour ce beau pays qu'on veut supprimer, et tout doucement je deviens Turc sans m'en douter.

XV

... Des renseignements sur Samuel et sa nationalité :
il est Turc d'occasion, israélite de foi, et Espagnol par
ses pères.

A Salonique, il était un peu va-nu-pieds, batelier et
portefaix. Ici, comme là-bas, il exerce son métier sur
les quais ; comme il a meilleure mine que les autres, il a
beaucoup de pratiques et fait de bonnes journées ; le
soir, il soupe d'un raisin et d'un morceau de pain, et
rentre à la case, heureux de vivre.

La roulette ne donne plus, et nous voilà fort pauvres
tous deux, mais si insouciants que cela compense ;
assez jeunes d'ailleurs pour avoir pour rien des satisfac-
tions que d'autres paient fort cher.

Samuel met deux culottes percées l'une sur l'autre
pour aller au travail ; il se figure que les trous ne
coïncident pas et qu'il est fort convenable ainsi.

Chaque soir, on nous trouve, comme deux bons
Orientaux, fumant notre narguilé sous les platanes
d'un café turc, ou bien nous allons au théâtre des
ombres chinoises, voir Karagueuz, le Guignol turc qui
nous captive. Nous vivons en dehors de toutes les
agitations, et la politique n'existe pas pour nous.

Il y a panique cependant parmi les chrétiens de
Constantinople, et Stamboul est un objet d'effroi pour
les gens de Péra, qui ne passent plus les ponts qu'en
tremblant.

XVI

Je traversais hier au soir Stamboul à cheval, pour
aller chez Izeddin-Ali. C'était la grande fête du Baï-
ram, grande féerie orientale, dernier tableau du Ramazan * : toutes les mosquées illuminées ; les minarets
étincelants jusqu'à leur extrême pointe ; des versets du

* Forme turque du Ramadan.

Koran en lettres lumineuses suspendus dans l'air ; des
milliers d'hommes criant à la fois, au bruit du canon, le
nom vénéré d'Allah ; une foule en habits de fête,
promenant dans les rues des profusions de feux et de
lanternes ; des femmes voilées circulant par troupes,
vêtues de soie, d'argent et d'or.

Après avoir couru, Izeddin-Ali et moi, tout Stamboul, à trois heures du matin nous terminions nos
explorations par un souterrain de banlieue où de jeunes
garçons asiatiques, costumés en almées, exécutaient
des danses lascives devant un public composé de tous
les repris de la justice ottomane, saturnale d'une
écœurante nouveauté. Je demandai grâce pour la fin de
ce spectacle, digne des beaux moments de Sodome, et
nous rentrâmes au petit jour.

XVII

KARAGUEUZ

Les aventures et les méfaits du seigneur Karagueuz
ont amusé un nombre incalculable de générations de
Turcs, et rien ne fait présager que la faveur de ce
personnage soit près de finir.

Karagueuz offre beaucoup d'analogies de caractère
avec le vieux polichinelle français ; après avoir battu
tout le monde, y compris sa femme, il est battu lui-
même par *Chéytan*, — le diable — qui finalement
l'emporte, à la grande joie des spectateurs.

Karagueuz est en carton ou en bois ; il se présente au
public sous forme de marionnette ou d'ombre chinoise ; dans les deux cas, il est également drôle. Il
trouve des intonations et des postures que Guignol
n'avait pas soupçonnées ; les caresses qu'il prodigue à
madame Karagueuz sont d'un comique irrésistible.

Il arrive à Karagueuz d'interpeller les spectateurs et
d'avoir ses démêlés avec le public. Il lui arrive aussi de
se permettre des facéties tout à fait incongrues, et de
faire devant tout le monde des choses qui scandalise-
raient même un capucin [28]. En Turquie, cela passe ; la

censure n'y trouve rien à dire, et on voit chaque soir les bons Turcs s'en aller, la lanterne à la main, conduire à Karagueuz des troupes de petits enfants. On offre à ces pleines salles de bébés un spectacle qui, en Angleterre, ferait rougir un corps de garde.

C'est là un trait curieux des mœurs orientales, et on serait tenté d'en déduire que les musulmans sont beaucoup plus dépravés que nous-mêmes, conclusion qui serait absolument fausse.

Les théâtres de Karagueuz s'ouvrent le premier jour du mois lunaire du Ramazan et sont fort courus pendant trente jours.

Le mois fini, tout se ramasse et se démonte. Karagueuz rentre pour un an dans sa boîte et n'a plus, sous aucun prétexte, le droit d'en sortir.

XVIII

Péra m'ennuie et je déménage ; je vais habiter dans le vieux Stamboul, même au-delà de Stamboul, dans le saint faubourg d'Eyoub[29].

Je m'appelle là-bas Arif-effendi ; mon nom et ma position y sont inconnus. Les bons musulmans mes voisins n'ont aucune illusion sur ma nationalité ; mais cela leur est égal, et à moi aussi.

Je suis là à deux heures du *Deerhound*, presque à la campagne, dans une case à moi seul. Le quartier est turc et pittoresque au possible : une rue de village où règne dans le jour une animation originale ; des bazars, des cafedjis, des tentes ; et de graves derviches fumant leur narguilé sous des amandiers.

Une place, ornée d'une vieille fontaine monumentale en marbre blanc, rendez-vous de tout ce qui nous arrive de l'intérieur, tziganes, saltimbanques, montreurs d'ours. Sur cette place, une case isolée, — c'est la nôtre.

En bas, un vestibule badigeonné à la chaux, blanc comme neige, un appartement vide. (Nous ne l'ouvrons que le soir, pour voir, avant de nous coucher, si personne n'est venu s'y cacher, et Samuel pense qu'il est hanté.)

Au premier, ma chambre, donnant par trois fenêtres sur la place déjà mentionnée ; la petite chambre de Samuel, et le *haremlike*, ouvrant à l'est sur la Corne d'or.

On monte encore un étage, on est sur le toit, en terrasse comme un toit arabe ; il est ombragé d'une vigne, déjà fort jaunie, hélas ! par le vent d'automne.

Tout à côté de la case, une vieille mosquée de village. Quand le muezzin, qui est mon ami, monte à son minaret, il arrive à la hauteur de ma terrasse, et m'adresse, avant de chanter la prière, un salam amical.

La vue est belle de là-haut. Au fond de la Corne d'or, le sombre paysage d'Eyoub ; la mosquée sainte émergeant avec sa blancheur de marbre d'un bas-fond mystérieux, d'un bois d'arbres antiques ; et puis des collines tristes, teintées de nuances sombres et parsemées de marbres, des cimetières immenses, une vraie ville des morts.

A droite, la Corne d'or, sillonnée par des milliers de caïques dorés ; tout Stamboul en raccourci, les mosquées enchevêtrées, confondant leurs dômes et leurs minarets.

Là-bas, tout au loin, une colline plantée de maisons blanches ; c'est Péra, la ville des chrétiens, et le *Deerhound* est derrière.

XIX

Le découragement m'avait pris, en présence de cette case vide, de ces murailles nues, de ces fenêtres disjointes et de ces portes sans serrures. C'était si loin d'ailleurs, si loin du *Deerhound*, et si peu pratique...

XX

Samuel passe huit jours à laver, blanchir et calfeutrer. Nous faisons clouer sur les planchers des nattes blanches qui les tapissent entièrement, — usage turc, propre et confortable. — Des rideaux aux fenêtres et un large divan couvert d'une étoffe à ramages rouges complètent cette première installation, qui est pour l'instant une installation modeste.

Déjà l'aspect a changé ; j'entrevois la possibilité de faire un chez moi de cette case où soufflent tous les vents, et je la trouve moins désolée. Cependant il y faudrait sa présence à elle qui avait juré de venir, et peut-être est-ce pour elle seule que je me suis isolé du monde !

Je suis un peu à Eyoub l'enfant gâté du quartier, et Samuel aussi y est fort apprécié.

Mes voisins, méfiants d'abord, ont pris le parti de combler de prévenances l'aimable étranger qu'Allah leur envoie, et chez lequel pour eux tout est énigmatique.

Le derviche Hassan-effendi, à la suite d'une visite de deux heures, tire ainsi ses conclusions :

— Tu es un garçon invraisemblable, et tout ce que tu fais est étrange ! Tu es très jeune, ou du moins tu le parais, et tu vis dans une si complète indépendance, que les hommes d'un âge mûr ne savent pas toujours en conquérir de semblable. Nous ignorons d'où tu viens, et tu n'as aucun moyen connu d'existence. Tu as déjà couru tous les recoins des cinq parties du monde ; tu possèdes un ensemble de connaissances plus grand que celui de nos ulémas ; tu sais tout et tu as tout vu. Tu as vingt ans, vingt-deux peut-être, et une vie humaine ne suffirait pas à ton passé mystérieux. Ta place serait au premier rang dans la société européenne de Péra, et tu viens vivre à Eyoub, dans l'intimité singulièrement choisie d'un vagabond israélite. Tu es un garçon invraisemblable ; mais j'ai du plaisir à te voir, et je suis charmé que tu sois venu t'établir parmi nous.

XXI

Novembre 1876.

Cérémonie du Surré-humayoun. Départ des cadeaux impériaux pour la Mecque.

Le sultan, chaque année, expédie à la ville sainte une caravane chargée de présents.

Le cortège, parti du palais de Dolma-Bagtché va s'embarquer à l'échelle de Top-Hané, pour se rendre à Scutari d'Asie.

En tête, une bande d'Arabes dansent au son du tam-tam, en agitant en l'air de longues perches enroulées de banderoles d'or.

Des chameaux s'avancent gravement, coiffés de plumes d'autruches, surmontés d'édifices de brocart d'or enrichis de pierreries ; ces édifices contiennent les présents les plus précieux.

Des mulets empanachés portent le reste du tribut du Khalife, dans des caissons de velours rouge brodé d'or.

Les ulémas, les grands dignitaires, suivent à cheval, et les troupes forment la haie sur tout le parcours.

Il y a quarante jours de marche entre Stamboul et la ville sainte.

XXII

Eyoub est un pays bien funèbre par ces nuits de novembre ; j'avais le cœur serré et rempli de sentiments étranges, les premières nuits que je passai dans cet isolement.

Ma porte fermée, quand l'obscurité eut envahi pour la première fois ma maison, une tristesse profonde s'étendit sur moi comme un suaire.

J'imaginai de sortir, j'allumai ma lanterne. (On conduit en prison, à Stamboul, les promeneurs sans fanal.)

Mais, passé sept heures du soir, tout est fermé et

silencieux dans Eyoub ; les Turcs se couchent avec le soleil et tirent les verrous sur leurs portes.

De loin en loin, si une lampe dessine sur le pavé le grillage d'une fenêtre, ne regardez pas par cette ouverture ; cette lampe est une lampe funéraire qui n'éclaire que de grands catafalques surmontés de turbans. On vous égorgerait là, devant cette fenêtre grillée, qu'aucun secours humain n'en saurait sortir. Ces lampes qui tremblent jusqu'au matin sont moins rassurantes que l'obscurité.

A tous les coins de rue, on rencontre à Stamboul de ces habitations de cadavres.

Et là, tout près de nous, où finissent les rues, commencent les grands cimetières, hantés par ces bandes de malfaiteurs qui, après vous avoir dévalisé, vous enterrent sur place, sans que la police turque vienne jamais s'en mêler.

Un veilleur de nuit m'engagea à rentrer dans ma case, après s'être informé du motif de ma promenade, laquelle lui avait semblé tout à fait inexplicable et même un peu suspecte.

Heureusement il y a de fort braves gens parmi les veilleurs de nuit, et celui-là en particulier, qui devait voir par la suite des allées et venues mystérieuses, fut toujours d'une irréprochable discrétion.

XXIII

« On peut trouver un compagnon, mais non pas un ami fidèle. »

« Si vous traversiez le monde entier, vous ne trouveriez peut-être pas un ami... »

(*Extrait d'une vieille poésie orientale.*)

XXIV

LOTI A SA SŒUR, A BRIGHTBURY

Eyoub..., 1876.

... T'ouvrir mon cœur devient de plus en plus difficile, parce que chaque jour ton point de vue et le mien s'éloignent davantage. L'idée chrétienne était restée longtemps flottante dans mon imagination alors même que je ne croyais plus ; elle avait un charme vague et consolant. Aujourd'hui, ce prestige est absolument tombé ; je ne connais rien de si vain, de si mensonger, de si inadmissible.

J'ai eu de terribles moments dans ma vie, j'ai cruellement souffert, tu le sais.

J'avais désiré me marier, je te l'avais dit ; je t'avais confié le soin de chercher une jeune fille qui fût digne de notre toit familial et de notre vieille mère. Je te prie de n'y plus songer : je rendrais malheureuse la femme que j'épouserais, je préfère continuer une vie de plaisirs...

Je t'écris dans ma triste case d'Eyoub ; à part un petit garçon nommé Yousouf, que même j'habitue à obéir par signes pour m'épargner l'ennui de parler, je passe chez moi de longues heures sans adresser la parole à âme qui vive.

Je t'ai dit que je ne croyais à l'affection de personne ; cela est vrai. J'ai quelques amis qui m'en témoignent beaucoup, mais je n'y crois pas. Samuel, qui vient de me quitter, est peut-être encore de tous celui qui tient le plus à moi. Je ne me fais pas d'illusion cependant : c'est de sa part un grand enthousiasme d'enfant. Un beau jour, tout s'en ira en fumée, et je me retrouverai seul.

Ton affection à toi, ma sœur, j'y crois dans une certaine mesure ; affaire d'habitude au moins, et puis il faut bien croire à quelque chose. Si c'est vrai que tu m'aimes, dis-le-moi, fais-le-moi voir... J'ai besoin de me rattacher à quelqu'un ; si c'est vrai, fais que je puisse y croire. Je sens la terre qui manque sous mes pas, le vide se fait autour de moi, et j'éprouve une angoisse profonde...

Tant que je conserverai ma chère vieille mère, je resterai en apparence ce que je suis aujourd'hui. Quand elle n'y sera plus, j'irai te dire adieu, et puis je disparaîtrai sans laisser trace de moi-même...

XXV

LOTI A PLUMKETT

Eyoub, 15 novembre 1876.

Derrière toute cette fantasmagorie orientale qui entoure mon existence, derrière Arif-effendi, il y a un pauvre garçon triste qui se sent souvent un froid mortel au cœur. Il est peu de gens avec lesquels ce garçon, très renfermé par nature, cause quelquefois d'une manière un peu intime, — mais vous êtes de ces gens-là. — J'ai beau faire, Plumkett, je ne suis pas heureux ; aucun expédient ne me réussit pour m'étourdir. J'ai le cœur plein de lassitude et d'amertume.

Dans mon isolement, je me suis beaucoup attaché à ce va-nu-pieds ramassé sur les quais de Salonique, qui s'appelle Samuel. Son cœur est sensible et droit ; c'est, comme dirait feu Raoul de Nangis [30] un diamant brut enchâssé dans du fer. De plus, sa société est naïve et originale, et je m'ennuie moins quand je l'ai près de moi.

Je vous écris à cette heure navrante des crépuscules d'hiver ; on n'entend dans le voisinage que la voix du muezzin qui chante tristement, en l'honneur d'Allah, sa complainte séculaire. Les images du passé se présentent à mon esprit avec une netteté poignante ; les objets qui m'entourent ont des aspects sinistres et désolés ; et je me demande ce que je suis bien venu faire, dans cette retraite perdue d'Eyoub.

Si encore elle était là, — elle, Aziyadé !...

Je l'attends toujours, — mais, hélas ! comme attendait sœur Anne...

Je ferme mes rideaux, j'allume ma lampe et mon feu ; le décor change et mes idées aussi. Je continue ma lettre devant une flamme joyeuse, enveloppé dans un manteau de fourrure, les pieds sur un épais tapis de Turquie. Un instant je me prends pour un derviche, et cela m'amuse.

Je ne sais trop que vous raconter de ma vie, Plumkett, pour vous distraire ; il y a abondance de sujets ; seulement, c'est l'embarras du choix. Et puis ce qui est passé est passé, n'est-ce pas ? et ne nous intéresse plus.

Plusieurs maîtresses, desquelles je n'ai aimé aucune, beaucoup de péripéties, beaucoup d'excursions, à pied et à cheval, par monts et par vaux ; partout des visages inconnus, indifférents ou antipathiques ; beaucoup de dettes, des juifs à mes trousses ; des habits brodés d'or jusqu'à la plante des pieds ; la mort dans l'âme et le cœur vide.

Ce soir, 15 novembre, à dix heures, voici quelle est la situation :

C'est l'hiver ; une pluie froide et un grand vent battent les vitres de ma triste case ; on n'entend plus d'autre bruit que celui qu'ils font, et la vieille lampe turque pendue au-dessus de ma tête est la seule qui brûle à cette heure dans Eyoub. C'est un sombre pays qu'Eyoub, le cœur de l'islam ; c'est ici qu'est la mosquée sainte où sont sacrés les sultans ; de vieux derviches farouches et les gardiens des saints tombeaux sont les seuls habitants de ce quartier, le plus musulman et le plus fanatique de tous.

Je vous disais donc que votre ami Loti est seul dans sa case, bien enveloppé dans un manteau de peau de renard, et en train de se prendre pour un derviche.

Il a tiré les verrous de ses portes, et goûte le bien-être égoïste du chez soi, bien-être d'autant plus grand que l'on serait plus mal au-dehors, par cette tempête, dans ce pays peu sûr et inhospitalier.

La chambre de Loti, comme toutes les choses extraordinairement vieilles, porte aux rêves bizarres et aux méditations profondes; son plafond de chêne sculpté a dû jadis abriter de singuliers hôtes, et recouvrir plus d'un drame.

L'aspect d'ensemble est resté dans la couleur primitive. Le plancher disparaît sous des nattes et d'épais tapis, tout le luxe du logis; et, suivant l'usage turc, on se déchausse en entrant pour ne point les salir. Un divan très bas et des coussins qui traînent à terre composent à peu près tout l'ameublement de cette chambre, empreinte de la nonchalance sensuelle des peuples d'Orient. Des armes et des objets décoratifs fort anciens sont pendus aux murailles; des versets du Koran sont peints partout, mêlés à des fleurs et à des animaux fantastiques.

A côté, c'est le *haremlike*, comme nous disons en turc, l'appartement des femmes. Il est vide; lui aussi, il attend Aziyadé, qui devrait être déjà près de moi, si elle avait tenu sa promesse.

Une autre petite chambre, auprès de la mienne, est vide également : c'est celle de Samuel, qui est allé me chercher à Salonique des nouvelles de la jeune femme aux yeux verts. Et, pas plus qu'elle, il ne paraît revenir.

Si pourtant elle ne venait pas, mon Dieu, un de ces jours une autre prendrait sa place. Mais l'effet produit serait fort différent. Je l'aimais presque, et c'est pour elle que je me suis fait Turc.

XXVI

A LOTI, DE SA SŒUR

Brightbury..., 1876.

Frère chéri,

Depuis hier, je traîne le désespoir dans lequel m'a mise ta lettre... Tu veux disparaître !... Un jour, peut-être prochain, où notre bien-aimée mère nous quittera, tu veux disparaître, m'abandonner pour toujours.

Table rase de tous nos souvenirs, engloutissement de notre passé, — la vieille case de Brightbury vendue, les objets chéris dispersés, — et toi qui ne seras pas mort... qui seras là quelque part à végéter sous la griffe de Satan, quelque part où je ne saurai pas, mais où je sentirai que tu vieillis et que tu souffres !... Que Dieu plutôt te fasse mourir ! Alors, je te pleurerai ; alors, je saurai qu'il faut ainsi que le vide se fasse, j'accepterai, je souffrirai, je courberai la tête.

Ce que tu dis me révolte et me fait saigner la chair. Tu le ferais donc, puisque tu le dis ; tu le ferais d'un visage froid, d'un cœur sec, puisque tu te persuades suivre un fil fatal et maudit, puisque je ne suis plus rien dans ton existence... Ta vie est ma vie, il y a un recoin de moi-même où personne n'est... c'est ta place à toi, et quand tu me quitteras, elle sera vide et me brûlera.

J'ai perdu mon frère, je suis prévenue — affaire de temps, de quelques mois peut-être, — il est perdu pour le temps, et l'éternité, déjà mort de mille morts. Et tout s'effondre, et tout se brise. Le voilà, l'enfant chéri qui plonge dans un abîme sans fond, — l'abîme des abîmes ! Il souffre, l'air lui manque, la lumière, le soleil ; mais il est sans force ; ses yeux restent attachés au fond, à ses pieds ; il ne relève plus sa tête, il ne peut plus, le prince des ténèbres le lui défend... Quelquefois pourtant il veut résister. Il entend une voix lointaine, celle qui a bercé son enfance ; mais le prince lui dit : « Mensonge, vanité, folie ! » et le pauvre enfant, lié, garrotté, au fond de son abîme, sanglant, éperdu, ayant appris de son maître à appeler le bien mal, et le mal bien, que fait-il ?... Il sourit.

Rien ne me surprend de ta pauvre âme travaillée et chargée, même pas le sourire moqueur de Satan... il le fallait bien !

Tu l'as même perdue, pauvre frère, cette soif d'honnêteté dont tu me parlais. Tu ne la veux plus cette petite compagne douce et modeste, fraîche, tendre et jolie, aimable, la mère de petits enfants que tu aurais aimés. Je la voyais, là, dans le vieux salon, assise sous les vieux portraits.

Un vent plein de corruption a passé là-dessus. Ce

frère dont le cœur ne peut pourtant pas vivre sans
affections, qui en a faim et soif, il n'en veut plus,
d'affections pures ; il vieillira, mais personne ne sera là
pour le chérir et égayer son front. Ses maîtresses se
riront de lui, on ne peut leur en demander davantage ;
et alors, abandonné, désespéré... alors, il mourra !

Plus tu es malheureux, troublé, ballotté, confiant,
plus je t'aime. Ah ! mon bien-aimé frère, mon chéri, si
tu voulais revenir à la vie ! si Dieu voulait ! si tu voyais
la désolation de mon cœur, si tu sentais la chaleur de
mes prières !...

Mais la peur, l'ennui de la conversion, les terreurs
blafardes de la vie chrétienne... La conversion, quel
mot ignoble !... Des sermons ennuyeux, des gens
absurdes, un méthodisme maussade, une austérité sans
couleur, sans rayons, de grands mots, le *patois de
Chanaan*[31] !... Est-ce tout cela qui peut te séduire ?
Tout cela, vois-tu, n'est pas Jésus, et le Jésus que tu
crois n'est pas le maître radieux que je connais et que
j'adore. De celui-là, tu n'auras ni peur, ni ennui, ni
éloignement. Tu souffres étrangement, tu brûles de
douleur... il pleurera avec toi.

Je prie à toute heure, bien-aimé ; jamais ta pensée ne
m'avait tant rempli le cœur... Ne serait-ce que dans dix
ans, dans vingt ans, je sais que tu croiras un jour. Peut-
être ne le saurai-je jamais, — peut-être mourrai-je
bientôt, — mais j'espérerai et je prierai toujours !

Je pense que j'écris beaucoup trop. Tant de pages !
c'est dur à lire ! Mon bien-aimé a commencé à hausser
les épaules. Viendra-t-il un jour où il ne me lira
plus ?...

XXVII

— Vieux Kaïroullah, dis-je, amène-moi des
femmes !

Le vieux Kaïroullah était assis devant moi par terre.
Il était ramassé sur lui-même, comme un insecte
malfaisant et immonde ; son crâne chauve et pointu
luisait à la lueur de ma lampe.

Il était huit heures, une nuit d'hiver, et le quartier d'Eyoub était aussi noir et silencieux qu'un tombeau.

Le vieux Kaïroullah avait un fils de douze ans nommé Joseph, beau comme un ange, et qu'il élevait avec adoration. Ce détail à part, il était le plus accompli des misérables. Il exerçait tous les métiers ténébreux du vieux juif déclassé de Stamboul, un surtout pour lequel il traitait avec le Yuzbâchi* Suleïman, et plusieurs de mes amis musulmans.

Il était cependant admis et toléré partout, par cette raison que, depuis de longues années on s'était habitué à le voir. Quand on le rencontrait dans la rue, on disait : « Bonjour, Kaïroullah ! » et on touchait même le bout de ses grands doigts velus.

Le vieux Kaïroullah réfléchit longuement à ma demande et répondit :

— Monsieur Marketo, dans ce moment-ci les femmes coûtent très cher. Mais, ajouta-t-il, il est des distractions moins coûteuses, que je puis ce soir même vous offrir, monsieur Marketo... Un peu de musique, par exemple, vous sera agréable sans doute...

Sur cette phrase énigmatique, il alluma sa lanterne, mit sa pelisse, ses socques, et disparut.

Une demi-heure après, la portière de ma chambre se soulevait pour donner passage à six jeunes garçons israélites, vêtus de robes fourrées, rouges, bleues, vertes et orange. Kaïroullah les accompagnait avec un autre vieillard plus hideux que lui-même, et tout ce monde s'assit à terre avec force révérences, tandis que je restais aussi impassible et immobile qu'une idole égyptienne.

Ces enfants portaient de petites harpes dorées sur lesquelles ils se mirent à promener leurs doigts chargés de bagues de clinquant. Il en résulta une musique originale que j'écoutai quelques minutes en silence.

— Comment vous plaisent, monsieur Marketo ? me dit le vieux Kaïroullah en se penchant à mon oreille.

J'avais déjà compris la situation et je ne manifestai

* Capitaine.

aucune surprise ; j'eus seulement la curiosité de pousser plus loin cette étude d'abjection humaine.

— Vieux Kaïroullah, dis-je, ton fils est plus beau qu'eux...

Le vieux Kaïroullah réfléchit un instant et répondit :

— Monsieur Marketo, nous pourrons recauser demain...

... Quand j'eus chassé tout ce monde comme une troupe de bêtes galeuses, je vis de nouveau paraître la tête allongée du vieux Kaïroullah, soulevant sans bruit la draperie de ma porte.

— Monsieur Marketo, dit-il, ayez pitié de moi ! Je demeure très loin et on croit que j'ai de l'or. Mieux vaudrait me tuer de votre main que me mettre à la porte à pareille heure. Laissez-moi dormir dans un coin de votre maison, et, avant le jour, je vous jure de partir.

Je manquai de courage pour mettre dehors ce vieillard, qui y fût mort de froid et de peur, en admettant qu'on ne l'eût point assassiné. Je me contentai de lui assigner un coin de ma maison, où il resta accroupi toute une nuit glaciale, pelotonné comme un vieux cloporte dans sa pelisse râpée. Je l'entendais trembler ; une toux profonde sortait de sa poitrine comme un râle ; et j'en eus tant de pitié, que je me levai encore pour lui jeter un tapis qui lui servît de couverture.

Dès que le ciel parut blanchir, je lui donnai l'ordre de disparaître, avec le conseil de ne point repasser le seuil de ma porte, et de ne se retrouver même jamais nulle part sur mon chemin.

III

EYOUB A DEUX

I

Eyoub, le 4 décembre 1876.

On m'avait dit : « Elle est arrivée ! » — et depuis deux jours, je vivais dans la fièvre de l'attente.

— Ce soir, avait dit Kadidja (la vieille négresse qui, à Salonique, accompagnait la nuit Aziyadé dans sa barque et risquait sa vie pour sa maîtresse), ce soir, un caïque l'amènera à l'échelle d'Eyoub, devant ta maison.

Et j'attendais là depuis trois heures.

La journée avait été belle et lumineuse ; le va-et-vient de la Corne d'or avait une activité inusitée ; à la tombée du jour, des milliers de caïques abordaient à l'échelle d'Eyoub, ramenant dans leur quartier tranquille les Turcs que leurs affaires avaient appelés dans les centres populeux de Constantinople, à Galata ou au grand bazar.

On commençait à me connaître à Eyoub, et à dire :

— Bonsoir, Arif ; qu'attendez-vous donc ainsi ?

On savait bien que je ne pouvais m'appeler Arif, et que j'étais un chrétien venu d'Occident ; mais ma fantaisie orientale ne portait plus ombrage à personne, et on me donnait quand même ce nom que j'avais choisi.

II

Portia ! flambeau du ciel ! Portia ! ta main, c'est moi !
(ALFRED de MUSSET, *Portia*[32].)

Le soleil était couché depuis deux heures quand un
dernier caïque s'avança seul, parti d'Azar-Kapou ;
Samuel était aux avirons ; une femme voilée était assise
à l'arrière sur des coussins. Je vis que c'était elle.

Quand ils arrivèrent, la place de la mosquée était
devenue déserte, et la nuit froide.

Je pris sa main sans mot dire, et l'entraînai en
courant vers ma maison, oubliant le pauvre Samuel,
qui resta dehors...

Et, quand le rêve impossible fut accompli, quand
elle fut là, dans cette chambre préparée pour elle, seule
avec moi, derrière deux portes garnies de fer, je ne sus
que me laisser tomber près d'elle, embrassant ses
genoux. Je sentis que je l'avais follement désirée :
j'étais comme anéanti.

Alors j'entendis sa voix. Pour la première fois, elle
parlait et je comprenais, — ravissement encore
inconnu ! — Et je ne trouvais plus un seul mot de cette
langue turque que j'avais apprise pour elle ; je lui
répondais dans la vieille langue anglaise des choses
incohérentes que je n'entendais même plus !

— *Severim seni, Lotim !* (Je t'aime, Loti, disait-elle,
je t'aime !)

On me les avait dits avant Aziyadé, ces mots
éternels ; mais cette douce musique de l'amour frappait
pour la première fois mes oreilles en langue turque.
Délicieuse musique que j'avais oubliée, est-ce bien
possible que je l'entende encore partir avec tant
d'ivresse du fond d'un cœur pur de jeune femme ;
tellement, qu'il me semble ne l'avoir entendue jamais ;
tellement, qu'elle vibre comme un chant du ciel dans
mon âme blasée...

Alors, je la soulevai dans mes bras, je plaçai sa tête

sous un rayon de lumière pour la regarder, et je lui dis
comme Roméo :

— Répète encore ! redis-le !

Et je commençais à lui dire beaucoup de choses
qu'elle devait comprendre ; la parole me revenait avec
les mots turcs, et je lui posais une foule de questions en
lui disant :

— Réponds-moi !

Elle, elle me regardait avec extase, mais je voyais que
sa tête n'y était plus, et que je parlais dans le vide.

— Aziyadé, dis-je, tu ne m'entends pas ?

— Non, répondit-elle.

Et elle me dit d'une voix grave ces mots doux et
sauvages :

— Je voudrais manger les paroles de ta bouche !
Loti ! Senin laf yemek isterim ! (Loti ! je voudrais
manger le son de ta voix !)

III

Eyoub, décembre 1876.

Aziyadé parle peu ; elle sourit souvent, mais ne rit
jamais ; son pas ne fait aucun bruit ; ses mouvements
sont souples, ondoyants, tranquilles, et ne s'entendent
pas. C'est bien là cette petite personne mystérieuse,
qui le plus souvent s'évanouit quand paraît le jour, et
que la nuit ramène ensuite, à l'heure des djinns et des
fantômes.

Elle tient un peu de la vision, et il semble qu'elle
illumine les lieux par lesquels elle passe. On cherche
des rayons autour de sa tête enfantine et sérieuse, et on
en trouve en effet, quand la lumière tombe sur certains
petits cheveux impalpables, rebelles à toutes les coif-
fures, qui entourent délicieusement ses joues et son
front.

Elle considère comme très inconvenants ces petits
cheveux, et passe chaque matin une heure en efforts
tout à fait sans succès pour les aplatir. Ce travail et

celui qui consiste à teindre ses ongles en rouge-orange sont ses deux principales occupations.

Elle est paresseuse, comme toutes les femmes élevées en Turquie ; cependant elle sait broder, faire de l'eau de rose et écrire son nom. Elle l'écrit partout sur les murs, avec autant de sérieux que s'il s'agissait d'une opération d'importance, et épointe tous mes crayons à ce travail.

Aziyadé me communique ses pensées plus avec ses yeux qu'avec sa bouche : son expression est étonnamment changeante et mobile. Elle est si forte en pantomime du regard, qu'elle pourrait parler beaucoup plus rarement encore ou même s'en dispenser tout à fait.

Il lui arrive souvent de répondre à certaines situations en chantant des passages de quelques chansons turques, et ce mode de citations, qui serait insipide chez une femme européenne, a chez elle un singulier charme oriental.

Sa voix est grave, bien que très jeune et fraîche ; elle la prend du reste toujours dans ses notes basses, et les aspirations de la langue turque la font un peu rauque quelquefois.

Aziyadé est âgée de dix-huit ou dix-neuf ans. Elle est capable de prendre elle-même et brusquement des résolutions extrêmes, et de les suivre après, coûte que coûte, jusqu'à la mort.

IV

Autrefois à Salonique, quand il fallait risquer la vie de Samuel et la mienne pour passer auprès d'elle seulement une heure, j'avais fait ce rêve insensé : habiter avec elle, quelque part en Orient, dans un recoin ignoré, où le pauvre Samuel aussi viendrait avec nous. J'ai réalisé à peu près ce rêve, contraire à toutes les idées musulmanes, impossible à tous égards.

Constantinople était le seul endroit où pareille chose pût être tentée ; c'est le vrai désert d'hommes dont Paris était autrefois le type, un assemblage de plusieurs grandes villes où chacun vit à sa guise et sans contrôle, — où l'on peut mener de front plusieurs personnalités différentes, — Loti, Arif et Marketo.

... Laissons souffler le vent d'hiver ; laissons les rafales de décembre ébranler les ferrures de notre porte et les grilles de nos fenêtres.

Protégés par de lourds verrous de fer, par tout un arsenal d'armes chargées, par l'inviolabilité du domicile turc, — assis devant le brasero de cuivre... petite Aziyadé, qu'on est bien chez nous !

V

LOTI A SA SŒUR, A BRIGHTBURY

Stamboul, décembre 1876.

Chère petite sœur,

J'ai été dur et ingrat de ne pas t'écrire plus tôt. Je t'ai fait beaucoup de mal, tu le dis, et je le crois. Malheureusement, tout ce que j'ai écrit, je le pensais, et je le pense encore ; je ne puis rien maintenant contre le mal que je t'ai fait ; j'ai tort seulement de te laisser voir au fond de mon cœur, mais tu l'avais voulu.

Je crois que tu m'aimes ; tes lettres me le prouveraient à défaut d'autres preuves. Moi aussi, je t'aime, tu le sais.

Il faudrait m'intéresser à quelque chose, dis-tu ? à quelque chose de bon et d'honnête, et le prendre à cœur. Mais j'ai ma pauvre chère vieille mère, elle est aujourd'hui un but dans ma vie, le but que je me suis donné à moi-même. Pour elle, je me compose une certaine gaieté, un certain courage : pour elle, je maintiens le côté positif et raisonnable de mon existence, je reste Loti, officier de marine.

Je suis de ton avis, je ne connais pas de chose plus repoussante qu'un vieux débauché qui s'en va de fatigue et d'usure, et qu'on abandonne. Mais je ne serai point cet objet-là : quand je ne serai plus bien portant, ni jeune, ni aimé, c'est alors que je disparaîtrai.

Seulement, tu ne m'as pas compris : quand j'aurai disparu, je serai mort.

Pour vous, pour toi, à mon retour, je ferai un suprême effort. Quand je serai au milieu de vous, mes idées changeront ; si vous me choisissez une jeune fille que vous aimiez, je tâcherai de l'aimer, et de me fixer, pour l'amour de vous, dans cette affection-là.

Puisque je t'ai parlé d'Aziyadé, je puis bien te dire qu'elle est arrivée. — Elle m'aime de toute son âme, et ne pense pas que je puisse me décider à la quitter jamais. — Samuel est revenu aussi ; tous deux m'entourent de tant d'amour, que j'oublie le passé et les ingrats, — un peu aussi les absents...

VI

Peu à peu, de modeste qu'elle était, la maison d'Arif-effendi est devenue luxueuse : des tapis de Perse, des portières de Smyrne, des faïences, des armes. Tous ces objets sont venus un par un, non sans peine, et ce mode de recrutement leur donne plus de charme.

La roulette a fourni des tentures de satin bleu brodé de roses rouges, défroques du sérail ; et les murailles, qui jadis étaient nues, sont aujourd'hui tapissées de soie. Ce luxe, caché dans une masure isolée, semble une vision fantastique.

Aziyadé aussi apporte chaque soir quelque objet nouveau ; la maison d'Abeddin-effendi est un capharnaüm rempli de vieilles choses précieuses, et les femmes ont le droit, dit-elle, de faire des emprunts aux réserves de leurs maîtres.

Elle reprendra tout cela quand le rêve sera fini, et ce qui est à moi sera vendu.

VII

Qui me rendra ma vie d'Orient, ma vie libre et en plein air, mes longues promenades sans but, et le tapage de Stamboul ?

Partir le matin de l'Atmeïdan *, pour aboutir la nuit à Eyoub ; faire, un chapelet à la main, la tournée des mosquées ; s'arrêter à tous les cafedjis, aux turbés **, aux mausolées, aux bains et sur les places ; boire le café de Turquie dans les microscopiques tasses bleues à pied de cuivre ; s'asseoir au soleil, et s'étourdir doucement à la fumée d'un narguilé ; causer avec les derviches ou les passants ; être soi-même une partie de ce tableau plein de mouvement et de lumière ; être libre, insouciant et inconnu ; et penser qu'au logis la bien-aimée vous attendra le soir.

Quel charmant petit compagnon de route que mon ami Achmet, gai ou rêveur, homme du peuple et poétique à l'excès, riant à tout bout de champ et dévoué jusqu'à la mort !

Le tableau s'assombrit à mesure qu'on s'enfonce dans le vieux Stamboul, qu'on s'approche du saint quartier d'Eyoub et des grands cimetières. Encore des échappées sur la nappe bleue de Marmara, les îles ou les montagnes d'Asie, mais les passants rares et les cases tristes ; — un sceau de vétusté et de mystère, — et les objets extérieurs racontant les histoires farouches de la vieille Turquie.

Il est nuit close, le plus souvent, quand nous arrivons à Eyoub, après avoir dîné n'importe où, dans quelqu'une de ces petites échoppes turques où Achmet vérifie lui-même la propreté des ingrédients et en surveille la préparation.

Nous allumons nos lanternes pour rejoindre le logis, — ce petit logis si perdu et si paisible, dont l'éloignement même est un des charmes.

VIII

Mon ami Achmet a vingt ans, suivant le compte de son vieux père Ibrahim ; vingt-deux ans, suivant le compte de sa vieille mère Fatma ; les Turcs ne savent

---

* Place de l'Hippodrome près de la Mosquée bleue.
** Edifices funéraires.

jamais leur âge. Physiquement, c'est un drôle de garçon, de petite taille, bâti en hercule ; pour qui ne le saurait pas, sa figure maigre et bronzée ferait supposer une constitution délicate ; — tout petit nez aquilin, toute petite bouche ; petits yeux tour à tour pleins d'une douceur triste, ou pétillants de gaieté et d'esprit. Dans l'ensemble, un attrait original.

Singulier garçon, gai comme un oiseau ; — les idées les plus comiques, exprimées d'une manière tout à fait neuve ; sentiments exagérés d'honnêteté et d'honneur. Ne sait pas lire et passe sa vie à cheval. Le cœur ouvert comme la main : la moitié de son revenu est distribué aux vieilles mendiantes des rues. Deux chevaux qu'il loue au public composent tout son avoir.

Achmet a mis deux jours à découvrir qui j'étais et m'a promis le secret de ce qu'il est seul à savoir, à condition d'être à l'avenir reçu dans l'intimité. Peu à peu il s'est imposé comme ami, et a pris sa place au foyer. Chevalier servant d'Aziyadé qu'il adore, il est jaloux pour elle, plus qu'elle, et m'épie à son service, avec l'adresse d'un vieux policier.

— Prends-moi donc pour domestique, dit-il un beau jour, au lieu de ce petit Yousouf, qui est voleur et malpropre ; tu me donneras ce que tu lui donnes, si tu tiens à me donner quelque chose ; je serai un peu domestique pour rire, mais je demeurerai dans ta case et cela m'amusera.

Yousouf reçut le lendemain son congé et Achmet prit possession de la place.

IX

Un mois après, d'un air embarrassé, j'offris deux medjidiés * de salaire à Achmet, qui est la patience même ; il entra dans une colère bleue et enfonça deux vitres qu'il fit le lendemain remplacer à ses frais. La question de ses gages se trouva réglée de cette manière.

_____

* Monnaie turque.

X

Je le vois un soir, debout dans ma chambre et frappant du pied.

— *Sen tchok chéytan, Loti !... Anlamadum séni !* (Toi beaucoup le diable, Loti ! Tu es très malin, Loti ! Je ne comprends pas qui tu es !)

Son bras agitait avec colère sa large manche blanche ; sa petite tête faisait danser furieusement le gland de soie de son fez.

Il avait comploté ceci avec Aziyadé pour me faire rester : m'offrir la moitié de son avoir, un de ses chevaux, et je refusais en riant. Pour cela, j'étais *tchok chéytan,* et incompréhensible.

À dater de cette soirée, je l'ai aimé sincèrement.

Chère petite Aziyadé ! elle avait dépensé sa logique et ses larmes pour me retenir à Stamboul ; l'instant prévu de mon départ passait comme un nuage noir sur son bonheur.

Et, quand elle eut tout épuisé :

— *Benim djan senin, Loti.* (Mon âme est à toi, Loti.) Tu es mon Dieu, mon frère, mon ami, mon amant ; quand tu seras parti, ce sera fini d'Aziyadé ; ses yeux seront fermés, Aziyadé sera morte. — Maintenant, fais ce que tu voudras, *toi, tu sais !*

Toi, tu sais, phrase intraduisible, qui veut dire à peu près ceci : « Moi, je ne suis qu'une pauvre petite qui ne peux pas te comprendre ; je m'incline devant ta décision, et je l'adore. »

— Quand tu seras parti, je m'en irai au loin sur la montagne, et je chanterai pour toi ma chanson :

> *Chéytanlar, djinler,*
> *Kaplanlar, duchmanlar,*
> *Arslanlar, etc.*

(Les diables, les djinns, les tigres, les lions, les ennemis, passent loin de mon ami...) — Et je m'en irai

mourir de faim sur la montagne, en chantant ma
chanson pour toi.

Suivait la chanson, chantée chaque soir d'une voix
douce, chanson longue, monotone, composée sur un
rythme étrange, avec les intervalles impossibles, et les
finales tristes de l'Orient.

Quand j'aurai quitté Stamboul, quand je serai loin
d'elle pour toujours, longtemps encore j'entendrai la
nuit la chanson d'Aziyadé.

XI

A LOTI, DE SA SŒUR

Brightbury, décembre 1876.

Cher frère,

Je l'ai lue, et relue, ta lettre ! C'est tout ce que je puis
demander pour le moment, et je puis dire comme la
Sunamite voyant son fils mort : « Tout va bien [33] ! »

Ton pauvre cœur est plein de contradictions, ainsi
que tous les cœurs troublés qui flottent sans boussole.
Tu jettes des cris de désespoir, tu dis que tout
t'échappe, tu en appelles passionnément à ma tendresse, et, quand je t'en assure moi-même, avec
passion, je trouve que *tu oublies les absents*, et que tu es
si heureux dans ce coin de l'Orient que tu voudrais
toujours voir durer cet Éden. Mais voilà, moi, c'est
permanent, immuable ; tu le retrouveras, quand ces
douces folies seront oubliées pour faire place à d'autres, et peut-être en feras-tu plus tard plus de cas que
tu ne penses.

Cher frère, tu es à moi, tu es à Dieu, tu es à nous. Je
le sens, un jour, bientôt peut-être, tu reprendras
courage, confiance et espoir. Tu verras combien cette
erreur est douce et délicieuse, précieuse et bienfaisante.
Oh ! mensonge mille fois béni, que celui qui me fait
vivre et me fera mourir, sans regrets, et sans frayeur !
qui mène le monde depuis des siècles, qui a fait les

martyrs, qui fait les grands peuples, qui change le deuil en allégresse, qui crie partout : « Amour, liberté et charité ! »

. . . .

XII

Aujourd'hui, 10 décembre, visite au padishah *.

Tout est blanc comme neige dans les cours du palais de Dolma-Bagtché, même le sol : quai de marbre, dalles de marbre, marches de marbre ; les gardes du sultan en costume écarlate, les musiciens vêtus de bleu ciel et chamarrés d'or, les laquais vert-pomme doublés de jaune-capucine tranchent en nuances crues sur cette invraisemblable blancheur.

Les acrotères et les corniches du palais servent de perchoir à des familles de goélands, de plongeons et de cigognes.

Intérieurement, c'est une grande splendeur.

Les hallebardiers forment la haie dans les escaliers, immobiles sous leurs grands plumets, comme des momies dorées. Des officiers de gardes, costumés un peu comme feu Aladdim, les commandent par signes.

Le sultan est grave, pâle, fatigué, affaissé.

Réception courte, profonds saluts ; on se retire à reculons, courbés jusqu'à terre.

Le café est servi dans un grand salon donnant sur le Bosphore.

Des serviteurs à genoux vous allument des chi-bouks ** de deux mètres de long à bout d'ambre, enrichis de pierreries, et dont les fourneaux reposent sur des plateaux d'argent.

Les *zarfs* (pieds des tasses à café) sont d'argent ciselé, entourés de gros diamants taillés en rose, et d'une quantité de pierres précieuses.

---

* Calife.
** Pipes à long tuyau.

XIII

En vain chercherait-on dans tout l'islam un époux
plus infortuné que le vieil Abeddin-effendi. Toujours
absent, ce vieillard, toujours en Asie ; et quatre
femmes dont la plus âgée a trente ans, quatre femmes
qui, par extraordinaire, s'entendent comme des larrons
habiles, et se gardent mutuellement le secret de leurs
équipées.

Aziyadé elle-même n'est pas trop détestée, bien
qu'elle soit de beaucoup la plus jeune et la plus jolie, et
ses aînées ne la vendent pas.

Elle est leur égale d'ailleurs, une cérémonie, dont la
portée m'échappe, lui ayant donné, comme aux autres,
le titre de *dame* et d'*épouse*.

XIV

Je disais à Aziyadé :

— Que fais-tu chez ton maître ? A quoi passez-vous
vos longues journées dans le harem ?

— Moi ? répondit-elle, je m'ennuie ; je pense à toi,
Loti ; je regarde ton portrait ; je touche tes cheveux ou
je m'amuse avec divers petits objets à toi, que
j'emporte d'ici pour me faire société là-bas.

Posséder les cheveux et le portrait de quelqu'un était
pour Aziyadé une chose tout à fait singulière, à laquelle
elle n'eût jamais songé sans moi ; c'était une chose
contraire à ses idées musulmanes, une innovation de
giaour, à laquelle elle trouvait un charme mêlé d'une
certaine frayeur.

Il avait fallu qu'elle m'aimât bien pour me permettre
de prendre de ses cheveux à elle ; la pensée qu'elle
pouvait subitement mourir, avant qu'ils fussent
repoussés, et paraître dans un autre monde avec une
grosse mèche coupée tout ras par un infidèle, cette
pensée la faisait frémir.

— Mais, lui dis-je encore, avant mon arrivée en Turquie, que faisais-tu, Aziyadé ?

— Dans ce temps-là, Loti, j'étais presque une petite fille. Quand pour la première fois je t'ai vu, il n'y avait pas dix lunes que j'étais dans le harem d'Abeddin, et je ne m'ennuyais pas encore. Je me tenais dans mon appartement, assise sur mon divan, à fumer des cigarettes, ou du hachisch, à jouer aux cartes avec ma servante Emineh, ou à écouter des histoires très drôles du pays des hommes noirs, que Kadidja sait raconter parfaitement.

» Fenzilé-hanum m'apprenait à broder, et puis nous avions les visites à rendre et à recevoir avec les dames des autres harems.

» Nous avions aussi notre service à faire auprès de notre maître, et enfin la voiture pour nous promener. Le carrosse de notre mari nous appartient en propre un jour à chacune : mais nous aimons mieux nous arranger pour sortir ensemble et faire de compagnie nos promenades.

» Nous nous entendons relativement fort bien.

» Fenzilé-hanum, qui m'aime beaucoup, est la dame la plus âgée et la plus considérable du harem. Besmé est colère, et entre quelquefois dans de grands emportements, mais elle est facile à calmer et cela ne dure pas. Aïché est la plus mauvaise de nous quatre ; mais elle a besoin de tout le monde et fait la patte de velours parce qu'elle est aussi la plus coupable. Elle a eu l'audace, une fois, d'amener son amant dans son appartement !...

Cela avait été bien souvent mon rêve aussi, de pénétrer une fois dans l'appartement d'Aziyadé, pour avoir seulement une idée du lieu où ma bien-aimée passait son existence. Nous avions beaucoup discuté ce projet, au sujet duquel Fenzilé-hanum avait même été consultée ; mais nous ne l'avions pas mis à exécution, et plus je suis au courant des coutumes de Turquie, plus je reconnais que l'entreprise eût été folle.

— Notre harem, concluait Aziyadé, est réputé partout comme un modèle, pour notre patience mutuelle et le bon accord qui règne entre nous.

— Triste modèle en tout cas !

Y en a-t-il à Stamboul beaucoup comme celui-là ?

Le mal y est entré d'abord par l'intermédiaire de la jolie Aïché-hanum. La contagion a fait en deux ans des progrès si rapides, que la maison de ce vieillard n'est plus qu'un foyer d'intrigues où tous les serviteurs sont subornés. Cette grande cage si bien grillée et d'un si sévère aspect, est devenue une sorte de boîte à trucs, aux portes secrètes et escaliers dérobés ; les oiseaux prisonniers en peuvent impunément sortir, et prennent leur volée dans toutes les directions du ciel.

XV

Stamboul, 25 décembre 1876.

Une belle nuit de Noël, bien claire, bien étoilée, bien froide.

A onze heures, je débarque du *Deerhound* au pied de la vieille mosquée de Foundoucli, dont le croissant brille au clair de lune.

Achmet est là qui m'attend, et nous commençons aux lanternes l'ascension de Péra, par les rues biscornues des quartiers turcs.

Grande émotion parmi les chiens. On croirait circuler dans un conte fantastique illustré par Gustave Doré.

J'étais convié là-haut dans la ville européenne, à une fête de Christmas, pareille à celles qui se célèbrent à la même date dans tous les coins de la patrie.

Hélas ! les nuits de Noël de mon enfance... quel doux souvenir j'en garde encore !...

XVI

LOTI A PLUMKETT

Eyoub, 27 décembre 1876.

Cher Plumkett,

Voilà cette pauvre Turquie qui proclame sa Constitution [34]! Où allons-nous? je vous le demande; et dans quel siècle avons-nous reçu le jour? Un sultan constitutionnel, cela déroute toutes les idées qu'on m'avait inculquées sur l'espèce.

A Eyoub, on est consterné de cet événement; tous les bons musulmans pensent qu'Allah les abandonne, et que le padishah perd l'esprit. Moi qui considère comme facéties toutes les choses sérieuses, la politique surtout, je me dis seulement qu'au point de vue de son originalité, la Turquie perdra beaucoup à l'application de ce nouveau système.

J'étais assis aujourd'hui avec quelques derviches dans le kiosque funéraire de Soliman le Magnifique. Nous faisions un peu de politique, tout en commentant le Koran, et nous disions que, ni ce grand souverain qui fit étrangler en sa présence son fils Mustapha, ni son épouse Roxelane qui inventa les nez en trompette [35], n'eussent admis la Constitution; la Turquie sera perdue par le régime parlementaire, cela est hors de doute.

XVII

Stamboul, 27 décembre.

J'étais entré, pour laisser passer une averse, dans un café turc près de la mosquée de Bayazid.

Rien que de vieux turbans dans ce café, et de vieilles barbes blanches. Des vieillards (des *hadjbaba*) étaient assis, occupés à lire les feuilles publiques, ou à regarder à travers les vitres enfumées les passants qui couraient sous la pluie. Des dames turques, surprises par l'ondée, fuyaient de toute la vitesse que leur permettaient leurs babouches et leurs socques à patins. C'était dans la rue une grande confusion et, dans le public, une grande bousculade ; l'eau tombait à torrents.

J'examinai les vieillards qui m'entouraient : leurs costumes indiquaient la recherche minutieuse des modes du bon vieux temps ; tout ce qu'ils portaient était *eski*, jusqu'à leurs grandes lunettes d'argent, jusqu'aux lignes de leurs vieux profils. *Eski*, mot prononcé avec vénération, qui veut dire *antique*, et qui s'applique en Turquie aussi bien à de vieilles coutumes qu'à de vieilles formes de vêtements ou à de vieilles étoffes. Les Turcs ont l'amour du passé, l'amour de l'immobilité et de la stagnation.

On entendit tout à coup le bruit du canon, une salve d'artillerie partie du Séraskiérat ; les vieillards échangèrent des signes d'intelligence et des sourires ironiques.

— Salut à la Constitution de Midhat-pacha[36], dit l'un d'eux en s'inclinant d'un air de moquerie.

— Des députés ! une charte ! marmottait un autre vieux turban vert ; les khalifes du temps jadis n'avaient point besoin des représentations du peuple.

— *Voï, voï, voï, Allah !...* et nos femmes ne couraient point en voile de gaze ; et les croyants disaient plus régulièrement leurs prières ; et les Moscov* avaient moins d'insolence !

Cette salve d'artillerie annonçait aux musulmans que le padishah leur octroyait une Constitution, plus large et plus libérale que toutes les Constitutions européennes ; et ces vieux Turcs accueillaient très froidement ce cadeau de leur souverain.

Cet événement, qu'Ignatief[37] avait retardé de tout son pouvoir, était attendu depuis longtemps ; on put, à dater de ce jour, considérer la guerre comme tacitement déclarée entre la Porte et le czar, et le sultan poussa ses armements avec ardeur.

---

* Russes.

Il était sept heures et demie à la turque (environ midi). La promulgation avait lieu à Top-Kapou (la Sublime Porte*), et j'y courus sous ce déluge.

Les vizirs, les pachas, les généraux, tous les fonctionnaires, toutes les autorités, en grand costume tous, et chamarrés de dorures, étaient parqués sur la grande place de Top-Kapou, où étaient réunies les musiques de la cour.

Le ciel était noir et tourmenté ; pluie et grêle tombaient abondamment et inondaient tout ce monde. Sous ces cataractes, on donnait au peuple lecture de la charte, et les vieilles murailles crénelées du sérail, qui fermaient le tableau, semblaient s'étonner beaucoup d'entendre proférer en plein Stamboul ces paroles subversives.

Des cris, des vivats et des fanfares terminèrent cette singulière cérémonie, et tous les assistants, trempés jusqu'aux os, se dispersèrent tumultueusement.

A la même heure, à l'autre bout de Constantinople, au palais de l'Amirauté, s'étaient réunis les membres de la conférence internationale.

C'était un effet combiné à dessein ; les salves devaient se faire entendre au milieu du discours de Safvet-pacha[38] aux plénipotentiaires, et l'aider dans sa péroraison.

XVIII

— L'Orient ! l'Orient ! qu'y voyez-vous, poètes ?
Tournez vers l'Orient vos esprits et vos yeux !
« Hélas ! ont répondu leurs voix longtemps muettes,
Nous voyons bien là-bas un jour mystérieux !
. . . .
C'est peut-être le soir qu'on prend pour une aurore[39] »
. . . .
(VICTOR HUGO, *Chants du crépuscule.*)

Je n'oublierai jamais l'aspect qu'avait pris, cette nuit-là, la grande place du Séraskiérat, esplanade

* Une des portes du palais de Topkapi.

immense sur la hauteur centrale de Stamboul, d'où, par-dessus les jardins du sérail, le regard s'étend dans le lointain jusqu'aux montagnes d'Asie. Les portiques arabes, la haute tour aux formes bizarres étaient illuminés comme aux soirs de grandes fêtes. Le déluge de la journée avait fait de ce lieu un vrai lac où se reflétaient toutes ces lignes de feux ; autour du vaste horizon surgissaient dans le ciel les dômes des mosquées et les minarets aigus, longues tiges surmontées d'aériennes couronnes de lumières.

Un silence de mort régnait sur cette place ; c'était un vrai désert.

Le ciel clair, balayé par un vent qu'on ne sentait pas, était traversé par deux bandes de nuages noirs, au-dessus desquels la lune était venue plaquer son croissant bleuâtre. C'était un de ces aspects à part que semble prendre la nature dans ces moments où va se consommer quelque grand événement de l'histoire des peuples.

Un grand bruit se fit entendre, bruit de pas et de voix humaines ; une bande de softas * entrait par les portiques du centre, portant des lanternes et des bannières ; ils criaient : « Vive le sultan ! vive Midhat-pacha ! vive la Constitution ! vive la guerre ! » Ces hommes étaient comme enivrés de se croire libres ; et, seuls, quelques vieux Turcs qui se souvenaient du passé haussaient les épaules en regardant courir ces foules exaltées.

— Allons saluer Midhat-pacha, s'écrièrent les softas.

Et ils prirent à gauche, par de petites rues solitaires, pour se rendre à l'habitation modeste de ce grand vizir, alors si puissant, qui devait, quelques semaines après, partir pour l'exil.

Au nombre d'environ deux mille, les softas s'en allèrent ensemble prier dans la grande mosquée (*la Suleimanieh*) et de là passèrent la Corne d'or, pour aller, à Dolma-Bagtché, acclamer Abd-ul-Hamid.

---

* Étudiants en droit, fanatiques.

Devant les grilles du palais, des députations de tous les corps, et une grande masse confuse d'hommes s'étaient réunis spontanément dans le but de faire au souverain constitutionnel une ovation enthousiaste.

Ces bandes revinrent à Stamboul par la grande rue de Péra, acclamant sur leur passage lord Salisbury[40] (qui devait bientôt devenir si impopulaire), l'ambassade britannique et celle de France.

— Nos ancêtres, disaient les hodjas* haranguant la foule, nos ancêtres, qui n'étaient que quelques centaines d'hommes, ont conquis ce pays, il y a quatre siècles ! Nous qui sommes plusieurs centaines de mille, le laisserons-nous envahir par l'étranger ? Mourons tous, musulmans et chrétiens, mourons pour la patrie ottomane, plutôt que d'accepter des conditions déshonorantes...

XIX

La mosquée du sultan Mehmed-fatih (Mehmed le conquérant) nous voit souvent assis, Achmet et moi, devant ses grands portiques de pierres grises, étendus tous deux au soleil et sans souci de la vie, poursuivant quelque rêve indécis, intraduisible en aucune langue humaine.

La place de Mehmed-fatih occupe, tout en haut du vieux Stamboul, de grands espaces où circulent des promeneurs en cafetans de cachemire, coiffés de larges turbans blancs. La mosquée qui s'élève au centre est une des plus vastes de Constantinople et aussi une des plus vénérées.

L'immense place est entourée de murailles mystérieuses, que surmontent des files de dômes de pierres, semblables à des alignements de ruches d'abeilles ; ce sont des demeures de softas, où les infidèles ne sont point admis.

Ce quartier est le centre d'un mouvement tout oriental ; les chameaux le traversent de leur pas

* Savants, maîtres d'écoles.

tranquille en faisant tinter leurs clochettes monotones ; les derviches viennent s'y asseoir pour deviser des choses saintes, et rien n'y est encore arrivé d'Occident.

XX

Près de cette place est une rue sombre et sans passants, où pousse l'herbe verte et la mousse. Là est la demeure d'Aziyadé ; là est le secret du charme de ce lieu. Les longues journées où je suis privé de sa présence, je les passe là, moins loin d'elle, ignoré de tous et à l'abri de tous les soupçons.

XXI

Aziyadé est plus souvent silencieuse, et ses yeux sont plus tristes.

— Qu'as-tu, Loti, dit-elle, et pourquoi es-tu toujours sombre ? C'est à moi de l'être, puisque, quand tu seras parti, je vais mourir.

Et elle fixa ses yeux sur les miens avec tant de pénétration et de persistance, que je détournai la tête sous ce regard.

— Moi, dis-je, ma chérie ! Je ne me plains de rien quand tu es là, et je suis plus heureux qu'un roi.

— En effet, qui est plus aimé que toi, Loti ? et qui pourrais-tu bien envier ? Envierais-tu même le sultan ?

Cela est vrai, le sultan, l'homme qui, pour les Ottomans, doit jouir de la plus grande somme du bonheur sur la terre, n'est pas l'homme que je puis envier ; il est fatigué et vieilli et, de plus il est *constitutionnel*.

— Je pense, Aziyadé, dis-je, que le padishah donnerait tout ce qu'il possède, — même son émeraude qui est aussi large qu'une main, même sa charte et son parlement, — pour avoir ma liberté et ma jeunesse.

J'avais envie de dire : « Pour t'avoir, toi !... » mais le padishah ferait sans doute bien peu de cas d'une jeune femme, si charmante qu'elle fût, et j'eus peur surtout de prononcer une rengaine d'opéra-comique. Mon costume y prêtait d'ailleurs : une glace m'envoyait une image déplaisante de moi-même, et je me faisais l'effet d'un jeune ténor, prêt à entonner un morceau d'Auber.

C'est ainsi que, par moments, je ne réussis plus à me prendre au sérieux dans mon rôle turc ; Loti passe le bout de l'oreille sous le turban d'Arif, et je retombe sottement sur moi-même, impression maussade et insupportable.

XXII

J'ai été difficile et fier pour tout ce qui porte lévite ou chapeau noir [41] ; personne n'était pour moi assez brillant ni assez grand seigneur ; j'ai beaucoup méprisé mes égaux et choisi mes amis parmi les plus raffinés. Ici, je suis devenu homme du peuple, et citoyen d'Eyoub ; je m'accommode de la vie modeste des bateliers et des pêcheurs, même de leur société et de leurs plaisirs.

Au café turc, chez le cafedji Suleïman, on élargit le cercle autour du feu, quand j'arrive le soir, avec Samuel et Achmet. Je donne la main à tous les assistants, et je m'assieds pour écouter le conteur des veillées d'hiver (les longues histoires qui durent huit jours, et où figurent les djinns et les génies). Les heures passent là sans fatigue et sans remords ; je me trouve à l'aise au milieu d'eux, et nullement dépaysé.

Arif et Loti étant deux personnages très différents, il suffirait, le jour du départ du *Deerhound*, qu'Arif restât dans sa maison ; personne sans doute ne viendrait l'y chercher ; seulement, Loti aurait disparu, et disparu pour toujours.

Cette idée, qui est d'Aziyadé, se présente à mon esprit par instants sous des aspects étrangement admissibles.

Rester près d'elle, non plus à Stamboul, mais dans quelque village turc au bord de la mer ; vivre, au soleil et au grand air, de la vie saine des hommes du peuple ; vivre au jour le jour, sans créanciers et sans souci de l'avenir ! Je suis plus fait pour cette vie que pour la mienne ; j'ai horreur de tout travail qui n'est pas du corps et des muscles ; horreur de toute science ; haine de tous les devoirs conventionnels, de toutes les obligations sociales de nos pays d'Occident.

Être batelier en veste dorée, quelque part au sud de la Turquie, là où le ciel est toujours pur et le soleil toujours chaud...

Ce serait possible, après tout, et je serais là moins malheureux qu'ailleurs.

— Je te jure, Aziyadé, dis-je, que je laisserais tout sans regret, ma position, mon nom et mon pays. Mes amis... je n'en ai pas et je m'en moque ! Mais, vois-tu, j'ai une vieille mère.

Aziyadé ne dit plus rien pour me retenir, bien qu'elle ait compris peut-être que cela ne serait pas tout à fait impossible ; mais elle sent par intuition ce que cela doit être qu'une vieille mère, elle, la pauvre petite qui n'en a jamais eu ; et les idées qu'elle a sur la générosité et le sacrifice ont plus de prix chez elle que chez d'autres, parce qu'elles lui sont venues toutes seules, et que personne ne s'est inquiété de les lui donner.

XXIII

DE PLUMKETT, A LOTI

Liverpool, 1876.

Mon cher Loti,

Figaro était un homme de génie : il riait si souvent, qu'il n'avait jamais le temps de pleurer. — Sa devise est la meilleure de toutes, et je le sais si bien, que je m'efforce de la mettre en pratique et y arrive tant bien que mal.

Malheureusement, il m'est fort difficile de rester trop longtemps le même individu. Trop souvent, la gaieté de Figaro m'abandonne, et c'est alors Jérémie, prophète de malheur, ou David, auguste désespéré sur lequel la main céleste s'est appesantie, qui s'empare de moi et me possède. Je ne parle pas, je crie, je rugis ! Je n'écris pas, je ne pourrais que briser ma plume et renverser mon encrier. Je me promène à grands pas en montrant le poing à un être imaginaire, à un bouc émissaire idéal, auquel je rapporte toutes mes douleurs ; je commets toutes les extravagances possibles ; je me livre à huis clos aux actes les plus insensés, après quoi, soulagé ou plutôt fatigué, je me calme et deviens raisonnable.

Vous allez me répéter encore que je suis un drôle de type ; un fou, que sais-je ? à quoi je répondrai : « Oui, mais bien moins que vous ne croyez. Bien moins que vous, par exemple. »

Avant de porter un jugement sur moi, encore faudrait-il me connaître, me comprendre un peu et savoir quelles circonstances ont pu faire d'un individu, né raisonnable, le drôle de type que je suis. Nous sommes, voyez-vous, le produit de deux facteurs qui sont nos dispositions héréditaires, ou l'enjeu que nous apportons en paraissant sur la scène de la vie, et les circonstances qui nous modifient et nous façonnent, comme une matière plastique qui prend et garde les empreintes de tout ce qui l'a touchée. — Les circonstances, pour moi, n'ont été que douloureuses ; j'ai été, pour me servir de l'expression consacrée, formé à l'école du malheur : — tout ce que je sais, je l'ai appris à mes dépens ; aussi je le sais bien ; c'est pourquoi je l'exprime parfois d'une manière un peu tranchante. Si j'ai l'air parfois de dogmatiser, c'est que j'ai la prétention, moi qui ai souffert beaucoup, d'en savoir plus que ceux qui ont moins souffert que moi, et de parler mieux qu'ils ne le pourraient faire en connaissance de cause.

Pour moi, il n'y a pas d'espoir en ce monde et je n'ai pas cette consolation de ceux qu'une foi ardente rend forts au milieu des luttes de la vie, et confiants dans la justice suprême du créateur.

Et, pourtant, je vis sans blasphémer.

Ai-je pu, au milieu de froissements continuels, conserver les illusions, l'enthousiasme et la fraîcheur

morale de la jeunesse ? Non, vous le savez bien ; j'ai
renoncé aux plaisirs de mon âge, qui ne sont déjà plus
de mon goût, j'ai perdu l'aspect et les allures d'un
jeune homme, et je vis désormais sans but comme sans
espoir... Est-ce à dire pourtant que j'en sois réduit au
même point que vous, dégoûté de tout, niant tout ce
qui est bon, niant la vertu, niant l'amitié, niant tout ce
qui peut nous rendre supérieurs à la brute ? Enten-
dons-nous, mon ami ; sur ces points, je pense tout
autrement que vous. J'avoue que, malgré mon expérience des choses de ce monde (puissiez-vous n'en
jamais acquérir une pareille, il en coûte trop cher !), je
crois encore à tout cela, et à bien d'autres choses
encore.

A Londres, William [42] m'a fait lire la lettre qu'il
venait de recevoir de vous.

Vous la commencez gentiment par le récit, circons-
tancié et agrémenté de descriptions, d'une amourette à
la turque. Nous vous suivons, Georges et moi, à travers
les méandres fantasmagoriques d'une grande fourmi-
lière orientale. Nous restons la bouche béante en face
des tableaux que vous nous tracez ; je songe à vos trois
poignards, comme je songeais au bouclier d'Achille, si
minutieusement chanté par Homère ! Et puis enfin,
peut-être parce que vous avez reçu un grain de
poussière dans l'œil, peut-être parce que votre lampe
s'est mise à fumer comme vous acheviez votre lettre,
peut-être pour moins que cela, vous terminez en nous
lançant la série des lieux communs édités au siècle
dernier ! je crois vraiment que les lieux communs des
frères ignorantins valent encore mieux que ceux du
matérialisme, dont le résultat sera l'anéantissement de
tout ce qui existe. On les acceptait au XVIIIᵉ siècle, ces
idées matérialistes : Dieu était un préjugé ; la morale
était devenue l'intérêt bien entendu, la société un vaste
champ d'exploitation pour l'homme habile. Tout cela
séduisait beaucoup de gens par sa nouveauté et par la
sanction qu'en recevaient les actes les plus immoraux.
Heureuse époque où aucun frein ne vous retenait ; où
l'on pouvait tout faire ; l'on pouvait rire de tout, même
des choses les moins drôles, jusqu'au moment où tant

de têtes tombèrent sous le couteau de la Révolution, que ceux qui conservèrent la leur commencèrent à réfléchir. Ensuite vint une époque de transition, où l'on vit apparaître une génération atteinte de phtisie morale, affligée de sensiblerie constitutionnelle, regrettant le passé qu'elle ne connaissait pas, maudissant le présent qu'elle ne comprenait pas, doutant de l'avenir qu'elle ne devinait pas. Une génération de romantiques, une génération de petits jeunes gens passant leur vie à rire, à pleurer, à prier, à blasphémer, modulant sur tous les tons leur insipide complainte pour en venir un beau jour à se faire sauter la cervelle.

Aujourd'hui, mon ami, on est beaucoup plus raisonnable, beaucoup plus pratique : on se hâte, avant d'être devenu un homme, de devenir une *espèce d'homme* ou un animal particulier, comme vous voudrez. On se fait sur toute chose des opinions ou des préjugés en rapport avec son état ; on tombe dans un certain milieu de la société, on en prend les idées. Vous acquérez ainsi une certaine tournure d'esprit, ou, si vous aimez mieux, un genre de bêtise qui cadre bien avec le milieu dans lequel vous vivez ; on vous comprend, vous comprenez les autres, vous entrez ainsi en communion intime avec eux et devenez réellement un membre de leur corps. On se fait banquier, ingénieur, bureaucrate, épicier, militaire... Que sais-je ? mais au moins on est quelque chose ; on fait quelque chose ; on a la tête quelque part et non ailleurs ; on ne se perd pas dans des rêves sans fin. On ne doute de rien ; on a sa ligne de conduite toute tracée par les devoirs que l'on est tenu de remplir. Les doutes que l'on pourrait avoir en philosophie, en religion, en politique, les civilités puériles et honnêtes sont là pour les combler ; ainsi ne vous embarrassez donc pas pour si peu. La civilisation vous absorbe ; les mille et un rouages de la grande machine sociale vous engrènent ; vous vous trémoussez dans l'espace ; vous vous abêtissez dans le temps, grâce à la vieillesse ; vous faites des enfants qui seront aussi bêtes que vous. Puis enfin, vous mourez, muni des sacrements de l'Église ; votre cercueil est inondé d'eau bénite, on chante du latin en

faux bourdon autour d'un catafalque à la lueur des
cierges ; ceux qui étaient habitués à vous voir vous
regrettent si vous avez été bon durant votre vie,
quelques-uns même vous pleurent sincèrement. Puis
enfin, on hérite de vous.

Ainsi va le monde !

Tout cela n'empêche pas, mon ami, qu'il n'y ait sur
cette terre de fort braves gens, des gens foncièrement
honnêtes, organiquement bons, faisant le bien pour la
satisfaction intime qu'ils en retirent ; ne volant pas et
n'assassinant pas, lors même qu'ils seraient sûrs de
l'impunité, parce qu'ils ont une conscience qui est un
contrôle perpétuel des actes auxquels leurs passions
pourraient les pousser ; des gens capables d'aimer, de
se dévouer corps et âme, des prêtres croyant en Dieu et
pratiquant la charité chrétienne, des médecins bravant
les épidémies pour sauver quelques pauvres malades,
des sœurs de charité allant au milieu des armées
soigner de pauvres blessés, des banquiers à qui vous
pourrez confier votre fortune, des amis qui vous
donneront la moitié de la leur ; des gens, moi par
exemple sans aller chercher plus loin, qui seraient
peut-être capables, en dépit de tous vos blasphèmes, de
vous offrir une affection et un dévouement illimités.

Cessez donc ces boutades d'enfant malade. Elles
viennent de ce que vous rêvez au lieu de réfléchir ; de
ce que vous suivez la passion au lieu de la raison.

Vous vous calomniez, lorsque vous parlez ainsi. Si je
vous disais que tout est vrai dans votre fin de lettre et
que je vous crois tel que vous vous y dépeignez, vous
m'écririez aussitôt pour protester, pour me dire que
vous ne pensez pas un mot de toute cette atroce
profession de foi ; que ce n'est que la bravade d'un
cœur plus tendre que les autres ; que ce n'est que
l'effort douloureux que fait pour se raidir la sensitive
contractée par la douleur.

Non, non, mon ami, je ne vous crois pas, et vous ne
vous croyez pas vous-même. Vous êtes bon, vous êtes
aimant, vous êtes sensible et délicat : seulement vous
souffrez. Aussi je vous pardonne et vous aime et
demeure une protestation vivante contre vos négations

de tout ce qui est amitié, désintéressement, dévouement.

C'est votre vanité qui nie tout cela et non pas vous ; votre fierté blessée vous fait cacher vos trésors et étaler à plaisir « l'être factice créé par votre orgueil et votre ennui ».

PLUMKETT.

XXIV

LOTI A WILLIAM BROWN

Eyoub, décembre 1876.

Mon cher ami,

Je viens vous rappeler que je suis au monde. J'habite, sous le nom de Arif-effendi, rue Kourou-Tchechmeh, à Eyoub, et vous me feriez grand plaisir en voulant bien me donner signe de vie.

Vous débarquez à Constantinople, côté de Stamboul ; vous enfilez quatre kilomètres de bazars et de mosquées, vous arrivez au saint faubourg d'Eyoub, où les enfants prennent pour cible à cailloux votre coiffure insolite ; vous demandez la rue Kourou-Tchechmeh, que l'on vous indique immédiatement ; au bout de cette rue, vous trouvez une fontaine de marbre sous des amandiers, et ma case est à côté.

J'habite là en compagnie d'Aziyadé, cette jeune femme de Salonique, de laquelle je vous avais autrefois parlé, et que je ne suis pas bien loin d'aimer. J'y vis presque heureux, dans l'oubli du passé et des ingrats.

Je ne vous raconterai point quelles circonstances m'ont amené dans ce recoin de l'Orient ; ni comment j'en suis venu à adopter pour un temps le langage et les costumes de la Turquie, — même ses beaux habits de soie et d'or.

Voici seulement, ce soir 30 décembre, quelle est la situation : Beau temps froid, clair de lune. — A la cantonade, les derviches psalmodient d'une voix

monotone ; c'est le bruit familier qui tinte chaque jour
à mes oreilles. Mon chat Kédi-bey, et mon domestique
Yousouf se sont retirés, l'un portant l'autre, dans leur
appartement commun.

Aziyadé, assise comme une fille de l'Orient sur une
pile de tapis et de coussins, est occupée à teindre ses
ongles en rouge orange, opération de la plus haute
importance. Moi, je me souviens de vous, de notre vie
de Londres, de toutes nos sottises, — et je vous écris
en vous priant de vouloir bien me répondre.

Je ne suis pas encore musulman pour tout de bon,
comme, au début de ma lettre, vous pourriez le
supposer ; je mène seulement de front deux personnalités différentes, et suis toujours officiellement, mais le
moins souvent possible, M. Loti, lieutenant de marine.

Comme vous seriez en peine pour mettre mon
adresse en turc, écrivez-moi sous mon nom véritable,
par le *Deerhound* ou l'ambassade britannique.

XXV

Stamboul, 1er janvier 1877.

L'année 77 débute par une journée radieuse, un
temps printanier.

Ayant expédié dans la journée certaines visites,
qu'un reste de condescendance pour les coutumes
d'Occident m'obligeait à faire dans la colonie de Péra,
je rentre le soir à cheval à Eyoub, par le Champ-des-
Morts et Kassim-Pacha.

Je croise le coupé du terrible Ignatief, qui revient
ventre à terre de la Conférence, sous nombreuse
escorte de Croates à ses gages ; un instant après, lord
Salisbury et l'ambassadeur d'Angleterre rentrent aussi,
fort agités l'un et l'autre : on s'est disputé à la séance,
et tout est au plus mal.

Les pauvres Turcs refusent avec l'énergie du désespoir les conditions qu'on leur impose ; pour leur peine,
on veut les mettre hors la loi.

Tous les ambassadeurs partiraient ensemble, en

criant : « Sauve qui peut ! » à la colonie d'Europe. On verrait alors de terribles choses, une grande confusion et beaucoup de sang.

Puisse cette catastrophe passer loin de nous !...

Il faudrait — demain peut-être — quitter Eyoub pour n'y plus revenir...

XXVI

Nous descendions, par une soirée splendide, la rampe d'Oun-Capan *.

Stamboul avait un aspect inaccoutumé ; les hodjas dans tous les minarets chantaient des prières inconnues sur des airs étranges ; ces voix aiguës, parties de si haut, à une heure insolite de la nuit, inquiétaient l'imagination ; et les musulmans, groupés sur leurs portes, semblaient regarder tous quelque point effrayant du ciel.

Achmet suivit leurs regards, et me saisit la main avec terreur : la lune que tout à l'heure nous avions vue si brillante sur le dôme de Sainte-Sophie, s'était éteinte là-haut dans l'immensité ; ce n'était plus qu'une tache rouge, terne et sanglante.

Il n'est rien de si saisissant que les *signes du ciel,* et ma première impression, plus rapide que l'éclair, fut aussi une impression de frayeur. Je n'avais point prévu cet événement, ayant depuis longtemps négligé de consulter le calendrier.

Achmet m'explique combien c'est là un cas grave et sinistre : d'après la croyance turque, la lune est en ce moment aux prises avec un dragon qui la dévore. On peut la délivrer cependant, en intercédant auprès d'Allah, et en tirant à balle sur le monstre.

On récite en effet, dans toutes les mosquées, des prières de circonstance, et la fusillade commence à Stamboul. De toutes les fenêtres, de tous les toits, on tire des coups de fusil à la lune dans le but d'obtenir une heureuse solution de l'effrayant phénomène.

* A l'extrémité du Vieux Pont, côté Stamboul.

Nous prenons un caïque au Phanar pour rejoindre notre logis ; on nous arrête en route. A mi-chemin de la Corne d'or, le canot des Zaptiés* nous barre le passage : une nuit d'éclipse, se promener en caïque est interdit.

Nous ne pouvons cependant pas coucher dans la rue. Nous parlementons, nous discutons, le prenant de très haut avec messieurs les Zaptiés, et, une fois encore, en payant d'audace, nous nous tirons d'affaire.

Nous arrivons à la case, où Aziyadé nous attend dans la consternation et la terreur.

Les chiens hurlent à la lune d'une façon lamentable, qui complique encore la situation.

D'un air mystique, Achmet et Aziyadé m'apprennent que ces chiens hurlent ainsi pour demander à Allah un certain pain mystérieux qui leur est dispensé dans certaines circonstances solennelles, — et que les hommes ne peuvent voir.

L'éclipse continue sa marche, malgré la fusillade ; le disque entier est même d'une nuance rouge extraordinairement prononcée, — coloration due à un état particulier de l'atmosphère.

J'essaie l'explication du phénomène au moyen d'une bougie, d'une orange et d'un miroir, vieux procédé d'école.

J'épuise ma logique, et mes élèves ne comprennent pas ; devant cette hypothèse tout à fait inadmissible que la terre est ronde, Aziyadé s'assied avec dignité, et refuse absolument de me prendre au sérieux. Je me fais l'effet d'un pédagogue, image horrible ! et je suis pris de fou rire ; je mange l'orange et j'abandonne ma démonstration.

A quoi bon du reste cette sotte science, et pourquoi leur ôterais-je la superstition qui les rend plus charmants ?

Et nous voilà, nous aussi, tirant tous les trois des coups de fusil par la fenêtre, à la lune qui continue de faire là-haut un reflet sanglant, au milieu des étoiles brillantes, dans le plus radieux de tous les ciels !

---

* Gendarmes.

XXVII

Vers onze heures, Achmet nous éveille pour nous annoncer que le traitement a réussi ; la lune est *eyu yapitmich* (guérie).

En effet, la lune, tout à fait rétablie, brillait comme une splendide lampe bleue dans le beau ciel d'Orient.

XXVIII

« Ma mère Béhidjé » est une très extraordinaire vieille femme, octogénaire et infirme, — fille et veuve de pacha, — plus musulmane que le Koran, et plus raide que la loi du Chéri*.

Feu Chefket-Daoub-pacha, époux de Béhidjé-hanum, fut un des favoris du sultan Mahmoud, et trempa dans le massacre des janissaires[43]. Behidjé-hanum, admise à cette époque dans son conseil, l'y avait poussé de tout son pouvoir.

Dans une rue verticale du quartier turc de Djianghir, sur les hauteurs du Taxim, habite la vieille Béhidjé-hanum. Son appartement, qui déjà surplombe des précipices, porte deux shaknisirs en saillie, soigneusement grillés de lattes de frêne.

De là, on domine d'aplomb les quartiers de Foundoucli, les palais de Dolma-Bagtché et de Tchéraghan, la pointe du Sérail, le Bosphore, le *Deerhound*, pareil à une coquille de noix posée sur une nappe bleue, — et puis Scutari et toute la côte d'Asie.

Béhidjé-hanum passe ses journées à cet observatoire, étendue sur un fauteuil, et Aziyadé est souvent à ses pieds, — Aziyadé attentive au moindre signe de sa vieille amie, et dévorant ses paroles comme les arrêts divins d'un oracle.

C'est une anomalie que l'intimité de la jeune femme

* Loi canonique musulmane.

obscure et de la vieille cadine *, rigide et fière, de
noble souche et de grande maison.

Béhidjé-hanum ne m'est connue que par ouï-dire :
les infidèles ne sont point admis dans sa demeure.

Elle est belle encore, affirme Aziyadé, malgré ses
quatre-vingts ans, « belle comme les beaux soirs d'hiver ».

Et, chaque fois qu'Aziyadé m'explique quelque idée
neuve, quelque notion nette et profonde sur des choses
qu'elle semblerait devoir ignorer absolument, et que je
lui demande : « Qui t'a appris cela, ma chérie ? » —
Aziyadé répond : « C'est ma mère Béhidjé. »

« Ma mère » et « mon père » sont des titres de
respect qu'on emploie en Turquie lorsqu'on parle de
personnes âgées, même lorsque ces personnes vous
sont indifférentes ou inconnues.

Béhidjé-hanum n'est point une mère pour Aziyadé.
Tout au moins est-ce une mère imprudente, qui ne
craint pas d'exalter terriblement la jeune imagination
de son enfant.

Elle l'exalte au point de vue religieux d'abord, tant
et si bien, que la pauvre petite abandonnée verse
souvent des larmes très amères sur son amour pour un
infidèle.

Elle l'exalte au point de vue romanesque aussi, par le
récit de longues histoires, contées avec esprit et avec
feu, qui me sont redites la nuit, par les lèvres fraîches
de ma bien-aimée.

Longues histoires fantastiques, aventures du grand
Tchengiz ** ou des anciens héros du désert, légendes
persanes ou tartares, où l'on voit de jeunes princesses,
persécutées par les génies, accomplir des prodiges de
fidélité et de courage.

Et, quand Aziyadé arrive le soir, l'imagination plus
surexcitée que de coutume, je puis en toute sûreté lui
dire :

— Tu as passé ta journée, ma chère petite amie, aux
pieds de ta mère Béhidjé !

---

* Epouse légitime.
** Forme turque de Gengis-Khan.

XXIX

Janvier 1877.

Huit jours à Buyukdéré, dans le haut Bosphore, à l'entrée de la mer Noire. Le *Deerhound* est mouillé près des grands cuirassés turcs, qui sont postés là comme des chiens de garde, à l'intention de la Russie. Cette situation du *Deerhound,* qui m'éloigne de Stamboul, coïncide avec un séjour du vieil Abeddin dans sa demeure ; tout est pour le mieux, et cette séparation nous tient lieu de prudence.

Il fait froid, il pleut, les journées se passent à courir dans la forêt de Belgrade *, et ces courses sous bois me ramènent aux temps heureux de mon enfance.

Des chênes antiques, des houx, de la mousse et des fougères, presque la végétation du Yorkshire [44]. A part qu'il y pousse aussi des ours, on se croirait dans les bons vieux bois de la patrie.

XXX

Samuel a peur des *kédis* (des chats). Le jour, les kédis lui inspirent des idées drôles ; il ne peut les regarder sans rire. La nuit, il devient très respectueux, et s'en tient à distance.

Je m'habillais pour un bal d'ambassade. Samuel, qui m'avait laissé pour aller dormir, revint tout à coup frapper à ma porte.

— *Bir madame kédi,* disait-il d'un air effaré, *bir madame kédi* (une madame chat ; lisez : chatte) *qui portate ses piccolos dormir com Samuel* (qui a apporté ses petits pour dormir avec Samuel) !

Et il continuait à la cantonade, avec un sérieux imperturbable :

* Forêt de Belgrat sur le mont Istrance.

— Chez nous, dans ma famille, ceux-là qui dérangent les chats, dans le mois même ils doivent mourir ! Monsieur Loti, comment faire ?

Quand ma toilette fut achevée, je me décidai à prêter main-forte à mon ami, et j'entrai dans sa chambre.

Une dame *kédi* était en effet postée sur l'oreiller de Samuel, tout au milieu. C'était une personne de beaucoup d'embonpoint, revêtue d'une belle pelure jaune. Avec un air de dignité et de triomphe, assise sur son *innommable,* elle contemplait tour à tour Samuel immobile, et ses petits qui s'ébattaient sur la couverture.

Samuel, assis dans un coin, tombant de sommeil, assistait à cette scène de famille dans une attitude de consternation résignée ; il attendait que je vinsse à son secours.

Cette madame Kédi m'était inconnue. Elle ne fit aucune difficulté cependant pour se laisser prendre à son cou et porter dehors avec ses enfants. Après quoi, Samuel, ayant soigneusement épousseté sa couverture, fit mine de s'aller coucher.

Je ne devais point rentrer cette nuit-là. J'arrivai à l'improviste à deux heures du matin.

Samuel avait ouvert toute grande la fenêtre de sa chambre, et disposé des cordes sur lesquelles il avait étendu ses couvertures, afin de les purger par le grand air de tout effluve de chat. Lui-même s'était installé dans mon lit, où il dormait du sommeil des têtes jeunes et des consciences pures. Pour lui, c'était bien là son cas.

Le lendemain, nous apprîmes que cette madame Kédi était la bête adorée, mais coureuse, d'un vieux juif du voisinage, repasseur de tarbouchs.

XXXI

C'était Noël à la grecque ; le vieux Phanar était en fête.

Des bandes d'enfants promenaient des lanternes, des girandoles de papier, de toutes les formes et de

toutes les couleurs ; ils frappaient à toutes les portes, à
tour de bras, et donnaient des sérénades terribles, avec
accompagnement de tambour.

Achmet, qui passait avec moi, témoignait un grand
mépris pour ces réjouissances d'infidèles.

Le vieux Phanar, même au milieu de ce bruit, ne
pouvait s'empêcher d'avoir l'air sinistre.

On voyait cependant s'ouvrir toutes les petites
portes byzantines, rongées de vétusté, et dans leurs
embrasures massives apparaissaient des jeunes filles,
vêtues comme des Parisiennes, qui jetaient aux musiciens des piastres de cuivre.

Ce fut bien pis quand nous arrivâmes à Galata ;
jamais, dans aucun pays du monde, il ne fut donné
d'ouïr un vacarme plus discordant, ni de contempler
un spectacle plus misérable.

C'était un grouillement cosmopolite inimaginable,
dans lequel dominait en grande majorité l'élément
grec. L'immonde population grecque affluait en
masses compactes ; il en sortait de toutes les ruelles de
prostitution, de tous les estaminets, de toutes les
tavernes. Impossible de se figurer tout ce qu'il y avait
là d'hommes et de femmes ivres, tout ce qu'on y
entendait de braillements avinés, de cris écœurants.

Et quelques bons musulmans s'y trouvaient aussi,
venus pour rire tranquillement aux dépens des infidèles, pour voir comment ces chrétiens du Levant sur
le sort desquels on a attendri l'Europe, par de si
pathétiques discours, célébraient la naissance de leur
prophète.

Tous ces hommes qui avaient si grande peur d'être
obligés d'aller se battre comme des Turcs, depuis que
la Constitution leur conférait le titre immérité de
citoyens, s'en donnaient à cœur joie de chanter et de
boire.

XXXII

Je me souviens de cette nuit où le *bay-kouch* (le
hibou) suivit notre caïque sur la Corne d'or.

C'était une froide nuit de janvier; une brume glaciale embrouillait les grandes ombres de Stamboul, et tombait en pluie fine sur nos têtes. Nous ramions, Achmet et moi, à tour de rôle, dans le caïque qui nous menait à Eyoub.

A l'échelle du Phanar, nous abordâmes avec précaution dans la nuit noire, au milieu de pieux, d'épaves et de milliers de caïques échoués sur la vase.

On était là au pied des vieilles murailles du quartier byzantin de Constantinople, lieu qui n'est fréquenté à pareille heure par aucun être humain. Deux femmes pourtant s'y tenaient blotties, deux ombres à tête blanche, cachées dans un certain recoin obscur qui nous était familier, sous le balcon d'une maison en ruine... C'étaient Aziyadé, et la vieille, la fidèle Kadidja.

Quand Aziyadé fut assise dans notre barque, nous repartîmes.

La distance était grande encore, de l'échelle du Phanar à celle d'Eyoub. De loin en loin, une rare lumière, partie d'une maison grecque, laissait tomber dans l'eau trouble une traînée jaune; autrement, c'était partout la nuit profonde.

Passant devant une antique maison bardée de fer, nous entendîmes le bruit d'un orchestre et d'un bal. C'était une de ces grandes habitations, noires au dehors, somptueuses au dedans, où les anciens Grecs, les Phanariotes, cachent leur opulence, leurs diamants, et leurs toilettes parisiennes.

... Puis le bruit de la fête se perdit dans la brume, et nous retombâmes dans le silence et l'obscurité.

Un oiseau volait lourdement autour de notre caïque, passant et repassant sur nous.

— *Bou fena* (mauvaise affaire)! dit Achmet en hochant la tête.

— *Bay-Kouch mî?* lui demanda Aziyadé, tout encapuchonnée et emmaillotée. (Est-ce point le hibou?)

Quand il s'agissait de leurs superstitions ou de leurs croyances, ils avaient coutume de s'entretenir tous les deux, et de ne me compter pour rien.

— *Bou tchok fena Loti*, dit-elle ensuite en me

prenant la main ; *ammâ sen... bilmezsen !* (C'est très
mauvais, cela Loti, mais toi... tu ne sais pas !...)

C'était singulier au moins, de voir circuler cette bête
une nuit d'hiver, et elle nous suivit sans trêve, pendant
plus d'une heure que nous mîmes à remonter de
l'échelle du Phanar à celle d'Eyoub.

Il y avait un courant terrible, cette nuit-là, sur la
Corne d'or ; la pluie tombait toujours, fine et glaciale ;
notre lanterne s'était éteinte, et cela nous exposait à
être arrêtés par des bachibozouks* de patrouille, ce
qui eût été notre perte à tous les trois.

Par le travers de Balata, nous rencontrâmes des
caïques remplis de *iaoudis* (de juifs). Les iaoudis qui
occupent en ce point les deux rives, Balate et Pri-
Pacha, voisinent le soir, ou reviennent de la grande
synagogue, et ce lieu est le seul où l'on trouve, la nuit,
du mouvement sur la Corne d'or.

Ils chantaient, en passant, une chanson plaintive
dans leur langue de iaoudis. Le bay-kouch continuait
de voltiger sur nos têtes, et Aziyadé pleurait, de froid
et de frayeur.

Quelle joie ce fut, quand nous amarrâmes sans bruit,
dans l'obscurité profonde, notre caïque à l'échelle
d'Eyoub ! Sauter sur la vase, de planche en planche
(nous connaissions ces planches par cœur, en aveugles), traverser la petite place déserte, faire tourner
doucement les serrures et les verrous, et refermer le
tout derrière nous trois ; passer la visite des appartements vagues du rez-de-chaussée, le dessous de l'escalier, la cuisine, l'intérieur du four ; laisser nos chaus-
sures pleines de boue et nos vêtements mouillés ;
monter pieds nus sur les nattes blanches, donner le
bonsoir à Achmet, qui se retirait dans son appartement ; entrer dans notre chambre et la fermer encore à
clef ; laisser tomber derrière nous la portière arabe
blanche et rouge ; nous asseoir sur les tapis épais,
devant le brasero de cuivre qui couvait depuis le matin,
et répandait une douce chaleur, embaumée de pastilles
du sérail et d'eau de roses... c'était, pour au moins

* Soldats irréguliers.

vingt-quatre heures, la sécurité, et l'immense bonheur
d'être ensemble !

Mais le bay-kouch nous avait suivis, et se mit à
chanter dans un platane sous nos fenêtres.

Et Aziyadé, brisée de fatigue, s'endormit au son de
sa voix lugubre, en pleurant à chaudes larmes.

XXXIII

Leur « madame » était une vieille coquine qui avait
couru toute l'Europe et fait tous les métiers ; leur
« madame » (la madame de Samuel et d'Achmet ; ils
l'appelaient ainsi : *bizum madame,* notre madame) ;
leur « madame » parlait toutes les langues et tenait un
café borgne dans le quartier de Galata.

Le café de leur « madame » ouvrait sur la grande rue
bruyante ; il était très profond et très vaste ; il avait une
porte de derrière sur une impasse mal famée des quais
de Galata, laquelle impasse servait de débouché à
plusieurs mauvais lieux. Ce café était surtout le rendez-
vous de certains matelots de commerce italiens et
maltais, suspects de vol et de contrebande ; il s'y
traitait plusieurs sortes de marchés, et il était prudent,
le soir, d'y entrer avec un revolver.

Leur « madame » nous aimait beaucoup, Samuel,
Achmet et moi ; c'était ordinairement elle qui préparait
à manger à mes deux amis, leurs *affaires* les retenant
souvent dans ces quartiers ; leur « madame » était
remplie pour nous d'attentions maternelles.

Il y avait, au premier, chez leur « madame » un petit
cabinet et un coffre qui me servaient aux changements
de décors. J'entrais en vêtements européens par la
grande porte, et je sortais en Turc par l'impasse.

Leur « madame » était italienne.

XXXIV

Eyoub, 20 janvier.

Hier finit en queue de rat la grande facétie internationale des conférenciers. La chose ayant raté, les

Excellences s'en vont, les ambassadeurs aussi plient bagage, et voilà les Turcs hors la loi.

Bon voyage à tout ce monde ! heureusement nous, nous restons. A Eyoub, on est fort calme et assez résolu. Dans les cafés turcs, le soir, même dans les plus modestes, se réunissent indifféremment les riches et les pauvres, les pachas et les hommes du peuple... (O Égalité ! inconnue à notre nation démocratique, à nos républiques occidentales !) Un érudit est là qui déchiffre aux assistants les grimoires des feuilles du jour ; chacun écoute, avec silence et conviction. Rien de ces discussions bruyantes, à l'ale et à l'absinthe, qui sont d'usage dans nos estaminets de barrières [45] ; on fait à Eyoub de la politique avec sincérité et recueillement.

On ne doit pas désespérer d'un peuple qui a conservé tant de croyances et de sérieuse honnêteté.

                                    XXXV

Aujourd'hui, 22 janvier, les ministres et les hauts dignitaires de l'empire, réunis en séance solennelle à la Sublime Porte, ont décidé à l'unanimité de repousser les propositions de l'Europe sous lesquelles ils voyaient passer la griffe de la sainte Russie. Et des adresses de félicitations arrivent de tous les coins de l'empire aux hommes qui ont pris cette résolution désespérée.

L'enthousiasme national était grand dans cette assemblée où l'on vit pour la première fois cette chose insolite : des chrétiens siégeant à côté de musulmans ; des prélats arméniens, à côté des derviches et du cheik-ul-islam ; où l'on entendit pour la première fois sortir de bouches mahométanes cette parole inouïe : « Nos frères chrétiens. »

Un grand esprit de fraternité et d'union rapprochait alors les différentes communions religieuses de l'empire ottoman, en face d'un péril commun, et le prélat arménien-catholique prononça dans cette assemblée cet étrange discours guerrier :

« Effendis !

» Les cendres de nos pères à tous reposent depuis cinq siècles dans cette terre de la patrie. Le premier de tous nos devoirs est de défendre ce sol qui nous est échu en héritage. La mort a lieu, en vertu d'une loi de nature. L'histoire nous montre de grands États qui ont tour à tour paru et disparu de la scène du monde. Si donc les décrets de la Providence ont fixé le terme de l'existence de notre patrie, nous n'avons qu'à nous incliner devant son arrêt ; mais autre chose est de s'éteindre honteusement ou de faire une fin glorieuse. Si nous devons périr d'une balle meurtrière ne renonçons donc pas à l'honneur de la recevoir en pleine poitrine et non dans le dos ; au moins alors le nom de notre pays figurera glorieusement dans l'histoire. Naguère encore, nous n'étions qu'un corps inerte ; la charte qui nous a été octroyée est venue vivifier et consolider ce corps. — Aujourd'hui, pour la première fois, nous sommes invités à ce conseil ; grâces en soient rendues à Sa Majesté le Sultan et aux ministres de la Sublime Porte ! désormais, que la question de religion ne sorte pas du domaine de la conscience ! que le musulman aille à sa mosquée et le chrétien à son église ; mais, en face de l'intérêt de tous, en face de l'ennemi public, soyons et demeurons tous unis ! »

XXXVI

Aziyadé, qui était fidèle à la petite babouche de maroquin jaune des bonnes musulmanes, sans talon ni dessus de pied, en consommait bien trois paires par semaine ; il y en avait toujours de rechange, traînant dans tous les recoins de la maison, et elle écrivait son nom dans l'intérieur, sous prétexte que Achmet ou moi pourrions les lui prendre.

Celles qui avaient servi étaient condamnées à un supplice affreux : lancées dans le vide, la nuit, du haut de la terrasse, et précipitées dans la Corne d'or. Cela s'appelait le *kourban des pâpoutchs*, le sacrifice des babouches.

C'était un plaisir de monter, par les nuits bien claires et bien froides, dans le vieil escalier de bois qui craquait sous nos pas et nous menait sur les toits et, là au beau clair de lune, *mahitabda*, après nous être assurés que tout sommeillait alentour, de consommer le kourban, et faire pirouetter dans l'air, une par une, les babouches condamnées.

Tombera-t-elle dans l'eau, la pâpoutch, ou sur la vase, ou bien encore sur la tête d'un chat en maraude ?

Le bruit de sa chute dans le silence profond indiquait lequel de nous deux avait deviné juste, et gagné le pari.

Il faisait bon être là-haut, si seuls chez nous, si loin des humains, si tranquilles, souvent piétinant sur une blanche couche de neige, et dominant le vieux Stamboul endormi. Nous étions privés, nous, de jouir ensemble de la lumière du jour dont jouissent tant d'autres qui s'en vont ensemble, bras dessus bras dessous au grand soleil, sans apprécier leur bonheur. Là-haut était notre lieu de promenade ; là, nous allions respirer l'air pur et vif des belles nuits d'hiver, en société de la lune, compagne discrète qui tantôt s'abaissait lentement à l'ouest sur les pays des infidèles, tantôt se levait toute rouge à l'orient, dessinant la silhouette lointaine de Scutari ou de Péra.

XXXVII

Est-ce la fin, Seigneur, ou le commencement [46] ?
(VICTOR HUGO, *Chants du crépuscule*.)

L'animation est grande sur le Bosphore. Les transports arrivent et partent, chargés de soldats qui s'en vont en guerre. Il en vient de partout, des soldats et des rédifs *, du fond de l'Asie, des frontières de Perse, même de l'Arabie et de l'Égypte. On les équipe à la

---

* Réservistes.

hâte pour les expédier sur le Danube, ou dans les camps de la Géorgie. De bruyantes fanfares, des cris terribles en l'honneur d'Allah, saluent chaque jour leur départ. La Turquie ne s'était jamais vu tant d'hommes sous les armes, tant d'hommes si décidés et si braves. Allah sait ce que deviendront ces multitudes !

XXXVIII

Eyoub, 29 janvier 1877.

Je n'aurais pas pardonné aux Excellences leurs pasquinades[47] diplomatiques, si elles avaient dérangé ma vie.

Je suis heureux de me retrouver dans cette petite case perdue, qu'un instant j'avais eu peur de quitter.

Il est minuit, la lune promène sur mon papier sa lumière bleue, et les coqs ont commencé leur chanson nocturne. On est bien loin de ses semblables à Eyoub, bien isolé la nuit, mais aussi bien paisible. J'ai peine à croire, souvent, que Arif-effendi, c'est moi ; mais je suis si las de moi-même, depuis vingt-sept ans que je me connais, que j'aime assez pouvoir me prendre un peu pour un autre.

Aziyadé est en Asie ; elle est en visite, avec son harem, dans un harem d'Ismidt, et me reviendra dans cinq jours.

Samuel est là près de moi, qui dort par terre, d'un sommeil aussi tranquille que celui des petits enfants. Il a vu dans la journée repêcher un noyé, lequel était, il paraît, si vilain et lui a fait tant de peur, que, par prudence, il a apporté dans ma chambre sa couverture et son matelas.

Demain matin, dès l'aubette, les rédifs qui s'en vont en guerre feront tapage, et il y aura foule dans la mosquée. Volontiers je partirais avec eux, me faire tuer aussi quelque part au service du Sultan. C'est une chose belle et entraînante que la lutte d'un peuple qui ne veut pas mourir, et je sens pour la Turquie un peu

de cet élan que je sentirais pour mon pays, s'il était
menacé comme elle, et en danger de mort.

XXXIX

Nous étions assis, Achmet et moi, sur la place de la
mosquée du Sultan-Sélim. Nous suivions des yeux les
vieilles arabesques de pierre qui grimpaient en se
tordant le long des minarets gris, et la fumée de nos
chibouks qui montait en spirale dans l'air pur.

La place du Sultan-Sélim est entourée d'une antique
muraille, dans laquelle s'ouvrent de loin en loin des
portes ogivales. Les promeneurs y sont rares, et
quelques tombes s'y abritent sous des cyprès ; on est là
en bon quartier turc, et on peut aisément s'y tromper
de deux siècles.

— Moi, disait Achmet d'un air frondeur, je sais
bien ce que je ferai, Loti, quand tu seras parti : je
mènerai joyeuse vie et je me griserai tous les jours ; un
joueur d'orgue me suivra, et me fera de la musique du
matin jusqu'au soir. Je mangerai mon argent, mais cela
m'est égal (*zarar yok*). Je suis comme Aziyadé, quand
tu seras parti, ce sera fini aussi de ton Achmet.

Et il fallut lui faire jurer d'être sage ; ce qui ne fut
point une facile affaire.

— Veux-tu, dit-il, me faire aussi un serment, Loti ?
Quand tu seras marié et que tu seras riche, tu viendras
me chercher, et je serai là-bas ton domestique. Tu ne
me paieras pas plus qu'à Stamboul, mais je serai près
de toi, et c'est tout ce que je demande.

Je promis à Achmet de lui donner place sous mon
toit, et de lui confier mes petits enfants.

Cette perspective d'élever mes bébés et de les coiffer
en fez suffit à le remettre en joie, et nous nous
perdîmes toute la soirée en projets d'éducation, basés
sur des méthodes extrêmement originales.

XL

PLUMKETT A LOTI

Février 1877.

Mon cher ami,

Je ne vous écrivais pas, tout simplement parce que je n'avais rien à vous dire. En pareil cas, j'ai l'habitude de me taire.

Qu'aurais-je pu vous raconter en effet ? Que j'étais très préoccupé de choses nullement agréables ; que j'étais empoigné par dame Réalité, étreinte dont il est fort dur de se débarrasser ; que je languissais assez tristement au milieu de messieurs maritimes et coloniaux ; que les liens sympathiques, les affinités mystérieuses qui, en certains moments, m'unissent si étroitement avec tout ce qui est aimable et beau, étaient rompus.

Je suis sûr que vous comprenez très bien ceci, car c'est là l'état dans lequel je vous ai vu plus d'une fois plongé.

Votre nature ressemble beaucoup à la mienne, ce qui m'explique fort bien la très grande sympathie que j'ai ressentie pour vous presque de prime abord. — Axiome : Ce que l'on aime le mieux chez les autres, c'est soi-même. Lorsque je rencontre un autre moi-même, il y a chez moi accroissement de forces ; il semblerait que les forces pareilles de l'un et l'autre s'ajoutent et que la sympathie ne soit que le désir, la tendance vers cet accroissement de forces qui, pour moi, est synonyme de bonheur. Si vous le voulez bien, j'intitulerai ceci : le *grand paradoxe sympathique*.

Je vous parle un langage peu littéraire. Je m'en aperçois bien : j'emploie un vocabulaire emprunté à la dynamique et fort différent de celui de nos bons auteurs ; mais il rend bien ma pensée.

Ces sympathies, nous les éprouvons d'une foule de manières différentes. Vous qui êtes musicien[48], vous

les avez ressenties à l'égard de quoi, s'il vous plaît ?
Qu'est-ce qu'un son ? Tout simplement une sensation
qui naît en nous à l'occasion d'un mouvement vibra-
toire transmis par l'air à notre tympan et de là à notre
nerf acoustique. Que se passe-t-il dans notre cervelle ?
Voyez donc ce phénomène bizarre : vous êtes impressionné par une suite de sons, vous entendez une phrase
mélodique qui vous plaît. Pourquoi vous plaît-elle ?
Parce que les intervalles musicaux dont la suite la
compose, autrement dit les rapports des nombres de
vibrations du corps sonore, sont exprimés par certains
chiffres plutôt que par certains autres ; changez ces
chiffres, votre sympathie n'est plus excitée ; vous dites,
vous, que cela n'est plus musical, que c'est une suite de
sons incohérents. Plusieurs sons simultanés se font
entendre, vous recevez une impression qui sera heureuse ou douloureuse : affaire de rapports chiffrés, qui
sont les rapports sympathiques d'un phénomène exté-
rieur avec vous-même, être sensitif.

Il y a de véritables affinités, entre vous et certaines
suites de sons, entre vous et certaines couleurs éclat-
tantes, entre vous et certains miroitements lumineux,
entre vous et certaines lignes, certaines formes. Bien
que les rapports de convenance entre toutes ces
différentes choses et vous-même soient trop compli-
qués pour être exprimés, comme dans le cas de la
musique, vous sentez cependant qu'ils existent.

Pourquoi aime-t-on une femme ? Bien souvent cela
tient uniquement à ce que la courbe de son nez, l'arc de
ses sourcils, l'ovale de son visage, que sais-je ? ont ce je
ne sais quoi auquel correspond en vous un autre je ne
sais quoi qui fait le diable à quatre dans votre
imagination. Ne vous récriez pas ! la moitié du temps,
votre amour ne tient à rien de plus.

Vous me direz qu'il y a chez cette femme un charme
moral, une délicatesse de sentiment, une élévation de
caractère qui sont la vraie cause de votre amour...
Hélas ! gardez-vous bien de confondre ce qui est en elle
et ce qui est en vous. Toutes nos illusions viennent de
là : attribuer ce qui est en nous et nulle part ailleurs à

ce qui nous plaît. Faire une châsse à la femme que l'on aime et prendre son ami pour un homme de génie.

J'ai été amoureux de la Vénus de Milo et d'une nymphe du Corrège. Ce n'étaient certes pas les charmes de leur conversation et la soif d'échange intellectuel qui m'attiraient vers elles ; non, c'était l'affinité physique, le seul amour connu des anciens, l'amour qui faisait des artistes. Aujourd'hui, tout est devenu tellement compliqué, que l'on ne sait plus où donner de la tête ; les neuf dixièmes des gens ne comprennent plus rien à quoi que ce soit.

Tout cela posé, passons à votre définition à vous, Loti. Il y a affinité entre tous les ordres de choses et vous. Vous êtes une nature très avide de jouissances artistiques et intellectuelles, et vous ne pouvez être heureux qu'au milieu de tout ce qui peut satisfaire vos besoins sympathiques, qui sont immenses. Hors de ces émotions, il n'y a pas de bonheur pour vous. Hors du milieu qui peut vous les procurer, ces émotions, vous serez toujours un pauvre exilé.

Celui qui est apte à ressentir ces émotions d'un ordre supérieur, pour lesquelles la grande masse des individus n'a pas de sens, sera fort peu impressionné par tout ce qui sera en dessous de ses désirs. Qu'est-ce donc que l'attrait d'un bon dîner, d'une partie de chasse, d'une jolie fille pour celui qui a versé des larmes de ravissement en lisant les poètes, qui s'est délicieusement abandonné au courant d'une suave mélodie, qui s'est plongé dans cette rêverie qui n'est pas la pensée, qui est plus que la sensation, et qu'aucun mot n'exprime ?

Qu'est-ce donc que le plaisir de voir passer des figures vulgaires sur lesquelles sont peintes toutes les nuances de la sottise, des corps mal proportionnés, emprisonnés dans des culottes ou des habits noirs, tout cela grouillant sur des pavés boueux, autour de murailles sales, de boîtes à fenêtres et de boutiques ?

Votre imagination se resserre et la pensée se fige dans votre cerveau...

Quelle impression causera sur vous la conversation de ceux qui vous entourent, s'il n'y a pas harmonie entre vos pensées et celles qu'ils expriment ?

Si votre pensée s'élance dans l'espace et dans le temps ; si elle embrasse l'infinie simultanéité des faits qui se passent sur toute la surface de la terre, qui n'est qu'une planète tournant autour du soleil, — qui n'est lui-même qu'un centre particulier au milieu de l'espace ; si vous songez que cet infini simultané n'est qu'un instant de l'éternité, qui est un autre infini, que tout cela vous apparaît différemment, suivant le point de vue où vous vous placez, et qu'il y en a une infinité de points de vue ; si vous songez que la raison de tout cela, l'essence de toutes ces choses vous est inconnue, et si vous agitez dans votre esprit ces éternels problèmes, qu'est-ce que tout cela ? que suis-je moi-même au milieu de cet infini ?

Vous aurez bien des chances pour ne pas être en communion intellectuelle avec ceux qui vous entourent.

Leur conversation ne vous touchera guère plus que celle d'une araignée qui vous raconterait qu'un plumeau dévastateur lui a détruit une partie de sa toile ; ou que celle d'un crapaud qui vous annoncerait qu'il vient d'hériter d'un gros tas de plâtras dans lequel il pourra gîter tout à l'aise. (Un monsieur me disait aujourd'hui qu'il avait fait de mauvaises récoltes, et qu'il avait hérité d'une maison de campagne.)

Vous avez été amoureux, vous l'êtes peut-être encore ; vous avez senti qu'il existait un genre de vie tout spécial, un état particulier de votre être à la faveur duquel tout prenait pour vous des aspects entièrement nouveaux.

Une sorte de révélation semble alors se faire ; on dirait qu'on vient de naître une seconde fois, car dès lors on vit davantage, on fonctionne tout entier ; tout ce qu'il y a en nous d'idées, de sentiments, se réveille et s'avive comme la flamme du punch que l'on agite. (Littérature de l'avenir !)

Bref, on s'épanouit, on est heureux, et tout ce qui est antérieur à ce bonheur disparaît dans une sorte de nuit. Il semble qu'on était dans les limbes ; on vivait, relativement à la vie actuelle, comme l'enfant en bas âge par rapport au jeune homme. Les sentiments par lesquels on passe lorsque l'on est amoureux, on ne peut les décrire qu'au moment même où on les éprouve, et certes, je ne ressens rien de pareil en ce moment-ci. Et pourtant, tenez, sapristi ! je m'emballe en remuant toutes ces idées-là, je m'exalte, je perds la tête, je ne sais plus où j'en suis !... Quelle bonne chose d'aimer et d'être aimé ! savoir qu'une nature d'élite a compris la vôtre ; que quelqu'un rapporte toutes ses pensées, tous ses actes à vous ; que vous êtes un centre, un but, en vue duquel une organisation aussi délicatement compliquée que la vôtre, vit, pense et agit ! Voilà qui nous rend forts ; voilà qui peut faire des hommes de génie.

Et puis cette image gracieuse de la femme que nous aimons, qui est peut-être moins une réalité que le plus pur produit de notre imagination, et ce mélange d'impressions, physiques et morales, sensuelles et spirituelles, ces impressions absolument indescriptibles que l'on ne peut que rappeler à l'esprit de celui qui les a déjà éprouvées, — impressions que vous causera, par suite d'une mystérieuse association d'idées, le moindre objet ayant appartenu à votre bien-aimée, son nom quand vous l'entendez prononcé, quand vous le voyez simplement écrit sur du papier, et mille autres sublimes niaiseries, qui sont peut-être tout ce qu'il y a de meilleur au monde.

Et l'amitié, qui est un sentiment plus sévère, plus solidement assis, puisqu'il repose sur tout ce qu'il y a de plus élevé en nous, la partie purement intellectuelle de nous-même. Quel bonheur de pouvoir dire tout ce que l'on sent à quelqu'un qui vous comprend *jusqu'au bout* et non pas seulement *jusqu'à un certain point,* à quelqu'un qui achève votre pensée avec le même mot qui était sur vos lèvres, dont la réplique fait jaillir de chez vous un torrent de conceptions, un flot d'idées. Un demi-mot de votre ami vous en dit plus que bien des phrases, car vous êtes habitué à penser avec lui. Vous comprenez tous les sentiments qui l'animent et il le sait. Vous êtes deux intelligences qui s'ajoutent et se complètent.

Il est certain que celui qui a connu tout ce dont je

viens de parler, et à qui tout cela manque, est fort à plaindre.

Pas d'affections, personne qui pense à moi... A quoi bon avoir des idées pour n'avoir personne à qui les dire ? à quoi bon avoir du talent s'il n'y a pas en ce monde une personne à l'estime de laquelle je tiens plus qu'à tout le reste ? à quoi bon avoir de l'esprit avec des gens qui ne me comprendront pas ?

On laisse tout aller ; on a éprouvé des déceptions, on en éprouve tous les jours de nouvelles ; on a vu que rien en ce monde n'était durable, qu'on ne pouvait compter absolument sur rien : on nie tout. On a les nerfs détendus, on ne pense plus que faiblement, le moi s'amoindrit à tel point que, lorsqu'on est seul, on est quelquefois à se demander si l'on veille ou si l'on dort. L'imagination s'arrête ; donc, plus de châteaux en Espagne. Autant vaut dire plus d'espérance. On tombe dans la bravade, on parle cavalièrement de bien des choses dont on rit beaucoup quand on n'en pleure pas.

On n'aime rien, et pourtant on était fait pour tout aimer : on ne croit à rien et on pourrait peut-être encore bien croire à tout ; on était bon à tout et on n'est bon à rien.

Avoir en soi une exubérance de facultés et sentir que l'on avorte, une excroissance de sensibilité, un excédent de sentiments, et ne savoir qu'en faire, c'est atroce ! la vie, dans de telles conditions, est une souffrance de tous les jours : souffrance dont certains plaisirs peuvent vous distraire un instant (votre écuyère de cirque, l'odalisque Aziyadé et autres cocottes turques) ; mais c'est toujours pour retomber de nouveau, et plus contusionné que jamais.

Voilà votre profession de foi expliquée, développée, et considérablement augmentée par le drôle de type qui vous écrit.

La conclusion de ce long galimatias peu intelligible, la voici : je vous porte un très vif intérêt, moins peut-être à cause de ce que vous êtes, que pour ce que je sens que vous pourriez devenir.

Pourquoi avez-vous pris comme dérivatif à votre douleur la culture des muscles[49], qui tuera en vous ce qui seul peut vous sauver ? Vous êtes clown, acrobate et bon tireur ; il eût mieux valu être un grand artiste, mon cher Loti.

Je voudrais d'ailleurs vous pénétrer de cette idée en laquelle j'ai foi : il n'y a pas de douleur morale qui n'ait son remède. C'est à notre raison de le trouver et de l'appliquer suivant la nature du mal et le tempérament du sujet.

Le désespoir est un état complètement anormal ; c'est une maladie aussi guérissable que beaucoup d'autres ; son remède naturel est le temps. Si malheureux que vous soyez, faites en sorte d'avoir toujours un petit coin de vous-même que vous ne laissiez pas envahir par le mal : ce petit coin sera votre boîte à médicaments. — *Amen !*

PLUMKETT.

Parlez-moi de Stamboul, du Bosphore, des pachas à trois queues [50], etc. Je baise les mains de vos odalisques et suis votre affectionné

PLUMKETT.

XLI

LOTI A PLUMKETT

Vous avais-je dit, mon cher ami, que j'étais malheureux ? Je ne le crois pas, et assurément, si je vous ai dit cela, j'ai dû me tromper. Je rentrais ce soir chez moi en me disant, au contraire, que j'étais un des heureux de ce monde, et que ce monde aussi était bien beau. Je rentrais à cheval par une belle après-midi de janvier ; le soleil couchant dorait les cyprès noirs, les vieilles murailles crénelées de Stamboul, et le toit de ma case ignorée, où Aziyadé m'attendait.

Un brasier réchauffait ma chambre, très parfumée d'essence de roses. — Je tirai le verrou de ma porte et m'assis les jambes croisées, position dont vous ignorez le charme. Mon domestique Achmet prépara deux narguilés, l'un pour moi, l'autre pour lui-même, et posa à mes pieds un plateau de cuivre où brûlait une pastille du sérail.

Aziyadé entonna d'une voix grave la chanson des djinns, en frappant sur un tambour chargé de paillettes de métal ; la fumée se mit à décrire dans l'air ses spirales bleuâtres, et peu à peu je perdis conscience de la vie, de la triste vie humaine, en contemplant ces trois visages amis et aimables à regarder : ma maîtresse, mon domestique et mon chat.

Point d'intrus d'ailleurs, point de visiteurs inattendus ou déplaisants. Si quelques Turcs me visitent discrètement quand je les y invite, mes *amis* ignorent absolument le chemin de ma demeure, et des treillages de frêne gardent si fidèlement mes fenêtres qu'à aucun moment du jour un regard curieux n'y saurait pénétrer.

Les Orientaux, mon cher ami, savent seuls *être chez eux* ; dans vos logis d'Europe, ouverts à tout venant, vous êtes chez vous comme on est ici dans la rue, en butte à l'espionnage des amis fâcheux et des indiscrets ; vous ne connaissez point cette inviolabilité de l'intérieur, ni le charme de ce mystère.

Je suis heureux, Plumkett ; je retire toutes les lamentations que j'ai été assez ridicule pour vous envoyer... Et pourtant je souffre encore de tout ce qui a été brisé dans mon cœur : je sens que l'heure présente n'est qu'un répit de ma destinée, que quelque chose de funèbre plane toujours sur l'avenir, que le bonheur d'aujourd'hui amènera fatalement un terrible lendemain. Ici même, et quand elle est près de moi, j'ai de ces instants de navrante tristesse, comparables à ces angoisses inexpliquées qui souvent, dans mon enfance, s'emparaient de moi à l'approche de la nuit[51].

Je suis heureux, Plumkett, et même je me sens rajeunir ; je ne suis plus ce garçon de vingt-sept ans, qui avait tant roulé, tant vécu, et fait toutes les sottises possibles, dans tous les pays imaginables.

On déciderait difficilement quel est le plus enfant d'Achmet ou d'Aziyadé, ou même de Samuel. J'étais vieux et sceptique ; auprès d'eux, j'avais l'air de ces personnages de Buldwer[52] qui vivaient dix vies humaines sans que les années pussent marquer sur leur visage, et logeaient une vieille âme fatiguée dans un jeune corps de vingt ans.

Mais leur jeunesse rafraîchit mon cœur, et vous avez raison, je pourrais peut-être bien encore croire à tout, moi qui pensais ne plus croire à rien...

XLII

Une certaine après-midi de janvier, le ciel sur Constantinople était uniformément sombre ; un vent froid chassait une fine pluie d'hiver, et le jour était pâle comme un jour britannique.

Je suivais à cheval une longue et large route, bordée d'interminables murailles de trente pieds de haut, droites, polies, inaccessibles comme des murailles de prison.

En un point de cette route, un pont voûté en marbre gris passait en l'air ; il était supporté par des colonnes de marbre curieusement sculptées, et servait de communication entre la partie droite et la partie gauche de ces constructions tristes.

Ces murailles étaient celles du sérail de Tchéraghan. D'un côté étaient les jardins, de l'autre le palais et les kiosques, et ce pont de marbre permettait aux belles sultanes de passer des uns aux autres sans être aperçues du dehors.

Trois portes s'ouvraient seulement à de longs intervalles dans ces remparts du palais, trois portes de marbre gris que fermaient des battants de fer, dorés et ciselés.

C'étaient d'ailleurs de hautes et majestueuses portes, donnant à deviner quelles pouvaient être les richesses cachées derrière la monotonie de ces murs.

Des soldats et des eunuques noirs gardaient ces entrées défendues. Le style de ces portiques semblait indiquer lui-même que le seuil en était dangereux à franchir ; les colonnes et les frises de marbre, fouillées à jour dans le goût arabe, étaient couvertes de dessins étranges et d'enroulements mystérieux.

Une mosquée de marbre blanc, avec un dôme et des croissants d'or, était adossée à des roches sombres où poussaient des broussailles sauvages. On eût dit qu'une baguette de péri l'avait d'un seul coup fait surgir avec sa neigeuse blancheur, en respectant à dessein l'aspect agreste et rude de la nature qui l'entourait.

Passait une riche voiture, contenant trois femmes turques inconnues, dont l'une, sous son voile transparent, semblait d'une rare beauté.

Deux eunuques, chevauchant à leur suite, indiquaient que ces femmes étaient de grandes dames.

Ces trois Turques se tenaient fort mal, à la façon de toutes les *hanums* * de grande maison qui ne craignent guère d'adresser aux Européens dans les rues les regards les plus encourageants ou les plus moqueurs.

Celle surtout qui était jolie m'avait souri avec tant de complaisance, que je tournai bride pour la suivre.

Alors commença une longue promenade de deux heures, pendant laquelle la belle dame m'envoya par la portière ouverte la collection de ses plus délicieux sourires. La voiture filait grand train, et je l'escortai sur tout son parcours, passant devant ou derrière, ralentissant ma course, ou galopant pour la dépasser. Les eunuques (qui sont surtout terribles dans les opéras-comiques) considéraient ce manège avec bonhomie, et continuaient de trotter à leur poste, dans l'impassibilité la plus complète.

Nous passâmes Dolma-Batgché, Sali-Bazar, Top-Hané, le bruyant quartier de Galata, — et puis le pont de Stamboul, le triste Phanar et le noir Balate. A Eyoub enfin, dans une vieille rue turque, devant un Conak ** antique, à la mine opulente et sombre, les trois femmes s'arrêtèrent et descendirent.

La belle Séniha (je sus le lendemain son nom), avant de rentrer dans sa demeure, se retourna pour m'envoyer un dernier sourire ; elle avait été charmée de

---

* Femmes mariées.
** Hôtellerie.

mon audace, et Achmet augura fort mal de cette
aventure...

XLIII

Les femmes turques, les grandes dames surtout,
font très bon marché de la fidélité qu'elles doivent à
leurs époux. Les farouches surveillances de certains
hommes, et la terreur du châtiment sont indispensa-
bles pour les retenir. Toujours oisives, dévorées d'ennui, physiquement obsédées de la solitude des harems,
elles sont capables de se livrer au premier venu, — au
domestique qui leur tombe sous la patte, ou au batelier
qui les promène, s'il est beau et s'il leur plaît. Toutes
sont fort curieuses des jeunes gens européens, et ceux-
ci en profiteraient quelquefois s'ils le savaient, s'ils
l'osaient, ou si plutôt ils étaient placés dans des
conditions favorables pour le tenter. Ma position à
Stamboul, ma connaissance de la langue et des usages
turcs, — ma porte isolée tournant sans bruit sur ses
vieilles ferrures, — étaient choses fort propices à ces
sortes d'entreprises ; et ma maison eût pu devenir sans
doute, si je l'avais désiré, le rendez-vous des belles
désœuvrées des harems.

XLIV

Quelques jours plus tard, un gros nuage d'orage
s'abattait sur ma case paisible, un nuage bien terrible
passait entre moi et celle que je n'avais cependant pas
cessé de chérir. Aziyadé se révoltait contre un projet
cynique que je lui exposais ; elle me résistait avec une
force de volonté qui voulait maîtriser la mienne, sans
qu'une larme vînt dans ses yeux, ni un tremblement
dans sa voix.

Je lui avais déclaré que le lendemain je ne voulais
plus d'elle ; qu'une autre allait pour quelques jours
prendre sa place ; qu'elle-même reviendrait ensuite, et

m'aimerait encore après cette humiliation sans en garder même le souvenir.

Elle connaissait cette Séniha, célèbre dans les harems par ses scandales et son impunité ; elle haïssait cette créature que Béhidjé-hanum chargeait d'anathèmes ; l'idée d'être chassée pour cette femme la comblait d'amertume et de honte.

— C'est absolument décidé, Loti, disait-elle, quand cette Séniha sera venue, ce sera fini et je ne t'aimerai même plus. Mon âme est à toi et je t'appartiens ; tu es libre de faire ta volonté. Mais, Loti, ce sera fini ; j'en mourrai de chagrin peut-être, mais je ne te reverrai jamais.

XLV

Et, au bout d'une heure, à force d'amour, elle avait consenti à ce compromis insensé : elle partait et jurait de revenir — après — quand l'autre s'en serait allée et qu'il me plairait de la faire demander.

Aziyadé partit, les joues empourprées et les yeux secs, et Achmet, qui marchait derrière elle, se retourna pour me dire qu'il ne reviendrait plus. La draperie arabe qui fermait ma chambre retomba sur eux, et j'entendis jusqu'à l'escalier traîner leurs babouches sur les tapis. Là, leurs pas s'arrêtèrent. Aziyadé s'était affaissée sur les marches pour fondre en larmes, et le bruit de ses sanglots arrivait jusqu'à moi dans le silence de cette nuit.

Cependant, je ne sortis pas de ma chambre et je la laissai partir.

Je venais de le lui dire, et c'était vrai : je l'adorais, elle, et je n'aimais point cette Séniha ; mes sens seulement avaient la fièvre et m'emportaient vers cet inconnu plein d'enivrements. Je songeais avec angoisse qu'en effet, si elle ne voulait plus me revoir, une fois retranchée derrière les murs du harem, elle était à tout jamais perdue, et qu'aucune puissance humaine ne saurait plus me la rendre. J'entendis avec un indicible serrement de cœur la porte de la maison se refermer sur

eux. Mais la pensée de cette créature qui allait venir
brûlait mon sang : je restai là, et je ne les rappelai pas.

XLVI

Le lendemain soir, ma case était parée et parfumée,
pour recevoir la grande dame qui avait désiré faire, en
tout bien tout honneur, une visite à mon logis solitaire.
La belle Séniha arriva très mystérieusement sur le coup
de huit heures, heure indue pour Stamboul.

Elle enleva son voile et le *féredjé* de laine grise qui,
par prudence, la couvrait comme une femme du
peuple, et laissa tomber la traîne d'une toilette française dont la vue ne me charma pas. Cette toilette, d'un
goût douteux, plus coûteuse que moderne, allait mal à
Séniha, qui s'en aperçut. Ayant manqué son effet, elle
s'assit cependant avec aisance et parla avec volubilité.
Sa voix était sans charme et ses yeux se promenaient
avec curiosité sur ma chambre, dont elle louait très fort
le bon air et l'originalité. Elle insistait surtout sur
l'étrangeté de ma vie, et me posait sans réserve une
foule de questions auxquelles j'évitais de répondre.

Et je regardais Séniha-hanum...

C'était une bien splendide créature, aux chairs
fraîches et veloutées, aux lèvres entr'ouvertes, rouges
et humides. Elle portait la tête en arrière, haute et
fière, avec la conscience de sa beauté souveraine.

L'ardente volupté se pâmait dans le sourire de cette
bouche, dans le mouvement lent de ces yeux noirs, à
moitié cachés sous la frange de leurs cils. J'en avais
rarement vu de plus belle, là, près de moi, attendant
mon bon plaisir, dans la tiède solitude d'une chambre
parfumée ; et cependant il se livrait en moi-même une
lutte inattendue ; mes sens se débattaient contre ce
quelque chose de moins défini qu'on est convenu
d'appeler l'âme, et l'âme se débattait contre les sens. A
ce moment, j'adorais la chère petite que j'avais chassée ; mon cœur débordait pour elle de tendresse et de
remords. La belle créature assise près de moi m'inspi-
rait plus de dégoût que d'amour ; je l'avais désirée, elle

était venue; il ne tenait plus qu'à moi de l'avoir; je
n'en demandais pas davantage et sa présence m'était
odieuse.

La conversation languissait, et Séniha avait des
intonations ironiques. Je me raidissais contre moi-
même, ayant pris une résolution si forte, que cette
femme n'avait plus le pouvoir de la vaincre.

— Madame, dis-je, — toujours en turc, — quand
viendra le moment où vous me causerez le chagrin de
me quitter (et je souhaite que ce moment tarde
beaucoup encore), me permettrez-vous de vous recon-
duire ?

— Merci, dit-elle, j'ai quelqu'un.

C'était une femme à précautions : un aimable eunuque, habitué sans doute aux escapades de sa maîtresse,
se tenait, à toute éventualité, près de la porte de ma
maison.

La grande dame, en passant le seuil de ma demeure,
eut un mauvais rire qui me fit monter la colère au
visage, et je ne fus pas loin de saisir son bras rond pour
la retenir.

Je me calmai cependant, en songeant que je ne
m'étais nullement dérangé, et que, des deux rôles que
nous avions joués, le plus drôle assurément n'était pas
le mien.

XLVII

Achmet, qui ne devait plus revenir, se présenta le
lendemain dès huit heures.

Il s'était composé une mine très bourrue, et me salua
d'un air froid.

L'histoire de Séniha-hanum l'eut bientôt mis en
grande gaieté; il en conclut, comme à l'ordinaire, que
j'étais *tchok chéytan* (très malin) et s'assit dans un coin
pour en rire plus à l'aise.

Quand plus tard, dans nos courses à cheval, nous
rencontrions la voiture de Séniha-hanum, il prenait des
airs si narquois, que je fus obligé de lui faire à ce sujet
des représentations et un sermon.

XLVIII

J'expédiai Achmet à Oun-Capan chez Kadidja. Il avait mission d'instruire cette macaque de confiance de la réception faite à Séniha ; de la prier de dire à Aziyadé que j'implorais son pardon, et que je désirais le soir même sa chère présence.

J'expédiai en même temps dans la campagne trois enfants chargés de me rapporter des branches de verdure, et des gerbes, de pleins paniers de narcisses et de jonquilles. Je voulais que la vieille maison prît ce jour-là pour son retour un aspect inaccoutumé de joie et de fête.

Quand Aziyadé entra le soir, du seuil de la porte à l'entrée de notre chambre, elle trouva un tapis de fleurs ; les jonquilles détachées de leurs tiges couvraient le sol d'une épaisse couche odorante ; on était enivré de ce parfum suave, et les marches sur lesquelles elle avait pleuré ne se voyaient plus.

Aucune réflexion ni aucun reproche ne sortit de sa bouche rose, elle sourit seulement en regardant ces fleurs ; elle était bien assez intelligente pour saisir d'un seul coup tout ce qu'elles lui disaient de ma part dans leur silencieux langage, et ses yeux cernés par les larmes rayonnaient d'une joie profonde. Elle marchait sur ces fleurs, calme et fière comme une petite reine reprenant possession de son royaume perdu, ou comme Apsâra circulant dans le paradis fleuri des divinités indoues.

Les vraies apsâras et les vraies houris ne sont certes pas plus jolies ni plus fraîches, ni plus gracieuses ni plus charmantes...

L'épisode de Séniha-hanum était clos ; il avait eu pour résultat de nous faire plus vivement nous aimer.

XLIX

C'était l'heure de la prière du soir, un soir d'hiver. Le muezzin chantait son éternelle chanson, et nous

étions enfermés tous deux dans notre mystérieux logis
d'Eyoub.

Je la vois encore, la chère petite Aziyadé, assise à
terre sur un tapis turc rose et bleu que les juifs nous ont
pris, — droite et sérieuse, les jambes croisées dans son
pantalon de soie d'Asie. Elle avait cette expression
presque prophétique qui contrastait si fort avec
l'extrême jeunesse de son visage et la naïveté de ses
idées ; expression qu'elle prenait lorsqu'elle voulait
faire entrer dans ma tête quelque raisonnement à elle,
appuyé le plus souvent sur quelque parabole orientale,
dont l'effet devait être concluant et irrésistible.

— *Bak, Lotim,* disait-elle en fixant sur moi ses yeux
profonds, *Katch tané parmak bourada var ?*

Et elle montrait sa main, les doigts étendus.

(Regarde, Loti, et dis-moi combien de doigts il y a
là ?)

Et je répondis en riant :

— Cinq, Aziyadé.

— Oui, Loti, cinq seulement. Et cependant ils ne
sont pas tous semblables. *Bou, boundan bir partcha
kutchuk.* (Celui-ci — le pouce — est un peu plus court
que le suivant ; le second, un peu plus court que le
troisième, etc. ; enfin, celui-ci, le dernier, est le plus
petit de tous.)

Il était en effet très petit, le plus petit doigt
d'Aziyadé. Son ongle, très rose à la base, dans la partie
qui venait de pousser, était à sa partie supérieure teint
tout comme les autres d'une couche de henné, d'un
beau rouge orange.

— Eh bien, dit-elle, de même, et à plus forte raison,
Loti, les créatures d'Allah, qui sont beaucoup plus
nombreuses, ne sont pas toutes semblables ; toutes les
femmes ne sont pas les mêmes, ni tous les hommes non
plus...

C'était une parabole ayant pour but de me prouver
que, si d'autres femmes aimées autrefois avaient pu
m'oublier ; que, si des amis m'avaient trompé et
abandonné, c'était une erreur de juger par eux toutes
les femmes et tous les hommes ; qu'elle, Aziyadé,
n'était pas comme les autres, et ne pourrait jamais

m'oublier ; que Achmet lui-même m'aimerait certaine-
ment toujours.

— Donc, Loti, donc, reste avec nous...

Et puis elle songeait à l'avenir, à cet avenir inconnu
et sombre qui fascinait sa pensée.

La vieillesse, — chose très lointaine, qu'elle ne se
représentait pas bien... Mais pourquoi ne pas vieillir
ensemble, et s'aimer encore ; — s'aimer éternellement
dans la vie, et après la vie.

— *Sen kodja,* disait-elle (tu seras vieux) ; *ben kodja*
(je serai vieille)...

Cette dernière phrase était à peine articulée, et,
suivant son habitude, plutôt mimée que parlée. Pour
dire : « Je serai vieille », elle cassait sa voix jeune, et,
pendant quelques secondes, elle se ramassait sur elle-
même comme une petite vieille, courbant son corps si
plein de jeunesse ardente et fraîche.

— *Zarar yok* (cela ne fait rien), était la conclusion.
Cela ne fait rien, Loti, nous nous aimerons toujours.

                                    L

                                    Eyoub, février 1877.

Singulier début, quand on y pense, que le début de
notre histoire !

Toutes les imprudences, toutes les maladresses,
entassées jour par jour pendant un mois, dans le but
d'arriver à un résultat par lui-même impossible.

S'habiller en turc à Salonique, dans un costume qui,
pour un œil quelque peu attentif, péchait même par
l'exactitude des détails ; circuler ainsi par la ville,
quand une simple question adressée par un passant eût
pu trahir et perdre l'audacieux giaour ; faire la cour à
une femme musulmane sous son balcon, entreprise
sans précédent dans les annales de la Turquie, et tout
cela, mon Dieu, plutôt pour tromper l'ennui de vivre,
plutôt pour rester excentrique aux yeux de camarades
désœuvrés, plutôt par défi jeté à l'existence, plutôt par
bravade que par amour.

Et le succès venant couronner ce comble d'imprudence, l'aventure réussissant par l'emploi des moyens les plus propres à la faire tourner en tragédie.

Ce qui tendrait à prouver qu'il n'y a que les choses les plus notoirement folles qui viennent à bonne fin, qu'il y a une chance pour les fous, un Dieu pour les téméraires.

... Elle, la curiosité et l'inquiétude avaient été les premiers sentiments éveillés dans son cœur. La curiosité avait fixé aux treillages du balcon ses grands yeux, qui exprimaient au début plus d'étonnement que d'amour.

Elle avait tremblé pour lui d'abord, pour cet étranger qui changeait de costume comme feu Protée changeait de forme, et venait en Albanais tout doré se planter sous sa fenêtre.

Et puis elle avait songé qu'il fallait qu'il l'aimât bien, elle, l'esclave achetée, l'obscure Aziyadé, puisque, pour la contempler, il risquait si témérairement sa tête. Elle ne se doutait pas, la pauvre petite, que ce garçon si jeune de visage avait déjà abusé de toutes les choses de la vie, et ne lui apportait qu'un cœur blasé, en quête de quelque nouveauté originale ; elle s'était dit qu'il devait faire bon être aimée ainsi, — et tout doucement elle avait glissé sur la pente qui devait l'amener dans les bras du giaour.

On ne lui avait appris aucun principe de morale qui pût la mettre en garde contre elle-même, — et peu à peu elle s'était laissée aller au charme de ce premier poème d'amour chanté pour elle, au charme terrible de ce danger. Elle avait donné sa main d'abord à travers les grilles du yali du chemin de Monastir ; et puis son bras, et puis ses lèvres, jusqu'au soir où elle avait ouvert tout à fait sa fenêtre, et puis était descendue dans son jardin comme Marguerite, — comme Marguerite dont elle avait la jeunesse et la fraîche candeur.

Comme l'âme de Marguerite, son âme était pure et vierge, bien que son corps d'enfant, acheté par un vieillard, ne le fût déjà plus.

LI

Et maintenant que nous agissons d'une manière sûre et réfléchie, avec une connaissance complète de tous les usages turcs, de tous les détours de Stamboul, avec tous les perfectionnements de l'art de dissimuler, nous tremblons encore dans nos rendez-vous, et les souvenirs de ces premiers mois de Salonique nous semblent des souvenirs de rêves.

Souvent, assis devant le feu tous deux, comme deux enfants devenus raisonnables causent gravement de leurs sottises passées, nous causons de ces temps troublés de Salonique, de ces chaudes nuits d'orage pendant lesquelles nous errions dans la campagne comme des malfaiteurs, — ou sur la mer comme des insensés, — sans pouvoir encore échanger une pensée, ni même seulement une parole.

Le plus singulier de l'histoire est encore ceci, c'est que je l'aime. — La « petite fleur bleue de l'amour naïf » s'est de nouveau épanouie dans mon cœur, au contact de cette passion jeune et ardente. Du plus profond de mon âme, je l'aime et je l'adore...

LII

Un beau dimanche de janvier, rentrant à la case par un gai soleil d'hiver, je vis dans mon quartier cinq cents personnes et des pompes.

— Qu'est-ce qui brûle ? demandai-je avec impatience.

J'avais toujours eu un pressentiment que ma maison brûlerait.

— Cours vite, Arif ! me répondit un vieux Turc, cours vite, Arif ! c'est ta maison !

Ce genre d'émotion m'était encore inconnu.

Je m'approchai pourtant d'un air indifférent de ce petit logis que nous avions arrangé l'un pour l'autre, elle pour moi, moi pour elle, avec tant d'amour.

La foule s'ouvrait sur mon passage, hostile et menaçante ; de vieilles femmes en fureur excitaient les hommes et m'injuriaient ; on avait senti des odeurs de soufre et vu des flammes vertes ; on m'accusait de sorcellerie et de maléfices. Les vieilles méfiances n'étaient qu'endormies, et je recueillais les fruits d'être un personnage inquiétant et invraisemblable, ne pouvant se réclamer de personne et sans appui.

J'approchais lentement de notre case. Les portes étaient enfoncées, les vitres brisées, la fumée sortait par le toit ; tout était au pillage, envahi par une de ces foules sinistres qui surgissent à Constantinople dans les heures de bagarre. J'entrai chez moi, il pleuvait de l'eau noire mêlée de suie, du plâtre calciné et des planches enflammées...

Le feu cependant était éteint. Un appartement brûlé, un plancher, deux portes et une cloison. Avec une grande dose de sang-froid j'avais dominé la situation ; les bachibozouks avaient arraché aux pillards leur butin, fait évacuer la place et dispersé la foule.

Deux zaptiés en armes faisaient faction à ma porte enfoncée. Je leur confiai la garde de mes biens et m'embarquai pour Galata. J'allais y chercher Achmet, garçon de bon conseil, dont la présence amie m'eût été précieuse au milieu de ce désarroi

Au bout d'une heure, j'arrivai dans ce centre du tapage et des estaminets ; j'allai inutilement chez leur « madame », et dans tous les bouges : Achmet ce soir-là fut introuvable.

Et force me fut de revenir dormir seul, dans ma chambre sans vitres ni portes, roulé, par un froid mortel, dans des couvertures mouillées qui sentaient le roussi. Je dormis peu, et mes réflexions furent sombres ; cette nuit fut une des nuits désagréables de ma vie.

LIII

Le lendemain matin, Achmet et moi, nous constations les dégâts ; ils étaient relativement minimes, et le mal pouvait aisément se réparer. La pièce détruite était vide et inhabitée, on eût imaginé un incendie de commande comme distraction, qu'on l'eût fait faire comme celui-là ; les plus légers objets se retrouvaient partout, dérangés et salis, mais présents et intacts.

Achmet déployait une activité fiévreuse ; trois vieilles juives rangeaient et frottaient sous ses ordres, et il se passait des scènes d'un haut comique.

Le jour suivant, tout était déblayé, lavé, séché, net et propre. Un trou noir béant remplaçait deux pièces ; ce détail à part, la maison avait repris son assiette, et ma chambre, son aspect d'originale élégance.

Mes appartements étaient, ce soir-là même, disposés pour une grande réception ; de nombreux plateaux supportaient des narguilés, du ratlokoum et du café ; il y avait même un orchestre, deux musiciens : un tambour et un hautbois.

Achmet avait voulu tous ces frais, et combiné cette mise en scène : à sept heures, je recevais les autorités et les notables qui allaient décider de mon sort.

Je craignais d'être obligé de me faire connaître, et de réclamer le secours de l'ambassade britannique ; j'étais fort perplexe en attendant ma compagnie.

Cette façon de terminer l'aventure aurait eu pour conséquence forcée un ordre supérieur coupant court à ma vie de Stamboul, et je redoutais cette solution, plus encore que la justice ottomane.

Je les vois encore tous, tout ce monde, quinze ou vingt personnes, gravement assis sur mes tapis ; mon propriétaire, les notables, les voisins, les juges, la police et les derviches ; l'orchestre faisant vacarme ; et Achmet versant à pleins bords du mastic et du café.

Il s'agissait de me justifier de l'accusation d'incendiaire ou d'enchanteur ; d'aller en prison ou de payer grosse amende pour avoir failli brûler Eyoub ; enfin, d'indemniser mon propriétaire et de réparer à mes frais.

Il ne faut guère compter que sur soi-même en Turquie, mais en général on réussit tout ce que l'on ose entreprendre et l'aplomb est toujours un moyen de succès. Toute la soirée, je tranchai du grand seigneur, je payai d'impertinence et d'audace ; Achmet versait toujours et embrouillait à dessein les intérêts et les questions, magnifique dans son rôle ; — l'orchestre faisait rage, et, au bout de deux heures, la situation atteignait son paroxysme : mes hôtes ne me comprenaient plus et se disputaient entre eux, j'étais hors de cause.

— Allons, Loti, dit Achmet, les voilà tous à point et c'est mon œuvre. Tu ne trouverais pas dans tout Stamboul un autre comme ton Achmet, et je te suis vraiment bien précieux.

La situation était compliquée et comique, — et Achmet, d'une gaieté folle et contagieuse ; je cédai au besoin impérieux de faire une acrobatie, et, sautant sur les mains sans préambule, j'exécutai deux tours de clown devant l'assistance ahurie.

Achmet ravi d'une pareille idée, tira profit de cette diversion ; avec force saluts, il remit à chacun ses socques, sa pelisse et sa lanterne, et la séance fut dissoute sans que rien fût conclu.

Fin et moralité. — Je n'allai point en prison et ne payai point d'amende. Mon propriétaire fit réparer sa maison en remerciant Allah de lui en avoir laissé la moitié, et je demeurai l'enfant gâté du quartier.

Quand, deux jours après, Aziyadé revint au logis, elle le retrouva à son poste, en bon ordre et plein de fleurs.

Le feu prenant tout seul, au milieu d'une maison fermée, est un phénomène d'une explication difficile, et la cause première de l'incendie est toujours restée mystérieuse.

LIV

> L'essence de cette région est l'oubli...
> Quiconque est plongé dans l'Océan du cœur a trouvé
>   le repos dans cet anéantissement.
> Le cœur n'y trouve autre chose que le *ne pas être*...
>
> FERIDEDDIN ATTAR, poète persan [53].

Il y avait réception chez Izeddin-Ali-effendi, au fond de Stamboul : la fumée des parfums, la fumée du tembaki*, le tambour de basque aux paillettes de cuivre, et des voix d'hommes chantant comme en rêve les bizarres mélodies de l'Orient.

Ces soirées qui m'avaient paru d'abord d'une étrangeté barbare, peu à peu m'étaient devenues familières, et chez moi, plus tard, avaient lieu des réceptions semblables où l'on s'enivrait au bruit du tambour, avec des parfums et de la fumée.

On arrive le soir aux réceptions de Izeddin-Ali-effendi, pour ne repartir qu'au grand jour. Les distances sont grandes à Stamboul par une nuit de neige, et Izeddin entend très largement l'hospitalité.

La maison d'Izeddin-Ali, vieille et caduque au dehors, renferme dans ses murailles noires les mystérieuses magnificences du luxe oriental. Izeddin-Ali professe d'ailleurs le culte exclusif de tout ce qui est *eski*, de tout ce qui rappelle les temps regrettés du passé, de tout ce qui est marqué au sceau d'autrefois.

On frappe à la porte, lourde et ferrée ; deux petites esclaves circassiennes viennent sans bruit vous ouvrir.

On éteint sa lanterne, on se déchausse, opérations très bourgeoises voulues par les usages de la Turquie. Le *chez soi*, en Orient, n'est jamais souillé de la boue du dehors ; on la laisse à la porte, et les tapis précieux que le petit-fils a reçus de l'aïeul, ne sont foulés que par des babouches ou des pieds nus.

Ces deux esclaves ont huit ans ; elles sont à vendre et elles le savent. Leurs faces épanouies sont régulières et

_____
* Sorte de tabac.

charmantes ; des fleurs sont plantées dans leurs cheveux de bébé, relevés très haut sur le sommet de la tête. Avec respect elles vous prennent la main et la touchent doucement de leur front.

Aziyadé, qui avait été, elle aussi, une petite esclave circassienne, avait conservé cette manière de m'exprimer la soumission et l'amour...

On monte de vieux escaliers sombres, couverts de somptueux tapis de Perse ; le haremlike s'entr'ouvre doucement et des yeux de femmes vous observent, par l'entrebâillement d'une porte incrustée de nacre.

Dans une grande pièce où les tapis sont si épais qu'on croirait marcher sur le dos d'un mouton de Kachemyre, cinq ou six jeunes hommes sont assis, les jambes croisées, dans des attitudes de nonchalance heureuse et de tranquille rêverie. Un grand vase, de cuivre ciselé, rempli de braise, fait à cet appartement une atmosphère tiède, un tant soit peu lourde, qui porte au sommeil. Des bougies sont suspendues par grappes au plafond de chêne sculpté ; elles sont enfermées dans des tulipes d'opale, qui ne laissent filtrer qu'une lumière rose, discrète et voilée.

Les chaises, comme les femmes, sont inconnues dans ces soirées turques. Rien que des divans très bas, couverts de riches soies d'Asie ; des coussins de brocart, de satin et d'or, des plateaux d'argent, où reposent de longs chibouks de jasmin ; de petits meubles à huit pans, supportant des narguilés que terminent de grosses boules d'ambre incrustées d'or.

Tout le monde n'est pas admis chez Izeddin-Ali, et ceux qui sont là sont choisis ; non pas de ces fils de pacha, traînés sur les boulevards de Paris, gommeux et abêtis, mais tous enfants de la *vieille Turquie* élevés dans les yalis dorés, à l'abri du vent égalitaire empesté de fumée de houille qui souffle d'Occident. L'œil ne rencontre dans ces groupes que de sympathiques figures, au regard plein de flamme et de jeunesse.

Ces hommes qui, dans le jour, circulaient en costume européen, ont repris le soir, dans leur inviolable intérieur, la chemise de soie et le long cafetan en cachemire doublé de fourrure. Le paletot gris n'était qu'un déguisement passager et sans grâce, qui seyait mal à leurs organisations asiatiques.

... La fumée odorante décrit dans la tiède atmosphère des courbes changeantes et compliquées ; on cause à voix basse, de la guerre souvent, d'Ignatief et des inquiétants « Moscov », des destinées fatales que Allah prépare au khalife et à l'islam. Les toutes petites tasses de café d'Arabie ont été plusieurs fois remplies et vidées ; les femmes du harem, qui rêvent de se montrer, entr'ouvrent la porte pour passer et reprendre elles-mêmes les plateaux d'argent. On aperçoit le bout de leurs doigts, un œil quelquefois, ou un bras retiré furtivement ; c'est tout, et, à la cinquième heure turque (dix heures), la porte du haremlike est close, les belles ne paraissent plus.

Le vin blanc d'Ismidt que le Koran n'a pas interdit est servi dans un verre unique, où, suivant l'usage, chacun boit à son tour.

On en boit si peu, qu'une jeune fille en demanderait davantage, et que ce vin est tout à fait étranger à ce qui va suivre.

Peu à peu, cependant, la tête devient plus lourde, et les idées plus incertaines se confondent en un rêve indécis.

Izeddin-Ali et Suleïman prennent en main des tambours de basque, et chantent d'une voix de somnambule de vieux airs venus d'Asie. On voit plus vaguement la fumée qui monte, les regards qui s'éteignent, les nacres qui brillent, la richesse du logis.

Et tout doucement arrive l'ivresse, l'oubli désiré de toutes les choses humaines !

Les domestiques apportent les yatags *, où chacun s'étend et s'endort...

... Le matin est rendu ; le jour se faufile à travers les treillages de frênes, les stores peints et les rideaux de soie.

Les hôtes d'Izeddin-Ali s'en vont faire leur toilette, chacun dans un cabinet de marbre blanc, à l'aide de

* Lits.

serviettes si brodées et dorées qu'en Angleterre on oserait à peine s'en servir.

Ils fument une cigarette, réunis autour du brasero de cuivre, et se disent adieu.

Le réveil est maussade. On s'imagine avoir été visité par quelque rêve des *Mille et Une Nuits,* quand on se retrouve le matin, pataugeant dans la boue de Stamboul, dans l'activité des rues et des bazars.

LV

Tous ces bruits des nuits de Constantinople sont restés dans ma mémoire, mêlés au son de sa voix à elle, qui souvent m'en donnait des explications étranges.

Le plus sinistre de tous était le cri des *beckdjis,* le cri des veilleurs de nuit annonçant l'incendie, le terrible *yangun vâr!* si prolongé, si lugubre, répété dans tous les quartiers de Stamboul, au milieu du silence profond.

Et puis, le matin, c'était le chant sonore, l'aubade des coqs, précédant peu à peu la prière des muezzins, chant triste parce qu'il annonçait le jour, et que, demain, pour revenir, tout serait de nouveau en question, tout, même sa vie!

Une des premières nuits qu'elle passa dans cette case isolée d'Eyoub, un bruit rapproché, dans l'escalier même du vieux logis, nous fit tous deux frémir. Tous deux nous crûmes entendre à notre porte une troupe de djinns, ou des hommes à turban, rampant sur les marches vermoulues, avec des poignards et des yatagans dégainés. Nous avions tout à craindre, quand nous étions réunis, et il nous était permis de trembler.

Mais le bruit s'était renouvelé, plus distinct et moins terrible, si caractéristique même qu'il ne laissait plus d'équivoque:

— *Setchan!* (Les souris!) dit-elle en riant, et tout à fait rassurée...

Le fait est que la vieille masure en était pleine, et qu'elles s'y livraient, la nuit, des batailles rangées fort meurtrières.

— *Tchok setchan var senin evdé, Lotim!* disait-elle
souvent. (Il y a beaucoup de souris dans ta maison,
Loti!)

C'est pourquoi, un beau soir, elle me fit présent du
jeune *Kédi-bey.*

Kédi-bey (le seigneur chat), qui devint plus tard un
énorme et très imposant matou, avait alors à peine un
mois; c'était une toute petite boule jaune, ornée de
gros yeux verts, et très gourmande.

Elle me l'avait apporté en surprise, un soir, dans un
de ces cabas de velours brodé d'or dont se servent les
enfants turcs qui vont à l'école.

Ce cabas avait été le sien, à l'époque où elle allait,
jambes nues et sans voile, faire son instruction très
incomplète chez le vieux pédagogue à turban du village
de Canlidja, sur la côte asiatique du Bosphore. Elle
avait très peu profité des leçons de ce maître, et écrivait
fort mal; ce qui ne m'empêchait point d'aimer ce
pauvre cabas fané, qui avait été le compagnon de sa
petite enfance...

Kédi-bey, le soir où il me fut offert, était emmailloté
en outre dans une serviette de soie, où la frayeur du
voyage lui avait fait commettre toute sorte d'incon-
gruités.

Aziyadé, qui avait pris la peine de lui broder un
collier à paillettes d'or, fut tout à fait désolée de voir
son élève dans une situation si pénible. Il avait si
singulière mine, elle-même était si désappointée, que
nous fûmes, Achmet et moi, pris d'un accès de fou rire
en présence de ce déballage.

Cette présentation de Kédi-bey est restée un des
souvenirs que de ma vie je ne pourrai oublier.

LVI

Allah illah Allah, ve Mohammed reçoul Allah (Dieu
seul est Dieu, et Mahomet est son prophète!)

Tous les jours, depuis des siècles, à la même heure,
sur les mêmes notes, du haut du minaret de la djiami *,

* Mosquée.

la même phrase retentit au-dessus de ma maison antique. Le muezzin, de sa voix stridente, la psalmodie aux quatre points cardinaux, avec une monotonie automatique, une régularité fatale.

Ceux-là qui ne sont déjà plus qu'un peu de cendre l'entendaient à cette même place, tout comme nous qui sommes nés d'hier. Et sans trêve, depuis trois cents ans, à l'aube incertaine des jours d'hiver, aux beaux levers du soleil d'été, la phrase sacramentelle de l'islam éclate dans la sonorité matinale, mêlée au chant des coqs, aux premiers bruits de la vie qui s'éveille. Diane lugubre, triste réveil à nos nuits blanches, à nos nuits d'amour. Et alors, il faut partir, précipitamment nous dire adieu, sans savoir si nous nous reverrons jamais, sans savoir si demain quelque révélation subite, quelque vengeance d'un vieillard trompé par quatre femmes, ne viendra pas nous séparer pour toujours, si demain ne se jouera pas quelqu'un de ces sombres drames de harem, contre lesquels toute justice humaine est impuissante, tout secours matériel, impossible.

Elle s'en va, ma chère petite Aziyadé, affublée comme une femme du bas peuple d'une grossière robe de laine grise fabriquée dans ma maison, courbant sa taille flexible, — appuyée sur un bâton quelquefois, et cachant son visage sous un épais yachmak *.

Un caïque l'emmène, là-bas, dans le quartier populeux des bazars, d'où elle rejoint au grand jour le harem de son maître, après avoir repris chez Kadidja ses vêtements de cadine. Elle rapporte de sa promenade, pour un peu sauvegarder les apparences, quelques objets pouvant ressembler à des achats de fleurs ou de rubans...

LVII

...Achmet était très important et très solennel : nous accomplissions tous deux une expédition pleine de

---

* Voile ne laissant voir que les yeux.

mystère, et lui était nanti des instructions d'Aziyadé, tandis que moi, j'avais juré de me laisser mener et d'obéir.

A l'échelle d'Eyoub, Achmet débattit le prix d'un caïque pour Azar-kapou. Le marché conclu, il me fit embarquer. Il me dit gravement :

— Assieds-toi, Loti.

Et nous partîmes.

A Azar-kapou, je dus le suivre dans d'immondes ruelles de truands, boueuses, noires, sinistres, occu- pées par des marchands de goudron, de vieilles poulies et de peaux de lapin ; de porte en porte, nous demandions un certain vieux Dimitraki, que nous finîmes par trouver, au fond d'un bouge inénarrable.

C'est un vieux Grec en haillons, à barbe blanche, à mine de bandit.

Achmet lui présenta un papier sur lequel était calligraphié le nom d'Aziyadé, et lui tint, dans la langue d'Homère, un long discours que je ne compris pas.

Le vieux tira d'un coffre sordide une manière de trousse pleine de petits stylets, parmi lesquels il parut choisir les plus affilés, préparatifs peu rassurants !

Il dit à Achmet ces mots, que mes souvenirs classiques me permirent cependant de comprendre :

— Montrez-moi la place.

Et Achmet, ouvrant ma chemise, posa le doigt du côté gauche, sur l'emplacement du cœur...

LVIII

L'opération s'acheva sans grande souffrance, et Achmet remit à l'artiste un papier-monnaie de dix piastres, provenant de la bourse d'Aziyadé.

Le vieux Dimitraki exerçait l'invraisemblable métier de tatoueur pour marins grecs. Il avait une légèreté de touche, et une sûreté de dessin très remarquables.

Et j'emportais sur ma poitrine une petite plaque endolorie, rouge, labourée de milliers d'égratignures

— qui, en se cicatrisant ensuite, représentèrent en beau bleu le nom turc d'Aziyadé[54].

Suivant la croyance musulmane, ce tatouage, comme toute autre marque ou défaut de mon corps terrestre, devait me suivre dans l'éternité.

LIX

LOTI À PLUMKETT

Février 1877.

Oh! la belle nuit qu'il faisait... Plumkett, comme Stamboul était beau!

A huit heures, j'avais quitté le *Deerhound*.

Quand, après avoir marché bien longtemps, j'arrivai à Galata, j'entrai chez leur « madame » prendre en passant mon ami Achmet, et tous deux nous nous acheminâmes vers Azar-kapou, par de solitaires quartiers musulmans.

Là, Plumkett, deux chemins se présentent à nous chaque soir, entre lesquels nous devons choisir pour rejoindre Eyoub.

Traverser le grand pont de bateaux qui mène à Stamboul, s'en aller à pied par le Phanar, Balate et les cimetières, est une route directe et originale ; mais c'est aussi, la nuit, une route dangereuse que nous n'entreprenons guère qu'à trois, quand nous avons avec nous notre fidèle Samuel.

Ce soir-là, nous avions pris un caïque au pont de Kara-Keui*, pour nous rendre par mer tranquillement à domicile.

Pas un souffle dans l'air, pas un mouvement sur l'eau, pas un bruit! Stamboul était enveloppé d'un immense suaire de neige.

C'était un aspect imposant et septentrional, qu'on n'attendait point de la ville du soleil et du ciel bleu.

Toutes ces collines, couvertes de milliers et de

---

* Autre nom du Grand Pont.

milliers de cases noires, défilaient en silence sous nos yeux, confondues ce soir dans une monotone et sinistre teinte blanche.

Au-dessus de ces fourmilières humaines ensevelies sous la neige, se dressaient les masses grandioses des mosquées grises, et les pointes aiguës des minarets.

La lune, voilée dans les brouillards, promenait sur le tout sa lumière indécise et bleue.

Quand nous arrivâmes à Eyoub, nous vîmes qu'une lueur filtrait à travers les carreaux, les treillages et les épais rideaux de nos fenêtres : *elle* était là ; la première, elle était rendue au logis...

Voyez-vous, Plumkett, dans vos maisons d'Europe, bêtement accessibles à vous-mêmes et aux autres, vous ne pouvez point soupçonner ce *bonheur d'arriver*, qui vaut à lui seul toutes les fatigues et tous les dangers...

LX

Un temps viendra où, de tout ce rêve d'amour, rien ne restera plus ; un temps viendra où tout sera englouti avec nous-mêmes dans la nuit profonde ; où tout ce qui était nous aura disparu, tout jusqu'à nos noms gravés sur la pierre...

Il est un pays que j'aime et que je voudrais voir : la Circassie, avec ses sombres montagnes et ses grandes forêts. Cette contrée exerce sur mon imagination un charme qui lui vient d'Aziyadé : là, elle a pris son sang et sa vie.

Quand je vois passer les farouches Circassiens, à moitié sauvages, enveloppés de peaux de bêtes, quelque chose m'attire vers ces inconnus, parce que le sang de leurs veines est pareil à celui de ma chérie.

Elle, elle se souvient d'un grand lac, au bord duquel elle pense qu'elle était née, d'un village perdu dans les bois dont elle ne sait plus le nom, d'une plage où elle jouait en plein air, avec les autres petits enfants des montagnards...

On voudrait reprendre sur le temps le passé de la bien-aimée, on voudrait avoir vu sa figure d'enfant, sa figure de tous les âges ; on voudrait l'avoir chérie petite fille, l'avoir vue grandir dans ses bras à soi, sans que d'autres aient eu ses caresses, sans qu'aucun autre l'ait possédée, ni aimée, ni touchée, ni vue. On est jaloux de son passé, jaloux de tout ce qui, avant vous, a été donné à d'autres ; jaloux des moindres sentiments de son cœur, et des moindres paroles de sa bouche, que, avant vous, d'autres ont entendues. L'heure présente ne suffit pas ; il faudrait aussi tout le passé, et encore tout l'avenir. On est là, les mains dans les mains ; les poitrines se touchent, les lèvres se pressent ; on voudrait pouvoir se toucher sur tous les points à la fois, et avec des sens plus subtils, on voudrait ne faire qu'un seul être et se fondre l'un dans l'autre...

— Aziyadé, dis-je, raconte-moi un peu de petites histoires de ton enfance, et parle-moi du vieux maître d'école de Canlidja.

Aziyadé sourit, et cherche dans sa tête quelque histoire nouvelle, entremêlée de réflexions fraîches et de parenthèses bizarres. Les plus aimées de ces histoires, où les *hodjas* (les sorciers) jouent ordinairement les grands premiers rôles, les plus aimées sont les plus anciennes, celles qui sont déjà à moitié perdues dans sa mémoire, et ne sont plus que des souvenirs furtifs de sa petite enfance.

— A toi, Loti, dit-elle ensuite. Continue ; nous en étions restés à quand tu avais seize ans...

Hélas !... Tout ce que je lui dis dans la langue de Tchengiz, dans d'autres langues je l'avais dit à d'autres ! Tout ce qu'elle me dit, d'autres me l'avaient dit avant elle ! Tous ces mots sans suite, délicieusement insensés, qui s'entendent à peine, avant Aziyadé, d'autres me les avaient répétés !

Sous le charme d'autres jeunes femmes dont le souvenir est mort dans mon cœur, j'ai aimé d'autres pays, d'autres sites, d'autres lieux, et tout est passé !

J'avais fait avec une autre ce rêve d'amour infini : nous nous étions juré qu'après nous être adorés sur la terre, nous être fondus ensemble tant qu'il y aurait de la vie dans nos veines, nous irions encore dormir dans la même fosse, et que la même terre nous reprendrait, pour que nos cendres fussent mêlées éternellement. Et tout cela est passé, effacé, balayé !... Je suis bien jeune encore, et je ne m'en souviens plus.

S'il y a une éternité, avec laquelle irai-je revivre ailleurs ? Sera-ce avec elle, petite Aziyadé, ou bien avec toi ?

Qui pourrait bien démêler, dans ces extases inexpliquées, dans ces ivresses dévorantes, qui pourrait bien démêler ce qui vient des sens, de ce qui vient du cœur ? Est-ce l'effort suprême de l'âme vers le ciel, ou la puissance aveugle de la nature, qui veut se recréer et revivre ? Perpétuelle question, que tous ceux qui ont vécu se sont posée, tellement que c'est divaguer que de se la poser encore.

Nous croyons presque à l'union immatérielle et sans fin, parce que nous nous aimons. Mais combien de milliers d'êtres qui y ont cru, depuis des milliers d'années que les générations passent, combien qui se sont aimés et qui, tout illuminés d'espoir, se sont endormis confiants, au mirage trompeur de la mort ! Hélas ! dans vingt ans, dans dix ans peut-être, où serons-nous, pauvre Aziyadé ? Couchés en terre, deux débris ignorés, des centaines de lieues sans doute sépareront nos tombes, — et qui se souviendra encore que nous nous sommes aimés ?

Un temps viendra où, de tout ce rêve d'amour, rien ne restera plus. Un temps viendra où nous serons perdus tous deux dans la nuit profonde, où rien ne survivra de nous-mêmes, où tout s'effacera, tout jusqu'à nos noms écrits sur nos pierres.

Les petites filles circassiennes viendront toujours de leurs montagnes dans les harems de Constantinople. La chanson triste du muezzin retentira toujours dans le silence des matinées d'hiver, — seulement elle ne nous réveillera plus !

. . . .

LXI

Le voyage à Angora*, capitale des chats, était depuis longtemps en question.

J'obtiens de mes chefs l'autorisation de partir (permission de dix jours), à la condition que je ne me mettrai là-bas dans aucune espèce de mauvais cas pouvant nécessiter l'intervention de mon ambassade.

La bande s'organise à Scutari par un temps sans nuages ; les derviches Riza-effendi, Mahmoud-effendi, et plusieurs amis de Stamboul sont de l'expédition ; il y a aussi des dames turques, des domestiques et un grand nombre de bagages. La caravane pittoresque défile au soleil, dans la longue avenue de cyprès qui traverse les grands cimetières de Scutari. Le site est là d'une majesté funèbre ; on a, de ces hauteurs, une incomparable vue de Stamboul.

LXII

La neige retarde de plus en plus notre marche, à mesure que nous nous enfonçons plus avant dans les montagnes. Impossible d'atteindre avant deux semaines la capitale des chats.

Après trois jours de marche, je me décide à dire adieu à mes compagnons de route ; je tourne au sud avec Achmet et deux chevaux choisis, pour visiter Nicomédie et Nicée, les vieilles villes de l'antiquité chrétienne.

J'emporte de cette première partie du voyage le souvenir d'une nature ombreuse et sauvage, de fraîches fontaines, de profondes vallées, tapissées de chênes verts, de fusains et de rhododendrons en fleurs, le tout par un beau temps d'hiver, et légèrement saupoudré de neige.

* Ankara.

Nous couchons dans des *hane**, dans des bouges
sans nom.

Celui de Mudurlu est de tous le plus remarquable.
Nous arrivons de nuit à Mudurlu ; nous montons au
premier étage d'un vieux *hane* enfumé où dorment déjà
pêle-mêle des tziganes et des montreurs d'ours.
Immense pièce noire, si basse, que l'on y marche en
courbant la tête. Voici la table d'hôte : une vaste
marmite où des objets inqualifiables nagent dans une
épaisse sauce ; on la pose par terre, et chacun s'assied
alentour. Une seule et même serviette, longue à la
vérité de plusieurs mètres, fait le tour du public et sert
à tout le monde.

Achmet déclare qu'il aime mieux périr de froid
dehors que de dormir dans la malpropreté de ce bouge.
Au bout d'une heure cependant, transis et harassés de
fatigue, nous étions couchés et profondément endormis.

Nous nous levons avant le jour, pour aller, de la tête
aux pieds, nous laver en plein vent, dans l'eau claire
d'une fontaine.

LXIII

Le soir d'après, nous arrivons à Ismidt (Nicomédie)
à la nuit tombante. Nous étions sans passeport et on
nous arrête. Certain pacha est assez complaisant pour
nous en fabriquer deux de fantaisie, et, après de longs
pourparlers, nous réussissons à ne pas coucher au
poste. Nos chevaux cependant sont saisis et dorment
en fourrière.

Ismidt est une grande ville turque, assez civilisée,
située au bord d'un golfe admirable ; les bazars y sont
animés et pittoresques. Il est interdit aux habitants de
se promener après huit heures du soir, même en
compagnie d'une lanterne.

J'ai bon souvenir de la matinée que nous passâmes
dans ce pays, une première matinée de printemps, avec

* Auberges.

un soleil déjà chaud, dans un beau ciel bleu. Bien
rassasiés tous deux d'un bon déjeuner de paysans, bien
frais et dispos, et nos papiers en règle, nous commençons l'ascension d'Orkhandjiami. Nous grimpons par
de petites rues pleines d'herbes folles, aussi raides que
des sentiers de chèvre. Les papillons se promènent et
les insectes bourdonnent ; les oiseaux chantent le
printemps, et la brise est tiède. Les vieilles cases de
bois, caduques et biscornues, sont peintes de fleurs et
d'arabesques ; les cigognes nichent partout sur les
toits, avec tant de sans-gêne que leurs constructions
empêchent plusieurs particuliers d'ouvrir leurs fenêtres.

Du haut de la djiami d'Orkhan, la vue plane sur le
golfe d'Ismidt aux eaux bleues, sur les fertiles plaines
d'Asie, et sur l'Olympe de Brousse qui dresse là-haut
tout au loin sa grande cime neigeuse.

LXIV

D'Ismidt à Taouchandjil, de Taouchandjil à Kara-
Moussar, deuxième étape où la pluie nous prend.

De Kara-Moussar à Nicée (Isnik), course à cheval
dans des montagnes sombres, par temps de neige ;
l'hiver est revenu. Course semée de péripéties, un
certain Ismaël, accompagné de trois zéibeks * armés
jusqu'aux dents, ayant eu l'intention de nous dévaliser.
L'affaire s'arrange pour le mieux, grâce à une rencontre inattendue de bachibozouks, et nous arrivons à
Nicée, crottés seulement. Je présente avec assurance
mon passeport de sujet ottoman, fabrique du pacha
d'Ismidt ; l'autorité, malgré mon langage encore hési-
tant, se laisse prendre à mon chapelet et à mon
costume ; me voilà pour tout de bon un indiscutable
effendi.

A Nicée, de vieux sanctuaires chrétiens des premiers
siècles, une Aya-Sophia (Sainte-Sophie), sœur aînée de

---

* Brigands montagnards.

nos plus anciennes églises d'Occident. Encore des
montreurs d'ours pour compagnons de chambrée.

Nous voulions rentrer par Brousse et Moudania ;
l'argent étant venu à manquer, nous retournons à
Kara-Moussar, où nos dernières piastres passent à
déjeuner. Nous tenons conseil, duquel conseil il résulte
que je donne ma chemise à Achmet, qui va la vendre.
Cet argent suffit à payer notre retour et nous nous
embarquons le cœur léger, et la bourse aussi.

Nous voyons reparaître Stamboul avec joie. Ces
quelques journées y ont changé l'aspect de la nature ;
de nouvelles plantes ont poussé sur le toit de ma case ;
toute une nichée de petits chiens, dernièrement nés sur
le seuil de ma porte, commencent à japper et à remuer
la queue ; leur maman nous fait grand accueil.

LXV

Aziyadé arriva le soir, me racontant combien elle
avait été inquiète, et combien de fois elle avait dit pour
moi :

— *Allah ! Sélamet versen Loti !* (Allah ! protège
Loti !)

Elle m'apportait quelque chose de lourd, contenu
dans une toute petite boîte, qui sentait l'eau de roses
comme tout ce qui venait d'elle. Sa figure rayonnait de
joie en me remettant ce petit objet mystérieux, très
soigneusement caché dans sa robe.

— Tiens, Loti, dit-elle, *bou benden sana édié.* (Ceci
est un cadeau que je te fais.)

C'était une lourde bague en or martelé, sur laquelle
était gravé son nom.

Depuis longtemps, elle rêvait de me donner une
bague, sur laquelle j'emporterais dans mon pays son
nom gravé. Mais la pauvre petite n'avait pas d'argent ;
elle vivait dans une large aisance, dans un luxe relatif ;
il lui était possible d'apporter chez moi des pièces de
soie brodée, des coussins et différents objets dont elle
disposait sans contrôle ; mais on ne lui donnait que de
petites sommes ; tout passait à payer la discrétion

d'Emineh, sa servante, et il lui était difficile d'acheter
une bague sur ses économies. Alors elle avait songé à
ses bijoux à elle, mais elle avait eu peur de les envoyer
vendre ou troquer au bazar des bijoutiers, et il avait
fallu recourir aux expédients. C'étaient ses propres
bijoux, écrasés au marteau, en cachette, par un forge-
ron de Scutari, qu'elle m'apportait aujourd'hui, trans-
formés en une énorme bague, irrégulière et massive[55].

Et je lui fis sur sa demande le serment que cette
bague ne me quitterait jamais, que je la porterais toute
ma vie...

LXVI

C'était un matin radieux d'hiver, — de l'hiver si
doux du Levant.

Aziyadé, qui avait quitté Eyoub une heure avant
nous et descendu la Corne d'or en robe grise, la
remontait en robe rose pour aller rejoindre le harem de
son maître, à Mehmed-Fatih. — Elle était gaie et
souriante sous son voile blanc ; la vieille Kadidja était
auprès d'elle, et toutes deux étaient confortablement
assises au fond de leur caïque effilé, dont l'avant était
orné de perles et de dorures.

Nous descendions, Achmet et moi, en sens inverse,
étendus sur les coussins rouges d'un long caïque à deux
rameurs.

C'était le moment de la splendeur matinale de
Constantinople ; les palais et les mosquées, encore
roses sous le soleil levant, se réfléchissaient dans les
profondeurs tranquilles de la Corne d'or ; des bandes
de *karabataks* (plongeons noirs) exécutaient des
cabrioles fantastiques autour des barques des
pêcheurs, et disparaissaient la tête la première dans
l'eau froide et bleue.

Le hasard, ou la fantaisie de nos *caiqdjis,* fit que nos
barques dorées passèrent l'une près de l'autre, si près
même que nos avirons furent engagés. Nos bateliers
prirent le temps de s'adresser à cette occasion les
injures d'usage : « Chien ! fils de chien ! arrière-petit-

fils de chien ! » Et Kadidja crut pouvoir nous envoyer un sourire à la dérobée, montrant ses longues dents blanches dans sa bouche noire.

Aziyadé, au contraire, passa sans sourciller.

Elle semblait uniquement occupée d'espiègleries de karabataks :

— *Neh cheytan haivan !* disait-elle à Kadidja (Quel oiseau malin !)

LXVII

« Qui sait, quand la belle saison finira, lequel de nous sera encore en vie ?

» Soyez gais, soyez pleins de joie, car la saison du printemps passe vite, elle ne durera pas.

» Écoutez la chanson du rossignol : la saison vernale s'approche.

» Le printemps a déployé un berceau de joie dans chaque bosquet,

» Où l'amandier répand ses fleurs argentées.

» Soyez gais, soyez pleins de joie, car la saison du printemps passe vite, elle ne durera pas[a]. »

... Encore un printemps, les amandiers fleurissent, et moi, je vois avec terreur, chaque saison qui m'entraîne plus avant dans la nuit, chaque année qui m'approche du gouffre... Où vais-je, mon Dieu ?... Qu'y a-t-il après ? et qui sera près de moi quand il faudra boire la sombre coupe !...

« C'est la saison de la joie et du plaisir : la saison vernale est arrivée.

» Ne fais pas de prière avec moi, ô prêtre ; cela a son propre temps[a]. »[56]

. . . .

a. Extrait d'une vieille poésie orientale.

IV

MANÉ, THÉCEL, PHARÈS [57]

I

L'ordre de départ était arrivé comme un coup de foudre : le *Deerhound* était rappelé à Southampton. J'avais remué ciel et terre pour éluder cet ordre et prolonger mon séjour à Stamboul ; j'avais frappé à toutes les portes, même à la porte de l'armée ottomane qui fut bien près de s'ouvrir pour moi.

— Mon cher ami, avait dit le pacha, dans un anglais très pur, et avec cet air de courtoisie parfaite des Turcs de bonne naissance, mon cher ami, avez-vous aussi l'intention d'embrasser l'islamisme ?

— Non, Excellence, dis-je ; il me serait indifférent de me faire naturaliser ottoman, de changer de nom et de patrie, mais, officiellement, je resterai chrétien.

— Bien, dit-il, j'aime mieux cela ; l'islamisme n'est pas indispensable, et nous n'aimons guère les renégats. Je crois pouvoir vous affirmer, continua le pacha, que vos services ne seront pas admis à titre temporaire, votre gouvernement d'ailleurs s'y opposerait ; mais ils pourraient être admis à titre définitif. Voyez si vous voulez nous rester. Il me semble difficile que vous ne partiez pas d'abord avec votre navire, car nous avons peu de temps pour ces démarches ; cela vous permet-trait d'ailleurs de réfléchir longuement à une détermination aussi grave, et vous nous reviendrez après. Si cependant vous le désirez, je puis faire dès ce soir présenter votre requête à Sa Majesté le Sultan, et j'ai tout lieu de croire que sa réponse vous sera favorable.

— Excellence, dis-je, j'aime mieux, si cela est possible, que la chose se décide immédiatement ; plus tard, vous m'oublieriez. Je vous demanderai seulement ensuite un congé pour aller voir ma mère.

Je priai cependant qu'on m'accordât une heure, et je sortis pour réfléchir.

Cette heure me parut courte ; les minutes s'enfuyaient comme des secondes, et mes pensées se pressaient avec tumulte.

Je marchais au hasard dans les rues du vieux quartier musulman qui couvre les hauteurs du Taxim, entre Péra et Foundoucli. Il faisait un temps sombre, lourd et tiède : les vieilles cases de bois variaient de nuances, entre le gris foncé, le noir et le brun rouge ; sur les pavés secs, des femmes turques circulaient en petites pantoufles jaunes, en se tenant enveloppées jusqu'aux yeux dans des pièces de soie écarlate ou orange brodées d'or. On avait des échappées de perspective de trois cents mètres de haut, sur le sérail blanc et ses jardins de cyprès noirs, sur Scutari et sur le Bosphore, à demi voilés par des vapeurs bleues.

Abandonner son pays, abandonner son nom, c'est plus sérieux qu'on ne pense quand cela devient une réalité pressante, et qu'il faut avant une heure avoir tranché la question pour jamais. Aimerai-je encore Stamboul, quand j'y serai rivé pour la vie ? L'Angleterre, le train monotone de l'existence britannique, les amis fâcheux, les ingrats, je laisse tout cela sans regrets et sans remords. Je m'attache à ce pays dans un instant de crise suprême ; au printemps, la guerre décidera de son sort et du mien. Je serai le yuzbâchi Arif ; aussi souvent que dans la marine de Sa Majesté, j'aurai des congés pour aller voir là-bas ceux que j'aime, pour aller m'asseoir encore au foyer, à Brightbury sous les vieux tilleuls.

Mon Dieu, oui !... pourquoi pas, yuzbâchi, turc pour de bon, et rester auprès d'elle...

Et je songeai à cet instant d'ivresse : rentrer à Eyoub, un beau jour, costumé en yuzbâchi, en lui annonçant que je ne m'en vais plus.

Au bout d'une heure, ma décision était prise et irrévocable : partir et l'abandonner me déchirait le cœur. Je me fis de nouveau introduire chez le pacha, pour lui donner le *oui* solennel qui devait me lier pour jamais à la Turquie, et le prier de faire, le soir même, présenter ma requête au Sultan.

II

Quand je fus devant le pacha, je me sentis trembler, et un nuage passa devant mes yeux :

— Je vous remercie, Excellence, dis-je ; je n'accepte pas. Veuillez seulement vous souvenir de moi ; quand je serai en Angleterre, peut-être vous écrirai-je...

III

Alors, il fallut pour tout de bon songer à partir.

Courant de porte en porte, j'expédiai le soir même les courses de Péra, remettant, sans demander mon reste, des cartes P.P.C. *

Achmet, en tenue de cérémonie, suivait à trois pas, portant mon manteau.

— Ah ! dit-il, ah ! Loti, tu nous quittes et tu fais tes visites d'adieu ; j'ai deviné cela, moi. Eh bien, s'il est vrai que tu nous aimes, nous, et que ceux-là t'ennuient ; s'il est vrai que les conventions des autres ne sont pas faites pour toi, laisse-les ; laisse ces habits noirs qui sont laids, et ce chapeau qui est drôle. Viens vite à Stamboul avec nous, et envoie promener tout ce monde.

Plusieurs de mes visites d'adieu furent manquées, par suite de ce discours d'Achmet.

* Pour Prendre Congé.

IV

Stamboul, 20 mars 1877.

Une dernière promenade avec Samuel. Nos instants sont comptés. Le temps inexorable emporte ces dernières heures, après lesquelles nous nous séparerons pour jamais ! — des heures d'hiver, grises et froides, avec des rafales de mars.

Il était convenu qu'il allait s'embarquer pour son pays avant mon départ pour l'Angleterre. Il m'avait demandé, comme dernière faveur, de le promener avec moi en voiture ouverte jusqu'au coup de sifflet du paquebot.

Cet Achmet qui avait pris sa place, et devait dans l'avenir me suivre en Angleterre, augmentait sa douleur ; il était malade de chagrin. Il ne comprenait pas, le pauvre Samuel, qu'il y avait un abîme entre son affection à lui, si tourmentée, et l'affection limpide et fraternelle de Mihran-Achmet ; que lui, Samuel, était une plante de serre chaude, impossible à transplanter là-bas, sous mon toit paisible.

L'arabahdji * nous mène grand train, au grand trot de ses chevaux. Samuel est enveloppé comme un pacha dans mon manteau de fourrure, que je lui abandonne ; sa belle tête est pâle et triste ; il regarde en silence défiler les quartiers de Stamboul, les places immenses et désertes où poussent l'herbe et la mousse, les minarets gigantesques, les vieilles mosquées décrépites, blanches sur le ciel gris, les vieux monuments avec leur cachet d'antiquité et de délabrement, qui s'en vont en ruines comme l'islamisme.

Stamboul est désolé et mort sous ce dernier vent d'hiver ; les muezzins chantent la prière de trois heures ; c'est l'heure du départ.

Je l'aimais bien pourtant, mon pauvre Samuel ; je lui dis, comme on dit aux enfants, que, pour lui aussi, je

---

* Cocher.

dois revenir, et que j'irai le voir à Salonique ; mais il a compris, lui, qu'il ne me reverra jamais, et ses larmes me brisent un peu le cœur.

V

21 mars.

Pauvre chère petite Aziyadé ! le courage m'avait manqué pour lui dire à elle : « Après-demain, je vais partir. »

Je rentrai le soir à la case. Le soleil couchant éclairait ma chambre de ses beaux rayons rouges ; le printemps était dans l'air. Les cafedjis s'étalaient dehors comme dans les jours d'été ; tous les hommes du voisinage, assis dans la rue, fumaient leur narguilé sous les amandiers blancs de fleurs.

Achmet était dans la confidence de mon départ. Nous faisions l'un et l'autre des efforts inouïs de conversation ; mais Aziyadé avait à moitié compris, et promenait sur nous ses grands yeux interrogateurs ; la nuit vint, et nous trouva silencieux comme des morts.

A une heure à la turque (sept heures), Achmet apporta une certaine vieille caisse qui, renversée, nous servait de table, et posa dessus notre souper de pauvres. (Nos derniers arrangements avec le juif Isaac nous avaient laissés sans sou ni maille.)

C'était gai d'ordinaire, notre dîner à deux, et nous nous amusions nous-mêmes de notre misère : deux personnages souvent habillés de soie et d'or, assis sur des tapis de Turquie, et mangeant du pain sec sur le fond d'une vieille caisse.

Aziyadé s'était assise comme moi ; mais sa part devant elle restait intacte ; ses yeux étaient attachés sur moi avec une fixité étrange, et nous avions peur l'un et l'autre de rompre ce silence.

— J'ai compris, va, Loti, dit-elle... C'est la dernière fois, n'est-ce pas ?

Et ses larmes pressées commencèrent à tomber sur son pain sec.

— Non, Aziyadé, non, ma chérie ! Demain encore, et je te le jure. Après, je ne sais plus...

Achmet vit que le souper était inutile. Il emporta sans rien dire la vieille caisse, les assiettes de terre, et se retira, nous laissant dans l'obscurité...

VI

Le lendemain, c'était le jour de tout arracher, de tout démolir, dans cette chère petite case, meublée peu à peu avec amour, où chaque objet nous rappelait un souvenir.

Deux *hamals* * que j'avais enrôlés pour cette besogne étaient là, attendant mes ordres pour s'y mettre ; j'imaginai de les envoyer dîner pour gagner du temps et retarder cette destruction.

— Loti, dit Achmet, pourquoi ne dessines-tu pas ta chambre ? Après les années, quand la vieillesse sera venue, tu la regarderas et tu te souviendras de nous.

Et j'employai cette dernière heure à dessiner ma chambre turque. Les années auront du mal à effacer le charme de ces souvenirs.

Quand Aziyadé vint, elle trouva des murailles nues, et tout en désarroi ; c'était le commencement de la fin. Plus que des caisses, des paquets et du désordre ; les aspects qu'elle avait aimés étaient détruits pour toujours. Les nattes blanches qui couvraient les planchers, les tapis sur lesquels on se promenait nu-pieds, étaient partis chez les juifs, tout avait repris l'air triste et misérable.

Aziyadé entra presque gaie, s'étant monté la tête avec je ne sais quoi ; elle ne put cependant supporter l'aspect de cette chambre dénudée, et fondit en larmes.

VII

Elle m'avait demandé cette grâce des condamnés à mort, de faire ce dernier jour tout ce qui lui plairait.

---

* Porteurs.

— Aujourd'hui, à tout ce que je demanderai, Loti, tu ne diras jamais non. Je veux faire plusieurs choses à ma tête. Tu ne diras rien, et tu approuveras tout.

A neuf heures du soir, rentrant en caïque de Galata, j'entendis dans ma case un tapage inusité ; il en sortait des chants et une musique originale.

Dans l'appartement récemment incendié, au milieu d'un tourbillon de poussière, s'agitait la chaîne d'une de ces danses turques qui ne finissent qu'après complet épuisement des acteurs ; des gens quelconques, matelots grecs ou musulmans, ramassés sur la Corne d'or, dansaient avec fureur ; on leur servait du raki, du mastic et du café.

Les habitués de la case, Suleïman, le vieux Riza, les derviches Hassan et Mahmoud, contemplaient ce spectacle avec stupéfaction.

La musique partait de ma chambre : j'y trouvai Aziyadé tournant elle-même la manivelle d'une de ces grandes machines assourdissantes, orgues de Barbarie du Levant qui jouent les danses turques sur des notes stridentes, avec accompagnement de sonnettes et de chapeaux chinois.

Aziyadé était dévoilée, et les danseurs pouvaient, par la portière entr'ouverte, apercevoir sa figure. C'était contraire à tous les usages, et aussi à la prudence la plus élémentaire. On n'avait jamais vu dans le saint quartier d'Eyoub pareille scène ni pareil scandale, et, si Achmet n'eût affirmé au public qu'elle était Arménienne, elle eût été perdue.

Achmet, assis dans un coin, laissait faire avec soumission ; c'était drôle et c'était navrant ; j'avais envie de rire, et son regard à elle me serrait le cœur. Les pauvres petites filles qui poussent sans père ni mère à l'ombre des harems, sont pardonnables de toutes leurs idées saugrenues, et on ne peut juger leurs actions avec des lois qui régissent les femmes chrétiennes.

Elle tournait comme une folle la manivelle de cet orgue et tirait de ce grand meuble des sons extravagants.

On a défini la musique turque : *les accès d'une gaieté*

déchirante, et je compris admirablement, ce soir-là, une si paradoxale définition.

Bientôt, intimidée de son œuvre, intimidée de son propre tapage, et toute honteuse de se trouver sans voile à la vue de ces hommes, elle alla s'asseoir sur un large divan, seul meuble qui restât dans la case, et, après avoir ordonné au joueur d'orgue de continuer sa besogne, elle pria qu'on lui donnât comme aux autres une cigarette et du café.

VIII

On avait, suivant la couleur et la forme consacrées, apporté à Aziyadé son café turc dans une tasse bleue posée sur un pied de cuivre, et grande à peu près comme la moitié d'un œuf.

Elle semblait plus calme et regardait en souriant ; ses yeux limpides et tristes me demandaient pardon de cette foule et de ce vacarme ; comme un enfant qui a conscience d'avoir fait des sottises, et qui se sait chéri, elle demandait grâce avec ses yeux, qui avaient plus de charme et de persuasion que toute parole humaine.

Elle avait fait pour cette soirée une toilette qui la rendait étrangement belle : la richesse orientale de son costume contrastait maintenant avec l'aspect de notre demeure, redevenue sombre et misérable. Elle portait une de ces vestes à longues basques dont les femmes turques d'aujourd'hui ont presque perdu le modèle, une veste de soie violette semée de roses d'or. Un pantalon de soie jaune descendait jusqu'à ses chevilles, jusqu'à ses petits pieds chaussés de pantoufles dorées. Sa chemise en gaze de Brousse lamée d'argent, laissait échapper ses bras ronds, d'une teinte mate et ambrée, frottés d'essence de roses. Ses cheveux bruns étaient divisés en huit nattes, si épaisses, que deux d'entre elles auraient suffi au bonheur d'une merveilleuse de Paris ; ils s'étalaient à côté d'elle sur le divan, noués au bout par des rubans jaunes, et mêlés de fils d'or, à la manière des femmes arméniennes. Une masse d'autres petits cheveux plus courts et plus rebelles formaient

nimbe autour de ses joues rondes, d'une pâleur chaude
et dorée. Des teintes d'un ambre plus foncé entouraient ses paupières ; et ses sourcils, très rapprochés
d'ordinaire, se rejoignaient ce soir-là avec une expression de profonde douleur.

Elle avait baissé les yeux, et on devinait seulement,
sous ses cils, ses larges prunelles glauques, penchées
vers la terre ; ses dents étaient serrées, et sa lèvre rouge
s'entr'ouvrait par une contraction nerveuse qui lui était
familière. Ce mouvement qui eût rendu laide une autre
femme, la rendait, elle, plus charmante ; il indiquait
chez elle la préoccupation ou la douleur, et découvrait
deux rangées pareilles de toutes petites perles
blanches. On eût vendu son âme pour embrasser ces
perles blanches, et la contraction de cette lèvre rouge,
et ces gencives qui semblaient faites de la pulpe d'une
cerise mûre.

Et j'admirais ma maîtresse ; je me pénétrais à la
dernière heure de ses traits bien-aimés pour les fixer
dans mon souvenir. Le bruit déchirant de cette
musique, la fumée aromatisée du narguilé amenaient
doucement l'ivresse, cette légère ivresse orientale qui
est l'anéantissement du passé et l'oubli des heures
sombres de la vie.

Et ce rêve insensé s'imposait à mon esprit : tout
oublier, et rester près d'elle, jusqu'à l'heure froide du
désenchantement ou de la mort...

IX

On entendit au milieu de ce tapage un léger craque-
ment de porcelaine : Aziyadé était restée immobile,
seulement elle venait de briser sa tasse dans sa main
crispée, et les débris tombaient à terre.

Le mal n'était pas grand ; le café épais après avoir
désagréablement sali ses doigts, se répandit sur le
plancher, et l'incident passa sans qu'aucun de nous fît
mine de l'avoir remarqué.

Cependant la tache s'élargissait par terre, et un
liquide sombre tombait toujours de sa main fermée,

goutte à goutte d'abord, ensuite en mince filet noir. Une lanterne éclairait misérablement cette chambre. Je m'approchai pour regarder : il y avait près d'elle une mare de sang. La porcelaine brisée avait entaillé cruellement sa chair, et l'os seulement avait arrêté la coupure profonde.

Le sang de ma chérie coula une demi-heure, sans qu'on trouvât aucun moyen de l'étancher.

On en emportait des cuvettes toutes rougies ; on tenait sa main dans l'eau froide en comprimant les lèvres de cette plaie : rien n'arrêtait ce sang, et Aziyadé, blanche comme une jeune fille morte, s'était affaissée en fermant les yeux.

Achmet avait pris sa course pour aller réveiller une vieille femme à tête de sorcière qui l'arrêta enfin avec des plantes et de la cendre.

La vieille, après avoir recommandé de lui tenir toute la nuit le bras vertical, et réclamé trente piastres de salaire, fit quelques signes sur la blessure et disparut.

Il fallut ensuite congédier tous ces hommes et coucher l'enfant malade. Elle était pour l'instant aussi froide qu'une statue de marbre, et complètement évanouie.

La nuit qui suivit fut sans sommeil pour nous deux.

Je la sentais souffrir ; tout son corps se raidissait de douleur. Il fallait tenir verticalement ce bras blessé, c'était la recommandation de l'affreuse vieille, et elle souffrait moins ainsi. Je tenais moi-même ce bras nu qui avait la fièvre ; toutes les fibres vibraient et tremblaient, je les sentais aboutir à cette coupure profonde et béante ; il me semblait souffrir moi-même, comme si ma propre chair eût été coupée jusqu'à l'os et non la sienne.

La lune éclairait des murailles nues, un plancher nu, une chambre vide ; les meubles absents, les tables de planches grossières dépouillées de leurs couvertures de soie, éveillaient des idées de misère, de froid et de solitude ; les chiens hurlaient au dehors de cette manière lugubre qui, en Turquie comme en France, est réputée présage de mort ; le vent sifflait à notre porte, ou gémissait tout doucement comme un vieillard qui va mourir.

Son désespoir me faisait mal, il était si profond et si résigné, qu'il eût attendri des pierres. J'étais tout pour elle, le seul qu'elle eût aimé, et le seul qui l'eût jamais aimée, et j'allais la quitter pour ne plus revenir.

— Pardon, Loti, disait-elle, de t'avoir donné ce tracas de me couper les doigts ; je t'empêche de dormir. Mais dors, Loti, cela ne fait rien que je souffre, puisque c'est fini de moi-même.

— Écoute, lui dis-je, Aziyadé, ma bien-aimée, veux-tu que je revienne ?...

X

Un moment après, nous étions assis tous deux sur le bord de ce lit ; je tenais toujours son bras blessé, et aussi sa tête affaiblie, et, suivant la formule musulmane des serments solennels, je lui jurais de revenir.

— Si tu es marié, Loti, disait-elle, cela ne fait rien. Je ne serai plus ta maîtresse, je serai ta sœur. Marie-toi, Loti ; c'est secondaire, cela ! J'aime mieux ton âme. Te revoir seulement, c'est tout ce que je demande à Allah. Après cela, je serai presque heureuse encore, je vivrai pour t'attendre, tout ne sera pas fini pour Aziyadé.

Ensuite, elle commença à s'endormir tout doucement ; le jour se mit à poindre, et je la laissai, comme de coutume avant le soleil, dormant d'un bon sommeil tranquille.

XI

23 mars.

J'allai à bord et je revins à la hâte. Course de trois heures. J'annonçai à Aziyadé un sursis de départ de deux jours.

C'est peu, deux jours, quand ce sont les derniers de l'existence, et qu'il faut se hâter de jouir l'un de l'autre comme si on allait mourir.

La nouvelle de mon départ avait déjà circulé et je reçus plusieurs visites d'adieu de mes voisins de Stamboul. Aziyadé s'enfermait dans la chambre de Samuel, et je l'entendais pleurer. Les visiteurs aussi l'entendaient bien un peu, mais sa présence fréquente chez moi avait déjà transpiré dans le voisinage, et elle était tacitement admise. Achmet, d'ailleurs, avait affirmé la veille au soir au public qu'elle était arménienne ; et cette assurance, donnée par un musulman, était sa sauvegarde.

— Nous nous étions toujours·attendus, disait le derviche Hassan-effendi, à vous voir disparaître ainsi, par une trappe ou un coup de baguette. Avant de partir, nous direz-vous, Arif ou Loti, qui vous êtes et ce que vous êtes venu faire parmi nous ?

Hassan-effendi était de bonne foi ; bien que lui et ses amis eussent désiré savoir qui j'étais, ils l'ignoraient absolument parce qu'ils ne m'avaient jamais épié. On n'a pas encore importé en Turquie le commissaire de police français, qui vous dépiste en trois heures ; on est libre d'y vivre tranquille et inconnu.

Je déclinai à Hassan-effendi mes noms et qualités, et nous nous fîmes la promesse de nous écrire.

Aziyadé avait pleuré plusieurs heures ; mais ses larmes étaient moins amères. L'idée de me revoir commençait à prendre consistance dans son esprit et la rendait plus calme. Elle commençait à dire : « Quand tu seras de retour... »

— Je ne sais pas, Loti, disait-elle, si tu reviendras, — Allah seul le sait ! Tous les jours je répéterai : *Allah ! sélamet versen Loti !* (Allah ! protège Loti !) et Allah ensuite fera selon sa volonté. Pourtant, reprenait-elle avec sérieux, comment pourrais-je t'attendre un an, Loti ? Comment cela se pourrait-il, quand je ne sais plus rester un jour, non pas même une heure, sans te voir. Tu ne sais pas, toi, que les jours où tu es de garde, je vais me promener en haut du Taxim, ou m'installer en visite chez ma mère Béhidjé, parce que de là on aperçoit de loin le *Deerhound.* Tu vois bien, Loti, que c'est impossible, et que, si tu reviens, Aziyadé sera morte...

XII

Achmet aura mission de me transmettre les lettres d'Aziyadé et de lui faire passer les miennes, voie de Kadidja, et il me faut une provision d'enveloppes à son adresse.

Or, Achmet ne sait point écrire, ni lui ni personne de sa famille ; Aziyadé écrit trop mal pour affronter la poste, et nous voilà tous les trois assis sous la tente de l'écrivain public, faisant vignette d'Orient.

C'est très compliqué, l'adresse d'Achmet, et cela tient huit lignes :

« A Achmet, fils d'Ibrahim, qui demeure à Yedi-Koulé, dans une traverse donnant sur Arabahdjil-ar-Malessi, près de la mosquée. C'est la troisième maison après un tutundji*, et à côté il y a une vieille Arménienne qui vend des remèdes, et, en face, un derviche. »

Aziyadé fait confectionner huit enveloppes semblables, qu'elle paie de son argent, huit piastres blanches ; après quoi, il lui faut de ma part le serment de m'en servir.

Elle cache sous son yachmak ses yeux pleins de larmes ; ce serment ne la rassure pas. D'abord, comment admettre qu'un papier parti tout seul de si loin puisse lui arriver jamais ? Et puis elle sait bien, elle, qu'avant longtemps, « Aziyadé sera oubliée pour toujours ! »

XIII

Le soir, nous remontions en caïque la Corne d'or ; jamais nous n'avions tant couru Stamboul ensemble en plein jour. Elle paraissait ne plus se soucier d'aucune précaution, comme si tout était fini pour elle, et que le monde lui fût indifférent.

Nous avions pris un caïque à l'échelle d'Oun-Capan ;

* Marchand de tabac.

le jour baissait, le soleil se couchait derrière un ciel de tempête.

On voit rarement en Europe ciel si tourmenté et si noir ; c'était, au nord, un de ces terribles nuages arqués, à l'aspect de cataclysme, qui annoncent en Afrique les grands orages.

— Regarde, dis-je à Aziyadé, voilà le ciel que je voyais chaque soir dans le pays des hommes noirs, où j'ai habité un an avec le frère que j'ai perdu[58] !

Du côté opposé, Stamboul, avec ses pointes aiguës, se frangeait sur une grande déchirure jaune, d'une nuance éclatante et profonde, — éclairage fantastique et presque funèbre.

Un vent terrible se leva tout à coup sur la Corne d'or ; la nuit tombait et nous étions transis de froid.

Les grands yeux d'Aziyadé étaient fixés sur les miens, regardant à une étrange profondeur ; ses prunelles semblaient se dilater à la lueur crépusculaire, et lire au fond de mon âme. Je ne lui avais jamais vu ce regard et il me causait une impression inconnue ; c'était comme si les replis les plus secrets de moi-même eussent été tout à coup pénétrés par elle, et examinés au scalpel. Son regard me posait à la dernière heure cette interrogation suprême ⸮ « Qui es-tu, toi, que j'ai tant aimé ? Serai-je oubliée bientôt comme une maîtresse de hasard, ou bien m'aimes-tu ? As-tu dit vrai et dois-tu revenir ? »

Les yeux fermés, je retrouve encore ce regard, cette tête blanche, seulement indiquée sous les plis de mousseline du yachmak, et, par derrière, cette silhouette de Stamboul, profilée sur le ciel d'orage...

XIV

Nous débarquons encore une fois là-bas, sur cette petite place d'Eyoub que demain je ne verrai plus.

Nous avions voulu jeter ensemble un dernier coup d'œil à notre demeure.

L'entrée en était encombrée de caisses et de paquets, et il y faisait déjà nuit. Achmet découvrit dans un coin

une vieille lanterne qu'il promena tristement dans
notre chambre vide. J'avais hâte de partir ; je pris
Aziyadé par la main et l'entraînai dehors.

Le ciel était toujours étrangement noir, menaçant
d'un déluge ; les cases et les pavés se détachaient en
clair sur ce ciel, bien que noirs par eux-mêmes. La rue
était déserte et balayée par des rafales qui faisaient tout
trembler ; deux femmes turques étaient blotties dans
une porte et nous examinaient curieusement. Je tournai la tête pour voir encore cette demeure où je ne
devais plus revenir, jeter un coup d'œil dernier sur ce
coin de la terre où j'avais trouvé un peu de bonheur...

XV

Nous traversons la petite place de la mosquée pour
nous embarquer de nouveau. Un caïque nous emporte
à Azar-kapou, d'où nous devons rejoindre Galata, et
puis Top-hané, Foundoucli, et le *Deerhound*.

Aziyadé a voulu venir me conduire ; elle a juré d'être
sage ; elle est à cette dernière heure d'un calme
inattendu.

Nous traversons tout le tumulte de Galata ; on ne
nous avait jamais vus circuler ensemble dans ces
quartiers européens. Leur « madame » est sur sa porte
à nous voir passer ; la présence de cette jeune femme
voilée lui donne le mot de l'énigme qu'elle avait depuis
longtemps cherchée.

Nous passons Top-hané, pour nous enfoncer dans
les quartiers solitaires de Sali-Bazar, dans les larges
avenues qui longent les grands harems.

Enfin, voici Foundoucli, où nous devons nous dire
adieu.

Une voiture est là qui stationne, commandée par
Achmet, pour ramener Aziyadé dans sa demeure.

Foundoucli est encore un coin de la vieille Turquie,
qui semble détaché du fond de Stamboul : petite place
dallée, au bord de la mer, antique mosquée à croissant
d'or, entourée de tombes de derviches, et de sombres
retraites d'oulémas.

L'orage est passé et le temps est radieux; on n'entend que le bruit lointain des chiens errants qui jappent dans le silence du soir.

Huit heures sonnent à bord du *Deerhound*, l'heure à laquelle je dois rentrer. Un coup de sifflet m'annonce qu'un canot du bord va venir ici me prendre. Le voilà qui se détache de la masse noire du navire, et qui lentement s'approche de nous. C'est l'heure triste, l'heure inexorable des adieux!

J'embrasse ses lèvres et ses mains. Ses mains tremblent légèrement; cela à part, elle est aussi calme que moi-même, et sa chair est glacée.

Le canot est rendu: elle et Achmet se retirent dans un angle obscur de la mosquée; je pars, et je les perds de vue!

Un instant après, j'entends le roulement rapide de la voiture qui emporte pour toujours ma bien-aimée!... bruit aussi sinistre que celui de la terre qui roule sur une tombe chérie.

C'est bien fini sans retour! Si je reviens jamais comme je l'ai juré, les années auront secoué sur tout cela leur cendre, ou bien j'aurai creusé l'abîme entre nous deux en en épousant une autre, et elle ne m'appartiendra plus.

Et il me prit une rage folle de courir après cette voiture, de retenir ma chérie dans mes bras, de nouer mes bras autour d'elle, pendant que nous nous aimions encore de toute la force de notre âme, et de ne plus les ouvrir qu'à l'heure de la mort.

. . . .

XVI

24 mars.

Un matin pluvieux de mars, un vieux juif déménage la maison d'Arif. Achmet surveille cette opération d'un œil morne.

— Achmet, où va votre maître? disent les voisins matineux sortis sur leur porte.

— Je ne sais pas, répond Achmet.

Des caisses mouillées, des paquets trempés de pluie, s'embarquent dans un caïque, et s'en vont on ne sait où, descendant la Corne d'or du côté de la mer.

Et c'est fini d'Arif, le personnage a cessé d'exister.

Tout ce rêve oriental est achevé ; cette étape de mon existence, la dernière sans doute qui aura du charme, est passée sans retour, et le temps peut-être en balaiera jusqu'au souvenir [59].

XVII

Quand Achmet vint à bord, escortant ce convoi de bagages, je lui annonçai qu'un nouveau sursis nous était accordé, de vingt-quatre heures au moins. Il ventait tempête du côté de Marmara.

— Allons encore courir Stamboul, lui dis-je ; ce sera comme une promenade posthume, qui aura son charme de tristesse. Mais elle, je ne la reverrai plus !

Et j'allai déposer mes habits européens chez leur « madame » ; Arif-effendi en personne sortit encore une fois de ce bouge, et passa les ponts, un chapelet à la main, avec l'air grave et la tenue correcte des bons musulmans qui se prennent au sérieux et s'en vont pieusement faire leurs prières. Achmet marchait à côté de lui, revêtu de ses plus beaux habits. Il avait demandé de régler lui-même le programme de cette dernière journée, et se renfermait pour l'instant dans un deuil silencieux.

XVIII

Après avoir couru tous les recoins familiers du vieux Stamboul, fumé un grand nombre de narguilés et fait station à toutes les mosquées, nous nous retrouvons le soir à Eyoub, ramenés encore une fois vers ce lieu, où je ne suis plus qu'un étranger sans gîte, dont le souvenir même sera bientôt effacé.

Mon entrée au café de Suleïman produit sensation :

on m'avait considéré comme un personnage disparu, éteint pour tout de bon et pour jamais.

L'assistance, ce soir, y est nombreuse et fort mêlée : beaucoup de têtes entièrement nouvelles, de provenance inconnue ; un public de cour des Miracles, ou peu s'en faut.

Achmet cependant organise pour moi une fête d'adieu et commande un orchestre : deux hautbois à l'aigre voix de cornemuse, un orgue et une grosse caisse.

Je consens à ces préparatifs sur la promesse formelle qu'on ne brisera rien, et que je ne verrai pas couler de sang.

Nous allons nous étourdir ce soir ; pour mon compte, je ne demande pas mieux.

On m'apporte mon narguilé et ma tasse de café turc, qu'un enfant est chargé de renouveler tous les quarts d'heure, et Achmet, prenant les assistants par la main, les forme en cercle et les invite à danser.

Une longue chaîne de figures bizarres commence à s'agiter devant moi, à la lueur troublée des lanternes ; une musique assourdissante fait trembler les poutres de cette masure ; les ustensiles de cuivre pendus aux murailles noires s'ébranlent et donnent des vibrations métalliques ; les hautbois poussent des notes stridentes, et la *gaieté déchirante* éclate avec frénésie.

Au bout d'une heure, tous étaient grisés de mouvement et de tapage ; la fête était à souhait.

Je n'y voyais plus moi-même qu'à travers un nuage, ma tête s'emplissait de pensées étranges et incohérentes. Les groupes, exténués et haletants, passaient et repassaient dans l'obscurité. La danse tourbillonnait toujours, et Achmet, à chaque tour, brisait une vitre du revers de sa main.

Une à une, toutes les vitres de l'établissement tombaient à terre, et se pulvérisaient sous les pieds des danseurs ; les mains d'Achmet, labourées de coupures profondes, ensanglantaient le plancher.

Il paraît qu'il faut du bruit et du sang aux douleurs turques.

J'étais écœuré de cette fête, inquiet aussi pour

l'avenir de voir Achmet faire de pareilles sottises et se soucier si peu de ses promesses.

Je me levai pour sortir ; Achmet comprit et me suivit en silence. L'air froid du dehors nous rendit le calme et la possession de nous-mêmes.

— Loti, dit Achmet, où vas-tu ?

— A bord, répondis-je ; je ne te connais plus ; je tiendrai mes promesses comme tu as ce soir tenu les tiennes, tu ne me reverras jamais.

Et j'allai plus loin discuter avec un batelier attardé le prix d'un passage pour Galata.

— Loti, dit Achmet, pardonne-moi, tu ne peux pas laisser ainsi ton frère !

Et il commença à me supplier en pleurant.

Moi non plus, je ne voulais pas le laisser ainsi, mais j'avais juré qu'une pénitence et une semonce lui étaient nécessaires, et je restais inexorable.

Alors, il chercha à me retenir avec ses mains pleines de sang, et s'accrocha à moi avec désespoir. Je le repoussai violemment et le lançai contre une pile de bois qui s'écroula avec fracas. Des bachibozouks de patrouille qui passaient nous prirent pour des malfaiteurs, et s'approchèrent avec un fanal.

Nous étions au bord de l'eau, dans un endroit solitaire de la banlieue, loin des murs de Stamboul, et ces mains rouges représentaient mal.

— Ce n'est rien, dis-je ; seulement, ce garçon a bu, et je le ramenais chez lui.

Alors, je pris Achmet par la main, et l'emmenai chez sa sœur Eriknaz, qui, après avoir pansé ses doigts, lui fit un long sermon et l'envoya coucher.

XIX

26 mars.

Encore un jour, — dernier sursis de notre départ.

Encore un jour, encore une toilette chez leur « madame » et je me retrouve à Stamboul.

Il fait temps sombre d'orage, la brise est tiède et

douce. Nous fumons un narguilé de deux heures sous les arcades mauresques de la rue du Sultan-Sélim. — Les colonnades blanches, déformées par les années, alternent avec les kiosques funéraires et les alignements de tombeaux. Des branches d'arbres, toutes roses de fleurs, passent par-dessus les murailles grises ; de fraîches plantes croissent partout, et courent gaiement sur les vieux marbres sacrés.

J'aime ce pays, et tous ces détails me charment ; je l'aime parce que c'est le sien et qu'elle a tout animé de sa présence, — elle qui est encore là tout près, et que cependant je ne verrai plus.

Le soleil couchant nous trouve assis devant la mosquée de Mehmed-Fatih, sur certain banc où nous avons autrefois passé de longues heures. Par-ci par-là, des groupes de musulmans, éparpillés sur l'immense place, fument en causant, et goûtent avec nonchalance les charmes d'une soirée de printemps.

Le ciel est redevenu calme et sans nuages ; j'aime ce lieu, j'aime cette vie d'Orient, j'ai peine à me figurer qu'elle est finie et que je vais partir.

Je regarde ce vieux portique noir, là-bas, et cette rue déserte qui s'enfonce dans un bas-fond sombre. C'est là qu'elle habite, et, en m'avançant de quelques pas, je verrais encore sa demeure.

Achmet a suivi mon regard et m'examine avec inquiétude : il a deviné ce que je pense, et compris ce que je veux faire.

— Ah ! dit-il, Loti, aie pitié d'elle si tu l'aimes ! Tu lui as dit adieu ; à présent, laisse-la !

Mais j'avais résolu de la voir, et j'étais sans force contre moi-même.

Achmet plaida avec larmes la cause de la raison, la cause même du simple bon sens : Abeddin était là, le vieil Abeddin, son maître, et toute tentative pour la voir devenait insensée.

— D'ailleurs, disait-il, si même elle sortait, tu n'as plus de maison pour la recevoir. Où trouveras-tu, Loti, dans Stamboul, l'hospitalité pour toi et la femme d'un autre ? Si elle te voit ou si les femmes lui disent que tu es là, elle se perdra comme une folle, et, demain, tu la laisseras dans la rue. Cela t'est égal, à toi qui vas partir ; mais, Loti, si tu fais cela, je te déteste et tu n'as pas de cœur.

Achmet baissa la tête, et se mit à frapper du pied contre le sol, parti qu'il avait coutume de prendre quand ma volonté dominait la sienne.

Je le laissai faire, et je me dirigeai vers le portique.

Je m'adossai contre un pilier, plongeant les yeux dans la rue sombre et déserte : on eût dit la rue d'une ville morte.

Pas une fenêtre ouverte, pas un passant, pas un bruit ; seulement, de l'herbe croissant entre les pierres, et, gisant sur le pavé, deux carcasses desséchées de chiens morts.

C'était un quartier aristocratique : les vieilles maisons, bâties en planches de nuances foncées, décelaient une opulence mystérieuse ; des balcons fermés, des shaknisirs en grande saillie, débordant sur la rue triste ; derrière les grilles de fer, des treillages discrets en lattes de frêne, sur lesquels des artistes d'autrefois avaient peint des arbres et des oiseaux. Toutes les fenêtres de Stamboul sont peintes et fermées de cette manière.

Dans les villes d'Occident, la vie du dedans se devine au-dehors ; les passants, par l'ouverture des rideaux, découvrent des têtes humaines, jeunes ou vieilles, laides ou gracieuses.

Le regard ne plonge jamais dans une demeure turque. Si la porte s'ouvre pour laisser passer un visiteur, elle s'entrebâille seulement ; quelqu'un est derrière, qui la referme aussitôt. L'intérieur ne se devine jamais.

Cette grande maison là-bas, peinte en rouge sombre, c'est celle d'Aziyadé. La porte est surmontée d'un soleil, d'une étoile et d'un croissant ; le tout en planches vermoulues. Les peintures qui ornent les treillages des shaknisirs représentent des tulipes bleues mêlées à des papillons jaunes. Pas un mouvement n'indique qu'un être vivant l'habite ; on ne sait jamais si, des fenêtres d'une maison turque, quelqu'un vous regarde ou ne vous regarde pas.

Derrière moi, là-haut, la grande place est dorée par le soleil couchant ; ici, dans la rue, tout est déjà dans l'ombre.

Je me cache à moitié derrière un pan de muraille, je regarde cette maison, et mon cœur bat terriblement.

Je pense à ce jour où je l'avais vue, et pour la première fois de ma vie, derrière les grilles de la maison de Salonique. Je ne sais plus ce que je veux, ni ce que je suis venu chercher ; j'ai peur que les autres femmes ne rient de moi ; j'ai peur d'être ridicule, et surtout j'ai peur de la perdre...

XX

Quand je remontai sur la place de Mehmed-Fatih, le soleil dorait en plein l'immense mosquée, les portiques arabes et les minarets gigantesques. Les oulémas qui sortaient de la prière du soir s'étaient tous arrêtés sur le seuil, et s'étageaient dans la lumière sur les grandes marches de pierre. La foule accourait vers eux et les entourait : au milieu du groupe, un jeune homme montrait le ciel, un jeune homme qui avait une admirable tête mystique. Le turban blanc des oulémas entourait son beau front large ; son visage était pâle, sa barbe et ses grands yeux étaient noirs comme de l'ébène.

Il montrait en haut un point invisible, il regardait avec extase dans la profondeur du ciel bleu et disait :

— Voilà Dieu ! Regardez tous ! Je vois Allah ! Je vois l'Éternel !

Et nous courûmes, Achmet et moi, comme la foule, auprès de l'ouléma qui voyait Allah.

XXI

Nous ne vîmes rien, hélas ! Nous en aurions eu besoin cependant. Alors, comme toujours j'aurais donné ma vie pour cette vision divine, ma vie seulement pour un signe du ciel, ma vie pour une simple manifestation du surnaturel.

— Il ment, disait Achmet ; quel est l'homme qui a jamais vu Allah ?

— Ah ! c'est vous, Loti, dit l'ouléma Izzet ; vous aussi, vous voulez voir Allah ? Allah, dit-il en souriant, ne se montre pas aux infidèles.

— Il est fou, dirent les derviches.

Et on emmena le visionnaire dans sa cellule.

Achmet avait profité de cette diversion pour m'entraîner sur le versant de Marmara, le plus loin d'elle possible. La nuit vint et nous trouva à moitié égarés.

XXII

Nous dînons sous les porches de la rue du Sultan-Sélim. Il est déjà tard pour Stamboul ; les Turcs se couchent avec le soleil.

L'une après l'autre, les étoiles s'allument dans le ciel pur ; la lune éclaire la rue large et déserte, les arcades arabes et les vieilles tombes. De loin en loin un café turc encore ouvert jette une lueur rouge sur les pavés gris ; les passants sont rares et circulent le fanal à la main ; par-ci par-là, de petites lampes tristes brûlent dans les kiosques funéraires. Je vois pour la dernière fois ces tableaux familiers ; demain, à pareille heure, je serai loin de ce pays.

— Nous allons descendre jusqu'à Oun-Capan, dit Achmet, qui a ce soir encore l'autorisation de faire le programme ; nous prendrons des chevaux jusqu'à Balate, un caïque jusqu'à Pri-pacha, et nous irons coucher chez Eriknaz qui nous attend.

Nous nous perdons pour aller à Oun-Capan, et les chiens aboient après nos lanternes ; nous connaissons bien cependant notre Stamboul, mais les vieux Turcs eux-mêmes se perdent la nuit dans ces dédales. Personne pour nous indiquer la route ; toujours les mêmes petites rues, qui montent, descendent et se contournent sans motif plausible, comme les sentiers d'un labyrinthe.

À Oun-Capan, à l'entrée du Phanar, deux chevaux nous attendent.

Un coureur nous précède, porteur d'un fanal de
deux mètres de haut, et nous partons comme le vent.

Le sombre et interminable Phanar est endormi ; tout
y est silencieux. Dans les rues où nous courons, le
soleil en plein midi hésite à descendre, et deux chevaux
ont peine à passer de front. D'un côté, c'est la grande
muraille de Stamboul ; de l'autre, de hautes maisons
bardées de fer et plus vieilles que l'islam, qui s'élargis-
sent par le haut, et font voûte sur la ruelle humide. Il
faut courber la tête en passant à cheval sous les balcons
des maisons byzantines, qui tendent au-dessus de vous
dans l'obscurité profonde leurs gros bras de pierre.

C'est le chemin que nous faisions chaque soir pour
rejoindre le logis d'Eyoub ; arrivés à Balate, nous en
sommes bien près, mais ce logis n'existe plus...

Nous réveillons un batelier qui nous mène en caïque
sur l'autre rive...

Là, c'est la campagne, et de grands cyprès noirs se
dressent au milieu des platanes.

Nous commençons aux lanternes l'ascension des
sentiers qui mènent à la case d'Eriknaz.

XXIII

Eriknaz-hanum est d'une laideur agréable et distinguée, blanche comme de la cire, les yeux et les sourcils
noirs comme l'aile du corbeau. Elle nous reçoit sans
voile, comme une femme franque.

Tout son intérieur respire l'ordre, l'aisance, et la
plus stricte propreté. Ses amies Murrah et Fenzilé, qui
veillaient avec elle, à notre arrivée prennent la fuite en
se cachant le visage. Elles étaient occupées à broder de
paillettes d'or de petites pantoufles rouges, à bouts
retroussés comme des trompettes.

Mon amie Alemshah, fille d'Eriknaz et nièce
d'Achmet, vient prendre sa place habituelle sur mes
genoux et s'y endort ; c'est une jolie petite créature de
trois ans, aux grands yeux de jais, mignonne et
proprette comme une poupée.

Après le café et la cigarette, on nous apporte deux

matelas blancs, deux *yatags* blancs, deux couvre-pieds blancs, le tout comme neige ; Eriknaz et Alemshah se retirent en nous souhaitant bonne nuit, et nous nous endormons tous deux d'un profond sommeil.

Un soleil radieux vient de grand matin nous éveiller, et quatre à quatre nous dégringolons les sentiers qui mènent à la Corne d'or. Un caïque matinal est là qui nous attend.

La multitude des cases noires de Pri-pacha, étagées là-haut en pyramide, baignent dans la lumière orangée, et toutes les vitres étincellent. Eriknaz et Alemshah nous regardent de loin partir, perchées, en robes rouges, au soleil levant, sur le toit de leur maison.

Voici Eyoub qui passe, voici le café de Suleïman, la petite place de la mosquée, et la case d'Arif-effendi, en pleine lumière du matin. Personne au bord de l'eau ; tout encore est clos et endormi.

Ma demeure, que j'ai si souvent vue sombre et triste, sous la neige et le vent du nord, me laisse comme dernière image un éblouissement de soleil.

Ce dernier lever du jour est d'une splendeur inaccoutumée ; tout le long de la Corne d'or, depuis Eyoub jusqu'au sérail, les dômes et les minarets se dessinent sur le ciel limpide en teintes roses ou irisées. Les caïques dorés commencent à circuler par centaines, chargés de passants pittoresques ou de femmes voilées.

Au bout d'une heure, nous sommes à bord. Tout y est sens dessus dessous, et c'est bien le départ cette fois.

Il est fixé pour midi.

XXIV

— Viens, Loti, dit Achmet ; allons encore à Stamboul, fumer notre narguilé ensemble pour la dernière fois...

Nous traversons en courant Sali-Bazar, Top-Hané, Galata. Nous voici au pont de Stamboul.

La foule se presse sous un soleil brûlant ; c'est bien le printemps, pour tout de bon, qui arrive comme moi je m'en vais. La grande lumière de midi ruisselle sur tout cet ensemble de murailles, de dômes et de minarets, qui couronnent là-haut Stamboul; elle s'éparpille sur une foule bariolée, vêtue des couleurs les plus voyantes de l'arc-en-ciel.

Les bateaux arrivent et partent, chargés d'un public pittoresque; les marchands ambulants hurlent à tue-tête, en bousculant la foule.

Nous connaissons tous ces bateaux qui nous ont transportés à tous les points du Bosphore; nous connaissons sur le pont de Stamboul toutes les échoppes, tous les passants, même tous les mendiants, la collection complète des estropiés, aveugles, manchots, becs-de-lièvre et culs-de-jatte ! Toute la truanderie turque est aujourd'hui sur pied; je distribue des aumônes à tout ce monde, et recueille toute une kyrielle de bénédictions et de salams.

Nous nous arrêtons à Stamboul, sur la grande place de Jeni-djami *, devant la mosquée. Pour la dernière fois de ma vie, je jouis du plaisir d'être en Turc, assis à côté de mon ami Achmet, fumant un narguilé au milieu de ce décor oriental.

Aujourd'hui, c'est une vraie fête du printemps, un étalage de costumes et de couleurs. Tout le monde est dehors, assis sous les platanes, autour des fontaines de marbre, sous les berceaux de vignes qui se couvriront bientôt de feuilles tendres. Les barbiers ont établi leurs ateliers dans la rue et opèrent en plein air; les bons musulmans se font gravement raser la tête, en réservant au sommet la mèche par laquelle Mahomet viendra les prendre pour les porter en paradis.

... Qui me portera, moi, dans un paradis quelconque ? quelque part ailleurs que dans ce vieux monde qui me fatigue et m'ennuie, quelque part où rien ne changera plus, quelque part où je ne serai pas perpétuellement séparé de ce que j'aime ou de ce que j'ai aimé ?

Si quelqu'un pouvait me donner seulement la foi

---

* Yeni-Validé-Djami.

musulmane, comme j'irais, en pleurant de joie, embrasser le drapeau vert du prophète !

— Digression stupide, à propos d'une queue réservée sur le sommet de la tête...

XXV

— Loti, dit Achmet, explique-moi un peu le voyage que tu vas faire.

— Achmet, dis-je, quand j'aurai traversé la mer de Marmara, l'Ak-Déniz (la mer vieille), comme vous l'appelez, j'en traverserai une beaucoup plus grande pour aller au pays des Grecs, une plus grande encore pour aller au pays des Italiens, le pays de ta « madame », et puis encore une plus grande pour atteindre la pointe d'Espagne. Si au moins je restais dans cette mer si bleue, la Méditerranée, je serais moins loin de vous ; ce serait encore un peu votre ciel, et les bateaux qui font le va-et-vient du Levant m'apporteraient souvent des nouvelles de la Turquie ! Mais j'entrerai dans une autre mer, tellement immense, que tu n'as aucune idée d'une étendue pareille, et il me faudra, là, naviguer plusieurs jours en remontant vers l'*étoile* (le nord) pour arriver dans mon pays — dans mon pays, où nous voyons plus souvent la pluie que le beau temps, et les nuages que le soleil.

» Je serai là-bas bien loin de vous et cette contrée ne ressemble guère à la tienne ; tout y est plus pâle, et les couleurs de toute chose y sont plus ternes ; c'est comme ici quand il fait de la brume, encore est-ce moins transparent.

» Le pays est si plat, que tu n'en as jamais vu de semblable, si ce n'est quand tu es allé en Arabie, faire à la Mecque le pèlerinage que tout bon musulman doit au tombeau du prophète ; seulement, au lieu de sable, c'est de l'herbe verte et de grands champs labourés. Les maisons sont toutes carrées et pareilles ; pour perspective, on n'a guère que le mur de son voisin, et souvent cette platitude vous étouffe, on voudrait s'élever pour voir plus loin.

» Encore n'y a-t-il pas, comme en Turquie, des escaliers pour monter sur les toits, et, moi qui te parle, ayant un jour eu l'idée de me promener sur ma maison, je me suis vu passer dans mon quartier pour un garçon excentrique.

» Tout le monde est à l'uniforme, paletot gris, chapeau ou casquette, et c'est pis qu'à Péra. Tout est prévu, réglé, numéroté ; il y a des lois sur tout et des règlements pour tout le monde, si bien que le dernier des cuistres, marchand de bonneterie ou garçon coiffeur, a les mêmes droits à vivre qu'un garçon intelligent et déterminé, comme toi ou moi par exemple.

» Enfin, croirais-tu, mon cher Achmedim, que, pour le quart de ce que nous faisons journellement à Stamboul, on aurait dans mon pays des pourparlers d'une heure avec le commissaire de police ! »

Achmet comprit très bien cet aperçu de civilisation occidentale, et resta un instant rêveur.

— Pourquoi, dit-il, après la guerre, n'amènerais-tu pas ta famille en Turquie d'Asie, Loti ?

» Loti, dit Achmet, je veux que tu emportes ce chapelet qui me vient de mon père Ibrahim, et promets-moi qu'il ne te quittera jamais. Je sais bien, reprit-il en pleurant, que je ne te reverrai plus. Dans un mois, nous aurons la guerre ; c'est fini des pauvres Turcs, c'est fini de Stamboul, les « Moscov » nous détruiront tous, et, quand tu reviendras, Loti, ton Achmet sera mort.

» Son corps restera quelque part dans la campagne, du côté du Nord ; il n'aura même pas une petite tombe en marbre gris, sous les cyprès, dans le cimetière de Kassim-Pacha ; Aziyadé sera passée en Asie, et tu ne retrouveras plus sa trace, personne ne pourra plus te parler d'elle. Loti, dit-il en pleurant, reste avec ton frère ! »

Hélas ! Je crains ces « Moscov » autant que lui-même, je tremble à cette idée horrible que je pourrais en effet perdre sa trace, et que je ne trouverais plus personne au monde qui pût jamais me parler d'elle !...

XXVI

Les muezzins montent à leurs minarets, c'est l'heure du namaze * de midi ; il est temps de partir.

En passant par Galata, je vais saluer leur « madame ». J'embrasserais presque cette vieille coquine.

Achmet me reconduit à bord, où nous nous disons adieu au milieu du tohu-bohu des visites et de l'appareillage.

Nous partons, et Stamboul s'éloigne...

XXVII

En mer, 27 mars 1877.

Un pâle soleil de mars se couche sur la mer de Marmara. L'air du large est vif et froid. Les côtes, tristes et nues, s'éloignent dans la brume du soir. Est-ce fini, mon Dieu, et ne la verrai-je plus ?

Stamboul a disparu ; les plus hauts dômes des plus hautes mosquées, tout s'est perdu dans l'éloignement, tout s'est effacé. Je voudrais seulement une minute la voir, je donnerais ma vie pour seulement toucher sa main ; j'ai une envie folle de sa présence.

J'ai encore dans la tête tout le tapage de l'Orient, les foules de Constantinople, l'agitation du départ, et ce calme de la mer m'oppresse.

Si elle était là, je pleurerais, ce que je n'ai pu faire ; je mettrais ma tête sur ses genoux et je pleurerais comme un enfant ; elle me verrait pleurer et elle aurait confiance. J'ai été bien tranquille et bien froid en lui disant adieu.

Et je l'adore pourtant. En dehors de toute ivresse, je l'aime, de l'affection la plus tendre et la plus pure ; j'aime son âme et son cœur qui sont à moi ; je l'aimerai encore au-delà de la jeunesse, au-delà du charme des

* Prière.

sens, dans l'avenir mystérieux qui nous apportera la
vieillesse et la mort.

Ce calme de la mer, ce ciel pâle de mars me serrent le
cœur. Je souffre bien, mon Dieu ; c'est une angoisse
comme si je l'avais vue mourir. J'embrasse ce qui me
vient d'elle ; je voudrais pleurer, et je ne le puis même
pas.

Elle est à cette heure dans son harem, ma bien-
aimée, dans quelque appartement de cette demeure si
sombre et si grillée, étendue, sans paroles et sans
larmes, anéantie, à l'approche de la nuit.

Achmet est resté, nous suivant des yeux, assis sur le
quai de Foundoucli ; je l'ai perdu de vue en même
temps que ce coin familier de Constantinople, où,
chaque soir, Samuel ou lui venaient m'attendre.

Lui aussi pense que je ne reviendrai plus.

Pauvre petit ami Achmet, je l'aimais bien, celui-là
encore ; son amitié m'était douce et bienfaisante.

C'est fini de l'Orient, le rêve est achevé[60]. La patrie
est devant nous ; dans ce paisible petit Brightbury là-
bas, on m'attend avec bonheur. Moi aussi, je les aime
tous, mais qu'il est triste ce foyer qui m'attend !

Je revois ce nid, chéri pourtant, où s'est passée mon
enfance, les vieux murs et le lierre, le ciel gris du
Yorkshire, les vieux toits, la mousse et les tilleuls,
témoins d'autrefois, témoins des premiers rêves et du
bonheur que rien dans le monde ne peut plus me
rendre.

Souvent déjà j'y suis revenu, au foyer, le cœur
tourmenté et déchiré ; j'y ai rapporté bien des passions,
bien des espérances, toujours brisées ; il est rempli de
poignants souvenirs, son calme béni n'a plus sur moi
son action salutaire ; j'étoufferai là maintenant, comme
une plante privée de soleil...

XXVIII

A LOTI, DE SA SŒUR

Brightbury, avril 1877.

Cher frère aimé, je veux, moi aussi, te souhaiter la bienvenue dans notre pays. Fasse Celui auquel je me confie que tu t'y trouves bien et que notre tendresse adoucisse tes peines ! Il me semble que nous ne négligerons rien pour cela, nous sommes pleins de la joie de ton retour.

Je fais souvent la réflexion qu'alors qu'on est si aimé, si chéri, et qu'on est l'affection et la pensée dominante de tant de cœurs, il n'y a point de quoi se croire une vie *maudite* et déshéritée dans ce monde. Je t'ai écrit à Constantinople une longue lettre que tu ne recevras sans doute jamais. Je te disais combien je prenais part à tes peines, à tes douleurs même. Va, j'ai plus d'une fois versé des larmes en songeant à l'histoire d'Aziyadé.

Je pense, cher petit frère, que ce n'est pas tout à fait ta faute, si tu laisses ainsi partout un morceau de ta pauvre existence. On se l'est bien disputée, cette existence, bien qu'elle ne soit pas longue encore... mais tu sais que je crois qu'il y aura bientôt quelqu'un qui la prendra tout à fait, et que tu t'en trouveras le mieux du monde.

Le rossignol et le coucou, la fauvette et les hirondelles saluent ton arrivée ; tu ne pouvais pas mieux tomber que dans cette saison. Qui sait si nous allons pouvoir te garder un peu, pour te bien gâter.

Adieu ; tous nos baisers, et à bientôt !

XXIX

Traduction d'un grimoire turc, écrit sous la dictée d'Achmet par un écrivain public de la place d'Emin-Ounou à Stamboul, et adressé à Loti, à Brightbury.

« ALLAH !

» Mon cher Loti,

» Achmet te fait beaucoup de salutations.

» J'ai fait remettre ta lettre de Mytilène à Aziyadé par la vieille Kadidja ; elle l'a serrée dans sa robe, et n'a pas pu se la faire lire encore, parce qu'elle n'est pas sortie depuis ton départ.

» Le vieux Abeddin a soupçonné et tout deviné, car nous avions été sans prudence pendant les derniers jours. Il ne lui a pas fait de reproches, a dit Kadidja, et ne l'a pas chassée, parce qu'il l'aimait beaucoup. Seulement, il n'entre plus dans son appartement ; il ne prend plus garde à elle et il ne lui parle plus. Les autres femmes aussi du harem l'ont abandonnée, excepté Fenzilé-hanum, qui est allée pour elle consulter le hodja (le sorcier).

» Elle est malade depuis ton départ ; cependant le grand ekime (médecin) qui l'a vue a dit qu'elle n'avait rien et n'est pas revenu.

» C'est la vieille qui avait un jour arrêté le sang de sa main qui la soigne ; elle est sa confidente et je crois qu'elle l'a dénoncée pour de l'argent.

» Aziyadé te fait dire qu'elle ne vit pas sans toi ; qu'elle ne voit pas le moment de ton retour à Constantinople ; qu'elle ne croit pas qu'elle puisse jamais *voir tes yeux face à face* et qu'il lui semble qu'il n'y a plus de soleil.

» Loti, les paroles que tu m'as dites, ne les oublie pas ; les promesses que tu m'as faites, ne les oublie jamais ! Dans ta pensée, crois-tu que je peux être heureux un seul moment sans toi à Constantinople ? Je ne le puis pas, et, quand tu es parti, mon cœur s'est brisé de peine.

» On ne m'a pas encore appelé pour la guerre, à cause de mon père, qui est très vieux ; cependant je pense qu'on m'appellera bientôt.

Je te salue

Ton frère,

ACHMET. »

« *P.-S.* — Le feu a pris dans le quartier du Phanar cette dernière semaine. Le Phanar est tout brûlé. »

XXX

LOTI A IZEDDIN-ALI, A STAMBOUL

Brightbury, 15 mai 1877.

Mon cher Izeddin-Ali[61],

Me voici dans mon pays, bien différent du vôtre ! sous les vieux tilleuls qui m'ont abrité enfant, dans ce petit Brightbury dont je vous parlais à Stamboul, au milieu de mes bois de chênes verts. C'est le printemps, mais un pâle printemps : de la pluie et de la brume, un peu comme chez vous l'hiver.

J'ai repris l'uniforme d'Occident, chapeau et paletot gris, il me semble par instants que mon costume, c'est le vôtre, et que c'est à présent que je suis déguisé.

J'aime ce petit coin de la patrie cependant ; j'aime ce foyer de la famille que j'ai tant de fois déserté ; j'aime ceux qui m'aiment ici, et dont l'affection rendait douces et heureuses mes premières années. J'aime tout ce qui m'entoure, même cette campagne et ces vieux bois qui ont leur charme à eux, un grand charme *pastoral*, quelque chose qu'il m'est difficile de définir pour vous, charme du passé, charme d'autrefois et des anciens bergers.

Les nouvelles se succèdent, mon cher effendim, les nouvelles de la guerre ; les événements se précipitent. J'avais espéré que le peuple anglais prendrait parti pour la Turquie, et je ne vis qu'à moitié, si loin de Stamboul. Vous avez mes sympathies ardentes ; j'aime votre pays, je fais pour lui des vœux sincères, et sans doute vous me reverrez bientôt.

Et puis, vous l'avez deviné, effendim, je l'aime, *elle*, dont vous aviez soupçonné et toléré la présence. Votre cœur est grand ; vous êtes au-dessus de toutes les conventions, de tous les préjugés. Je puis bien vous le

dire à vous que je l'aime, et que, pour elle surtout, je
reviendrai bientôt.

XXXI

Brightbury, mai 1877.

J'étais assis à Brightbury, sous les vieux tilleuls. Une
mésange à tête bleue chantait au-dessus de ma tête une
chanson compliquée et fort longue ; elle y mettait toute
son âme de mésange, et son chant réveillait chez moi
un monde de souvenirs.

C'était confus d'abord, comme les souvenirs lointains ; puis peu à peu les images vinrent, plus nettes et
plus précises, je m'y retrouvai tout à fait.

Oui, c'était là-bas, à Stamboul, — une de nos
grandes imprudences, un de nos jours d'école buisson-
nière et de témérité. Mais c'est si grand, Stamboul ! on
y est si inconnu !... Et le vieil Abeddin, qui était à
Andrinople !...

C'était une belle après-midi d'hiver, et nous nous
promenions tous deux, elle et moi, heureux comme
deux enfants de nous trouver ensemble au soleil, une
fois par hasard, et de courir la campagne.

Il était triste cependant le lieu de promenade que
nous avions choisi : nous longions la grande muraille
de Stamboul, lieu solitaire par excellence, et où tout
semble s'être immobilisé depuis les derniers empereurs
byzantins.

La grande ville a toutes ses communications par
mer, et autour de ses murs antiques le silence est aussi
complet qu'aux abords d'une nécropole. Si, de loin en
loin, quelques portes s'ouvrent dans les épaisseurs de
ces remparts, on peut affirmer que personne n'y passe
et qu'il eût autant valu les supprimer. Ce sont du reste
de petites portes basses, contournées, mystérieuses,
surmontées d'inscriptions dorées et d'ornements
bizarres.

Entre la partie habitée de la ville et ses fortifications
s'étendent de vastes terrains vagues occupés par des

masures inquiétantes, des ruines éboulées de tous les âges de l'histoire.

Et rien au-dehors ne vient interrompre la longue monotonie de ces murailles ; à peine, de distance en distance, un minaret dressant sa tige blanche ; toujours les mêmes créneaux, toujours les mêmes tours, la même teinte sombre apportée par les siècles, — les mêmes lignes régulières, qui s'en vont, droites et funèbres, se perdre dans l'extrême horizon.

Nous marchions tous deux seuls au pied de ces grands murs. Tout autour de nous, dans la campagne, c'étaient des bois de ces cyprès gigantesques, hauts comme des cathédrales, à l'ombre desquels par milliers se pressaient les sépultures des Osmanlis. Je n'ai vu nulle part autant de cimetières que dans ce pays, ni autant de tombes, ni autant de morts.

— Ces lieux, disait Aziyadé, étaient affectionnés d'Azraël [62], qui, la nuit, y arrêtait son vol. Il repliait ses grandes ailes et marchait comme un homme sous ces ombrages terribles.

Cette campagne était silencieuse, ces sites imposants et solennels.

Et cependant nous étions gais, tous les deux, heureux de notre escapade, heureux d'être jeunes et libres, de circuler une fois par hasard, en plein vent comme tout le monde, et sous le beau ciel bleu.

Son yachmak, très épais, était ramené sur ses yeux jusqu'à dérober tout son front ; à peine voyait-on, par l'ouverture du voile, rouler ses prunelles, si limpides et si mobiles ; son féredjé d'emprunt était d'une couleur foncée, d'une coupe sévère, que n'adoptent point d'ordinaire les femmes élégantes et jeunes. Et le vieil Abeddin lui-même ne l'eût point reconnue.

Nous marchions d'un pas souple et rapide, frôlant les modestes marguerites blanches et l'herbe courte de janvier, respirant à pleine poitrine le bon air vif et piquant des beaux jours d'hiver.

Tout à coup, dans ce grand silence, nous entendîmes un délicieux chant de mésange, en tout semblable à celui d'aujourd'hui ; les petits oiseaux de même espèce répètent dans tous les coins du monde la même chanson.

Aziyadé s'arrêta court, étonnée ; avec une mine de stupéfaction comique, du bout de son doigt teint de henné, elle me montrait le petit chanteur posé près de nous sur une branche de cyprès. Ce petit oiseau, tout petit, tout seul, se donnait tant de mal pour faire tout ce bruit, il se démenait d'un air si important et si joyeux, que, de bon cœur, nous nous mîmes à rire.

Et nous restâmes là longtemps à l'écouter, jusqu'au moment où il prit son vol, effrayé par six grands chameaux qui s'avançaient d'une allure bête, attachés à la queue leu leu par des ficelles.

Après... après, nous vîmes poindre une troupe de femmes en deuil qui se dirigeaient vers nous.

C'étaient des femmes grecques ; deux popes marchaient en tête ; elles portaient un petit cadavre, à découvert sur une civière, suivant leur rite national.

— *Bir guzel tchoudjouk* (Un joli petit enfant !), dit Aziyadé devenue sérieuse.

En effet, c'était une jolie petite fille de quatre ou cinq ans, une délicieuse poupée de cire qui semblait endormie sur des coussins. — Elle était vêtue d'une élégante robe de mousseline blanche et portait sur la tête une couronne de fleurs d'or.

Il y avait une fosse creusée au bord du chemin. On enterre ainsi les morts n'importe où, le long des routes ou au pied des murs...

— Approchons-nous, dit Aziyadé, redevenue enfant ; on nous donnera des bonbons.

On avait dérangé pour creuser cette fosse un cadavre qui ne devait pas être fort ancien ; la terre qui en était sortie était pleine d'ossements et de lambeaux de diverses étoffes. Il y avait surtout un bras, plié à angle droit, dont les os, encore rouges, se tenaient au coude par quelque chose que la terre n'avait pas eu le temps de dévorer.

Il y avait là deux *popes* à grands cheveux de femme, couverts de sordides oripeaux dorés, sales, patibulaires, assistés de quatre mauvais drôles d'enfants de chœur.

Ils marmottèrent quelque chose sur l'enfant mort, et puis la mère lui enleva sa couronne de fleurs, et emprisonna avec soin ses cheveux blonds dans un petit bonnet de nuit, toilette qui nous eût fait sourire, si elle n'eût pas été faite par cette mère.

Quand elle fut couchée tout au fond sur le sol humide, sans planches, sans bière, on jeta sur elle cette terre malsaine ; tout tomba dans le trou, sur la jolie petite figure de cire, y compris les vieux os et le vieux coude ; et elle fut promptement enfouie.

On nous donna des bonbons en effet ; j'ignorais cet usage grec.

Une jeune fille, puisant dans un sac rempli de dragées blanches, en remit une poignée à chacun des assistants, et nous en eûmes aussi, bien que nous fussions turcs.

Quand Aziyadé tendit la main pour recevoir les siennes, ses yeux étaient pleins de larmes...

XXXII

Le fait est que ce petit oiseau était drôle de se trouver si heureux de vivre, et d'être si gai au milieu de ce site funèbre !...

. . . .

V

AZRAËL

Juin 1877.

... C'est bien le ciel pur et la mer bleue du Levant.
Là-bas, quelque chose se dessine ; l'horizon se frange
de mosquées et de minarets ; — mon cœur bat, c'est
Stamboul !

Je mets pied à terre. — C'est une émotion vive que
de me retrouver dans ce pays...

Achmet n'est plus là, à son poste, caracolant à Top-
Hané sur son cheval blanc. Galata même est mort ; on
voit que quelque chose de terrible comme une guerre
d'extermination se passe au dehors.

... J'ai repris mes habits turcs. Je cours à Azar-
kapou. Je monte dans le premier caïque qui passe. Le
caïqdji me reconnaît.

— Et Achmet ?... dis-je.

— Parti, parti pour la guerre !

J'arrive chez Eriknaz, sa sœur.

— Oui, parti, dit-elle. Il était à Batoum, et, depuis
la bataille, nous sommes sans nouvelles.

Les sourcils noirs d'Eriknaz s'étaient contractés avec
douleur ; elle pleurait amèrement ce frère que les
hommes lui avaient ravi, et la petite Alemshah pleurait
en regardant sa mère.

Je me rendis à la case de Kadidja ; mais la vieille
avait déménagé, et personne ne put m'indiquer sa
demeure.

II

Alors, je me dirigeai seul vers la mosquée de Mehmed-Fatih, vers la maison d'Aziyadé, sans arrêter aucun projet dans ma tête troublée, sans songer même à ce que j'allais faire, poussé seulement par le besoin de m'approcher d'elle et de la voir !...

Je traversai ce monceau de ruines et de cendres qui avait été autrefois l'opulent Phanar ; ce n'était plus qu'une grande dévastation, une longue suite de rues funèbres, encombrées de débris noirs et calcinés. C'était ce Phanar que, chaque soir, je traversais gaiement pour aller à Eyoub, où m'attendait ma chérie...

On criait dans ces rues ; des groupes d'hommes à peine vêtus, levés pour la guerre, à moitié armés, à moitié sauvages, aiguisaient leurs yatagans sur les pierres, et promenaient de vieux drapeaux verts, zébrés d'inscriptions blanches.

Je marchai longtemps. Je traversai les quartiers solitaires de l'Eski-Stamboul *.

J'approchai toujours. J'étais dans la rue sombre qui monte à Mehmed-Fatih, la rue qu'elle habitait !...

Les objets extérieurs étalaient au soleil des aspects sinistres qui me serraient le cœur. Personne dans cette rue triste ; un grand silence, et rien que le bruit de mes pas...

Sur les pavés, sur l'herbe verte, apparut une tournure de vieille, rasant les murailles ; sous les plis de son manteau passaient ses jambes maigres et nues, d'un noir d'ébène ; elle trottinait tête basse, et se parlait à elle-même... C'était Kadidja.

Kadidja me reconnut. Elle poussa un intraduisible *Ah !* avec une intonation aiguë de négresse ou de macaque, et un ricanement de moquerie.

— Aziyadé ? dis-je.

— *Eûlû ! eûlû !* dit-elle en appuyant à plaisir sur ces

---

* Le Vieux Stamboul.

mots bizarrement sauvages qui, dans la langue tartare, désignent la mort.

— *Eûlû! eûlmûch!* criait-elle, comme à quelqu'un qui ne comprend pas.

Et, avec un ricanement de haine et de satisfaction, elle me poursuivait sans pitié de ce mot funèbre :

— Morte! Morte!... elle est morte!

On ne comprend pas de suite un mot semblable, qui tombe inattendu comme un coup de foudre; il faut un moment à la souffrance, pour vous étreindre et vous mordre au cœur. Je marchais toujours, j'avais horreur d'être si calme. Et la vieille me suivait pas à pas, comme une furie, avec son horrible *Eûlû! eûlû!*

Je sentais derrière moi la haine exaspérée de cette créature, qui adorait sa maîtresse que j'avais fait mourir. J'avais peur de me retourner pour la voir, peur de l'interroger, peur d'une preuve et d'une certitude, et je marchais toujours, comme un homme ivre...

. . . .

III

Je me retrouvai appuyé contre une fontaine de marbre, près de la maison peinte de tulipes et de papillons jaunes qu'Aziyadé avait habitée; j'étais assis et la tête me tournait; les maisons sombres et désertes dansaient devant mes yeux une danse macabre; mon front frappait sur le marbre et s'ensanglantait; une vieille main noire, trempée dans l'eau froide de la fontaine, faisait matelas à ma tête... Alors, je vis la vieille Kadidja près de moi qui pleurait; je serrai ses mains ridées de singe; — elle continuait de verser de l'eau sur mon front...

Des hommes qui passaient ne prenaient pas garde à nous; ils causaient avec animation, en lisant des papiers qu'on distribuait dans les rues, des nouvelles de la première bataille de Kars. On était aux mauvais jours des débuts de la guerre, et les destinées de l'islam semblaient déjà perdues.

IV

Je veille, et, nuit et jour, mon front rêve enflammé,
    Ma joue en pleurs ruisselle,
Depuis qu'Albaydé dans la tombe a fermé
    Ses beaux yeux de gazelle.
                              VICTOR HUGO, *Orientales* [63].

La chose froide que je tenais serrée dans mes bras était une borne de marbre plantée dans le sol.

Ce marbre était peint en bleu d'azur, et terminé en haut par un relief de fleurs d'or. Je vois encore ces fleurs et ces lettres dorées en saillie, que machinalement je lisais...

C'était une de ces pierres tumulaires qui sont en Turquie particulières aux femmes, et j'étais assis sur la terre, dans le grand cimetière de Kassim-Pacha.

La terre rouge et fraîchement remuée formait une bosse de la longueur d'un corps humain ; de petites plantes déracinées par la bêche étaient posées sur ce guéret les racines en l'air ; tout alentour, c'étaient la mousse et l'herbe fine, des fleurs sauvages odorantes. — On ne porte ni bouquets ni couronnes sur les tombes turques.

Ce cimetière n'avait pas l'horreur de nos cimetières d'Europe ; sa tristesse orientale était plus douce, et aussi plus grandiose. De grandes solitudes mornes, des collines stériles, çà et là plantées de cyprès noirs ; de loin en loin, à l'ombre de ces arbres immenses, des mottes de terre retournées de la veille, d'antiques bornes funéraires, de bizarres tombes turques, coiffées de tarbouchs et de turbans.

Tout au loin, à mes pieds, la Corne d'or, la silhouette familière de Stamboul, et là-bas... Eyoub !

C'était un soir d'été ; la terre, l'herbe sèche, tout était tiède, à part ce marbre autour duquel j'avais noué mes bras, qui était resté froid ; sa base plongeait en terre, et se refroidissait au contact de la mort.

Les objets extérieurs avaient ces aspects inaccoutumés que prennent les choses, quand les destinées des hommes ou des empires touchent aux grandes crises décisives, quand les destinées s'achèvent.

On entendait au loin les fanfares des troupes qui partaient pour la guerre sainte, ces étranges fanfares turques, unisson strident et sonore, timbre inconnu à nos cuivres d'Europe ; on eût dit le suprême hallali de l'islamisme et de l'Orient, le chant de mort de la grande race de Tchengiz.

Le yatagan turc traînait à mon côté, je portais l'uniforme de *yuzbâchi ;* celui qui était là ne s'appelait plus Loti, mais Arif, le *yuzbâchi* Arif-Ussam ; — j'avais sollicité d'être envoyé aux avant-postes, je partais le lendemain...

Une tristesse immense et recueillie planait sur cette terre sacrée de l'islam ; le soleil couchant dorait les vieux marbres verdâtres des tombes, il promenait des lueurs roses sur les grands cyprès, sur leurs troncs séculaires, sur leur mélancolique ramure grise. Ce cimetière était comme un temple gigantesque d'Allah ; il en avait le calme mystérieux, et portait à la prière.

J'y voyais comme à travers un voile funèbre, et toute ma vie passée tourbillonnait dans ma tête avec le vague désordre des rêves ; tous les coins du monde où j'ai vécu et aimé, mes amis, mon frère, des femmes de diverses couleurs que j'ai adorées, et puis, hélas ! le foyer bien-aimé que j'ai déserté pour jamais, l'ombre de nos tilleuls, et ma vieille mère...

Pour elle qui est là couchée, j'ai tout oublié !... Elle m'aimait, elle, de l'amour le plus profond et le plus pur, le plus humble aussi ; et tout doucement, lentement, derrière les grilles dorées du harem, elle est morte de douleur, sans m'envoyer une plainte. J'entends encore sa voix grave me dire : « Je ne suis qu'une petite esclave circassienne, moi... Mais, *toi, tu sais ;* pars, Loti, si tu le veux ; fais suivant ta volonté ! »

Les fanfares retentissaient dans le lointain, sonores comme les fanfares bibliques du jugement dernier ; des milliers d'hommes criaient ensemble le nom terrible d'Allah, leur clameur lointaine montait jusqu'à moi et remplissait les grands cimetières de rumeurs étranges.

Le soleil s'était couché derrière la colline sacrée

d'Eyoub, et la nuit d'été descendait transparente sur l'héritage d'Othman...

... Cette chose sinistre qui est là-dessous, si près de moi que j'en frémis, cette chose sinistre déjà dévorée par la terre, et que j'aime encore... Est-ce tout, mon Dieu ?... Ou bien y a-t-il un reste indéfini, une âme, qui plane ici dans l'air pur du soir, quelque chose qui peut me voir encore pleurant là sur cette terre ?...

Mon Dieu, pour elle je suis près de prier, mon cœur, qui s'était durci et fermé dans la comédie de la vie, s'ouvre à présent à toutes les erreurs délicieuses des religions humaines, et mes larmes tombent sans amertume sur cette terre nue. Si tout n'est pas fini dans la sombre poussière, je le saurai bientôt peut-être, je vais tenter de mourir pour le savoir...

V

CONCLUSION

On lit dans le *Djerideï-havadis* *, journal de Stamboul :

« Parmi les morts de la dernière bataille de Kars [64], on a retrouvé le corps d'un jeune officier de la marine anglaise, récemment engagé au service de la Turquie sous le nom de Arif-Ussam-effendi.

» Il a été inhumé parmi les braves défenseurs de l'islam (que Mahomet protège !), aux pieds du Kizil-Tépé, dans les plaines de Karadjémir. »

* Journal des Nouvelles.

NOTES

1. Dans la première édition d'*Aziyadé* (« à la femme turque »)
cette préface est précédée d'une lettre :
  « De William Brown à Plumkett. Juin 1877.

Mon cher Plumkett, Loti est mort, Loti a quitté la sombre terre où
il avait follement brûlé sa vie.

Il a tout oublié, tout abandonné pour suivre, dans ce galop qui l'a
tué, son *fatum*, sa singulière destinée.

Je t'adresse ces notes éparses ; le public y démêlera ce qu'il pourra,
mais je voudrais les voir publier telles qu'elles ont été écrites par la
main de cet ami que nous avons tant aimé. W. Brown. »

Plumkett est le surnom de Lucien-Hervé Jousselin, ami de Loti
depuis l'École navale. Il joue un rôle important dans la publication
d'*Aziyadé*. Il signera plus tard un livre avec Loti, *Fleurs d'ennui*
(1883).

2. Ce long poème en trois chants est de 1832. Les vers cités sont
extraits de la strophe XI du Premier Chant :

> Il était indolent, et très opiniâtre ;
> Bien cambré, bien lavé, le visage olivâtre,
> Des mains de patricien, — l'aspect fier et nerveux,
> La barbe et les sourcils très noirs, — un corps d'albâtre.
> Ce qu'il avait de beau surtout, c'étaient les yeux.
> Je ne vous dirai pas un mot de ses cheveux ;

Hassan semble bien être un modèle pour Loti : comme lui il est
petit, il a de beaux yeux, et surtout, Hassan est un Français devenu
musulman, tentation permanente pour le Loti d'*Aziyadé*. Le poème
raconte une vague histoire de califes, d'esclaves et de harems...

3. Autre poème de Musset (1833). Plumkett pense peut-être,
puisqu'il est question de naïveté, au vers :

> C'était un noble cœur, naïf comme l'enfance.

Dans *Le Roman d'un enfant* Loti attribue, pour sa formation et son
épanouissement sensuel, un rôle capital aux *Poésies* de Musset,
« poète défendu » : il cite des vers de *Rolla* et de *Don Paez* (aux
chapitres 76 et 78 ; cf. notre édition, GF n° 509).

4. Ces trois vers, mal cités, font partie du poème X du recueil *Les Rayons et les Ombres* (1840). Il n'est nulle part question d'un titre « Les Ondines » :

X

Comme dans les étangs assoupis sous les bois,
Dans plus d'une âme on voit deux choses à la fois,
Le ciel, qui teint les eaux à peine remuées
Avec tous ses rayons et toutes ses nuées,
Et la vase, — fond morne, affreux, sombre et dormant,
Où des reptiles noirs fourmillent vaguement.

7 mai 1839

Musset dit à peu près la même chose dans *Namouna* (Ch. 1, str. XVI) :

C'est qu'on pleure en riant ; c'est qu'on est innocent
Et coupable à la fois ; — c'est qu'on se croit parjure
Lorsqu'on n'est qu'abusé ; c'est qu'on verse le sang
Avec des mains sans tache, et que notre nature
A de mal et de bien pétri sa créature :
Tel est le monde, hélas ! et tel était Hassan.

5. A cette époque Salonique et la Macédoine font encore partie de l'empire ottoman.

6. Le 6 mai 1876 les consuls français et allemand à Constantinople avaient été assassinés par la foule. La crise orientale met aux prises, d'une part, l'empire ottoman en proie à la révolte de populations chrétiennes et, de l'autre, la Russie et l'Autriche-Hongrie. Le sultan est alors Abd-ul-Aziz qui va être renversé et remplacé par Abd-ul-Hamid (p. 79). La Grande-Bretagne, contrairement à la France assez peu concernée, veut faire respecter l'intégrité de l'empire ottoman. (Voir en Annexe le récit par Loti de ces journées sanglantes.)

7. Dans la réalité et le « Journal intime » (J.I.) : Daniel (cf. Préface et Annexe).

8. Dans le « Journal intime » la même lettre est adressée à
« Léon Baudin, s-lieutenant au 30ᵉ de ligne, à Annecy »
et datée du 2 juin.
Léon Baudin était ami de Loti depuis le séjour à Joinville de 1875. Il faisait partie de la bande des « Golos » qui comprenait Loti et cinq ou six camarades, pour des sorties nocturnes plus ou moins agitées (cf. JOP, p. 116). Loti le nomme souvent « Badio ».
Voir en Annexe une autre version de cette lettre (à Nelly Lieutier).

9. « ... c'était pour Sarah Bernhardt, l'étoile ; la scène se passait dans un fiacre, ou rue de Richelieu, chez la maîtresse du grand Martin » (J.I.)

10. « Mon cher Badio » et plus bas « mon cher Léon » (J.I.)

11. « En automne en Savoie. Je vous embrasse en attendant et vous prie d'embrasser pour moi la petite Zizoule » (maîtresse de Baudin qui tient une grande place dans cette correspondance). Plus

loin (chapitre XVI, p. 55) « l'ingénieur Thompson » est « l'ingénieur Thévenet » (Cf. fac-similé).

12. A l'ouest de Salonique : maintenant Bitola en Yougoslavie.

13. Rencontre ou récriture : on pense au « Che vuoi » de Biondetta du *Diable amoureux* de Cazotte ? Voir en Annexe la rédaction première des chapitres concernant Samuel.

14. La Circassie est une région située au nord du Caucase. Musulmans, les Circassiens (ou Tcherkesses) quittèrent l'empire russe, entre 1864 et 1890, pour vivre sous un souverain musulman.

15. Hebdomadaire satirique fondé en 1840, et dirigé après 1870, par Léon Bienvenue (Touchatout).

16. Les deux becs de la plume (cf. le début de la lettre). Toutes ces images sont de Jousselin (Plumkett) et non de Loti. Voir en Annexe la Lettre originale de Jousselin.

17. Allusion à la célèbre chanson de G. Nadaud : « Les Deux Gendarmes » :

> « Brigadier répondit Pandore
> Brigadier vous avez raison ».

18. Loti fait allusion à la femme aimée lors de son séjour à Saint-Louis du Sénégal en 1874. Un grand mystère entoure encore cette aventure amoureuse, Loti ayant détruit dans son « Journal » tout ce qui s'y rapportait. Il eut probablement un fils de cette femme qu'il essaya, malgré serments et interdictions, de revoir à Genève et à Annecy (cf. *Un jeune officier pauvre*, passim) (Note 57).

19. Dans la réalité le *Prince of Wales* est la *Couronne*, frégate cuirassée, et le *Deerhound* est le *Gladiateur*, canonnière de flotille. Loti a toujours apporté un soin extrême à la décoration de ses cabines d'officier. Le 24 avril 1876, par exemple, il écrit à Plumkett : « A bord de la *Couronne* : A bord, j'ai meublé ma chambre dans le goût du commencement du siècle dernier. Les murs sont tapissés d'une étoffe de soie rouge " à grands ramages ", le lit recouvert d'une lourde broderie du XVIIe siècle ; il y a de vieilles glaces aux frontons de dorures extraordinaires, des armes et des vases de faïence ancienne, toujours pleins de roses... Un jour, que je n'avais pas dix francs dans ma poche, je suis allé jouer ; tout ce luxe est le résultat d'une nuit de chance » (*Un jeune officier pauvre*, p. 138) : cf. la roulette dans *Aziyadé*. Plus tard, sa cabine sera un concentré d'Istanbul : étoffe turque rapportée d'Eyoub, sachets en drap d'or (taillés dans la veste " d'une petite fille circassienne ", la veste qu'Hakidjé portait lorsqu'on la mena pour la vendre à Stamboul » (*Journal intime*[a], p. 35) et des portraits d'Hakidjé et de Sarah Bernhardt.

---

a. P. Loti, *Journal intime*, 1878-1881, publié par son fils, Samuel P. Loti-Viaud, Calmann-Lévy, 1925.

20. Julien Viaud a séjourné à Tahiti en février-mars 1872. C'est là qu'il reçoit le surnom de Loti (cf. *Le Mariage de Loti*). Le « Journal intime » donne une version différente : « une bande ainsi composée : un camarade à moi de Tahiti, un peu Kanaque comme moi-même... »

21. Péra (aujourd'hui Beyoglu) formait avec Galata, sur la rive Nord de la Corne d'Or, la partie occidentalisée de la ville. Stamboul, sur la rive Sud, était restée plus traditionnelle, musulmane. Pour localiser la plupart de ces noms de lieux, cf. Plan de Constantinople, Annexe I.

22. Loti utilise de véritables lettres de sa sœur Marie Bon ; dans ces lettres Brightbury est Saint-Porchaire (au sud de Rochefort), Brighton le château de La Roche-Courbon, et le Yorkshire est la Saintonge.
    Le *tous deux* du troisième paragraphe désigne Julien et son ami Joseph Bernard qu'il connaît depuis 1869 et l'École navale. Cette amitié extrêmement puissante a pris fin brutalement l'année précédente, du fait de J. Bernard, apparemment à la suite de l'aventure du Sénégal (cf. Notes 18 et 55).

23. Abd-ul-Hamid II, frère de Mourad V, lui succède le 31 août 1876. Il est sacré le 7 septembre. Julien Viaud rend compte du sacre (chap. XIII) dans *Le Monde illustré* du 23 septembre, par un dessin et des notes. (Voir Annexes).

24. La Grande Mosquée de Soliman.

25. Sur le degré exact de connaissance de la langue turque par Loti, tel qu'il se manifeste dans le roman en particulier, on se reportera à la mise au point effectuée par P. Briquet dans *P. Loti et l'Orient*.

26. Ce sont bien les thèmes de *Rolla* et de *Namouna* mais on peut aussi penser à Lorenzo, à certains discours de Perdican...

27. Né en 1850, Loti a 26 ans au début de l'aventure, 27 quand elle se termine et qu'il en fait un roman.

28. Etrange comparaison : dans l'imaginaire collectif comme dans les dictionnaires, le capucin représente plus l'ascète que le moine paillard. A moins que Loti ne pense à la débauche dissimulée sous des apparences de dévotion.
    Dans son *Voyage en Orient* Nerval évoque Caragueuz en termes à peu près semblables : « Il est incroyable que cette indécente figure soit mise sans scrupule dans les mains de la jeunesse. C'est pourtant le cadeau le plus fréquent qu'un père ou une mère fassent à leurs enfants. L'Orient a d'autres idées que nous sur l'éducation et sur la morale. On cherche là à développer les sens, comme nous cherchons à les éteindre... » (GF Flammarion nº 333, t. II, p. 202.)

29. Dans *Fantôme d'Orient* Loti avoue avoir omis de raconter les deux mois passés à Hadjikeuï (Hasköy) avant de s'installer à Eyoub. C'est là qu'il reçoit Hakidjé (Aziyadé), le 4 décembre 1876.

30. Personnage des *Huguenots* de Meyerbeer (1836) sur un livret de Scribe. A la scène 3 de l'acte I, il dit de son serviteur Marcel :

> « Cœur fidèle, mais inflexible,
> Diamant brut incrusté dans le fer ! »

Loti chantera ce rôle lorsque, le 30 juin 1912, il fera représenter le quatrième acte dans sa maison de Rochefort lors d'une soirée de musique en l'honneur de la princesse Alice de Monaco.

31. Terme péjoratif dans la culture protestante : langage des hommes pieux, au vocabulaire biblique figé. Dans *Le Roman d'un enfant,* Loti reprendra à peu près les mêmes phrases pour évoquer les débuts de la perte de son sentiment religieux (p. 124).

32. Long poème de 1832 sur l'amour et la jalousie dans la pauvreté.

33. *IIᵉ Livre des Rois,* chap. IV, v. 25.

34. La Constitution fut octroyée le 24 décembre 1876. Le 11 décembre les Grandes Puissances (l'Angleterre avait fait entrer sa flotte dans les Détroits le 30 octobre) avaient réuni une conférence à Constantinople pour exiger des plans de réforme. Ceux-ci vont être repoussés par l'Assemblée le 20 janvier 1877. Abd-ul-Hamid renvoie alors l'Assemblée et annule la Constitution.

35. Roxelane, épouse de Soliman II. L'expression remonte au XVIᵉ siècle : un nez à la Roxelane est un nez retroussé, un nez en trompette.

36. Le Grand Vizir qui avait organisé la destitution d'Abd-ul-Aziz et son remplacement par Mourad V.

37. Ministre russe plénipotentiaire à Constantinople.

38. Représentant turc à la Conférence des Grandes Puissances.

39. Strophe 11 et premier vers de la strophe 14 du « Prélude » des *Chants du crépuscule.* En mettant une majuscule à Orient, Loti donne un sens historique, politique, contingent, à un terme qui, chez Hugo, désigne le point cardinal du lever du soleil.

40. Représentant du Royaume-Uni à la Conférence.

41. Gens du commun.

42. Toutes les éditions donnent ici un « Georges » fautif. On voit sur le second manuscrit que Brown était initialement prénommé Georges. La lettre dont il s'agit (chap. XXIV, qui suit) est bien adressée à William Brown.

43. Mahmoud II abolit la milice des Janissaires en 1816 après leur révolte, et en fit massacrer 15 000.

44. Ou plutôt de la Saintonge (cf. *Le Roman d'un enfant,* chapitre 34) ou de l'Algérie (cf. dans le livre de P. Briquet le chapitre sur les éléments du paysage oriental).

45. L'absinthe et l'estaminet n'évoquent pas précisément l'Angleterre...

46. Autre détournement d'un vers de la strophe 14 du « Prélude » : Hugo posait la question en termes d'aube ou de crépuscule.

47. Bouffonnerie (cf. la « facétie » du chap. XXXIV).

48. Loti était un excellent pianiste (cf. l'installation à Péra au chap. I de la seconde partie ; le « Journal intime » donne d'ailleurs : « *re*jouer tout Beethoven »).

49. Rappelons le séjour à l'Ecole de gymnastique de Joinville en 1875 et le numéro d'acrobatie au Cirque Etrusque d'avril 1876 (Voir Chronologie).

50. Pacha à une, deux, trois queues : queues de cheval portées devant les pachas comme marque de leur dignité.

51. Ces tristesses d'enfance, inexpliquées, sont l'un des thèmes majeurs du *Roman d'un enfant* (Chapitres 2, 11, 12, 18, etc.)

52. Aucune trace de Bul*d*wer dans les Catalogues. Il faut sans doute lire BULWER, autrement dit Edward-George Bulwer-Lytton (1803-1878), auteur du fameux *Derniers Jours de Pompéi* (1834) mais aussi de romans et contes fantastiques : *Zanoni* (1844), *The Haunted and the Haunters* (1859), *A Strange Story* (1862), *The Coming Race* (1874).

53. Poète religieux du XIIe siècle.

54. Aucun document iconographique ne vient confirmer la réalité de ce tatouage. Ces deux chapitres font d'ailleurs partie des « additions » du second manuscrit.

55. Voir la description et la photo de cette bague (coll. particulière) avec l'inscription HATICE (prononcé HATIDJE, h aspiré, è ouvert) dans la *Revue Pierre Loti*, janvier-mars 1988 (article de André Grinneiser : « La tombe d'Aziyadé »).

56. Dans le « Journal intime » figurent deux feuillets paginés (par S. Loti-Viaud ?) 243 et 245 (il manquerait donc une partie du texte) avec un texte manuscrit en arabe et la traduction, de l'écriture de Loti :
— 243 : « C'est la saison de la joie et du plaisir : la saison vernale est arrivée
Ne fais pas de prière avec moi, ô Prêtre : cela a son propre temps
— 245 : Qui sait, quand la belle saison finira, lequel de nous sera encore en vie ?
Soyez gais, soyez pleins de joie, car la saison du printemps passe vite, cela ne durera pas
Ecoute le conte du Rossignol : la saison vernale s'approche
Le printemps a déployé un berceau de joie dans chaque bosquet
Où l'amandier répand ses fleurs argentées.
Sois joyeux, lève-toi à la gaieté, car la saison du printemps passe vite, elle ne durera pas. »

57. La menace biblique (*Livre de Daniel*, chap. V) est une expression chère à Loti : par exemple, dans son Journal du 26 mars 1875 (*Un jeune officier pauvre*, p. 113) : « L'image chérie de celle qui m'a abandonné s'efface, je prends mon parti de l'étrange situation qui m'est faite dans ce monde et le sinistre *Mané, Thécel, Pharès !* ne m'effraie plus... »

58. Il s'agit bien sûr du Sénégal et de Joseph Bernard. Dans le « Journal intime », la présence de celui-ci est encore plus grande : on lisait par exemple dans le paragraphe 2 de la lettre de Loti à sa sœur (II, chap. XXIV) les lignes suivantes : « ... *j'ai cruellement souffert ;* il y a un détail sombre de l'histoire de Genève, qui n'est écrit nulle part, que tu ne connaîtras jamais, ni toi ni personne au monde... Mais l'abandon de Joseph a comblé la mesure : le mal qu'il m'a fait, lui-même serait incapable de le comprendre ; je n'ai aimé personne autant que lui, je l'ai aimé avec adoration. Pendant longtemps je rêvais chaque nuit qu'il était mort ; en m'éveillant, je trouvais cette pensée plus triste encore ; son abandon et sa calme ingratitude. Je croyais ne pas pouvoir vivre sans ce frère, — je vis parfaitement, et suis même plus gai que je ne l'ai été ; je crois seulement qu'il m'a emporté mon âme, qu'il me manque quelque chose dans le cœur.

Cela est absolument sans remède parce que je ne l'aime plus ; je le juge froidement et sans colère, je ne ferai jamais un pas pour le revoir. » Dans le J.I. cette lettre est datée du « 18 décembre Stamboul ».

59. Dans le « Journal intime » après *souvenir* :
« Ainsi finit en queue de rat l'histoire d'Ali Nyssim (Arif), de laquelle il n'y a point à déduire de moralité

Allah ! sélamet versen Hakidjé ;
Allah ! sélamet versen Mehmed »

(cf. Troisième partie, chap. XXXIV et LXV).

60. Dans le « Journal intime » après *le rêve est achevé* : « La France est devant nous ; dans ce paisible petit fond de maison là-bas, on m'attend avec bonheur... Moi aussi, je les aime tous, mais qu'il est triste et renfermé ce foyer qui m'attend, qu'il est pâle et fade mon pays, comme la vie y est mesquine et monotone... Je revois ce petit nid, pourtant chéri où s'est passée mon enfance [des mots rayés] la vue bornée par les vieux toits et le lierre. J'étoufferai là-dedans, comme une plante privée de soleil. Le plus pauvre en Orient a son coin de fenêtre qui domine vingt villes, un échaffaudage (*sic*) de tours et de mosquées, une féerie de montagne, de mer bleue et de lumière... »

61. Ce personnage, apparu au chap. XVI de la seconde partie, se nommait Riza-effendi. (J.I.)

62. Ange de la mort dans la religion musulmane.

63. Ces quatre vers forment la première strophe du poème « Les tronçons du serpent » (10 novembre 1828) du recueil *Les Orientales*, qui mêle poèmes politiques et poèmes d'amour (esclaves, harems). La deuxième strophe nous intéresse aussi :

> Car elle avait quinze ans, un sourire ingénu,
> Et m'aimait sans mélange,
> Et quand elle croisait ses bras sur son sein nu,
> On croyait voir un ange !

Le nom d'Albaydé est bien évidemment l'une des sources du nom d'Aziyadé, et sa mort a pu donner à Loti l'idée de faire mourir son héroïne.

64. Ville d'Arménie. La bataille gagnée par les Russes de Loris Melikoff eut lieu au début de 1878. Le 31 janvier, les Turcs signèrent l'armistice d'Andrinople. La guerre russo-turque s'achève le 3 mars par le traité de San Stefano : la Turquie d'Europe est démembrée au profit de la Roumanie et d'un nouvel Etat chrétien, la Bulgarie. Le 2 mars, Loti écrit dans son journal : « Lorient, 2 mars 1878. [...] les nouvelles se succèdent toujours plus terribles : je vois que les Turcs, malgré tant de courage, ont décidément perdu la guerre et je ne sais ce qu'il adviendra d'eux tous » avant de faire le bilan désespéré de sa vie, de ses espoirs et de ses amours (cf. ces pages dans *Un jeune officier pauvre*, p. 204-207).

ANNEXES

I. PLAN DE CONSTANTINOPLE

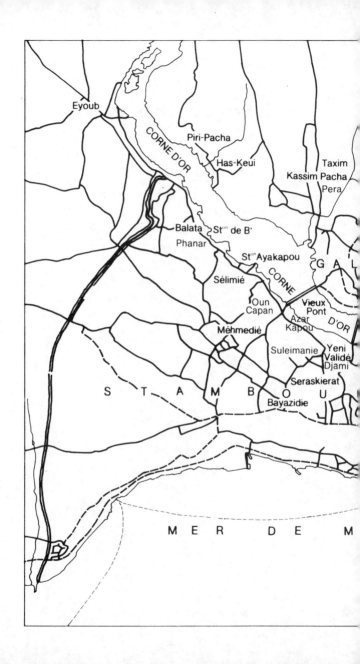

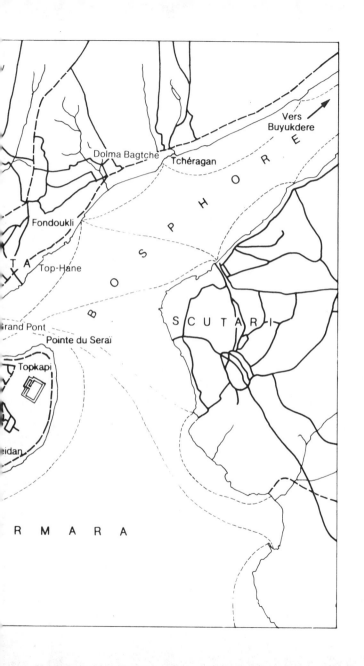

Vers
Buyukdere

Dolma Bagtche   Tchéragan

Fondoukli

Top-Hane

B O S P H O R E

S C U T A R I

rand Pont

Pointe du Serai

Topkapi

eidan

R M A R A

II. LE CHANTIER DE L'ŒUVRE

A. Loti reporter

Depuis ses premiers grands voyages (île de Pâques, Tahiti, Sénégal), Loti a envoyé des dessins à *L'Illustration* et au *Monde illustré,* accompagnés d'articles. Il continue à Salonique et à Constantinople. La plupart de ces scènes se retrouvent, d'une manière ou d'une autre, dans le roman.

Voici un texte du *Monde illustré* du 3 juin 1876 : « Les exécutions à Salonique », à comparer avec le début du roman :

Les exécutions à Salonique

Le jour même de l'arrivée de l'escadre française dans la rade de Salonique, le 16 mai à cinq heures du soir, a eu lieu l'exécution des six premiers condamnés à mort pour le lâche assassinat des consuls de France et d'Allemagne. Il faut reconnaître que les Turcs sont passés maîtres dans ces sortes d'opérations et qu'ils y procèdent avec une admirable simplicité. Voici comment les choses se sont passées : Un carré de troupes s'est formé sur le quai. Au bord de celui-ci, on a planté neuf potences, dont trois sont restées inoccupées. Les condamnés ont été amenés de la frégate amirale turque et ils se sont laissés pendre sans grandes protestations. Plusieurs d'entre eux, avec ce mépris de la mort qui est un trait du caractère musulman, disposaient la corde autour de leur cou.

Puis, pour la plus grande facilité de l'opération, on a apporté des chaises d'un café voisin. On en a placé sous chaque poteau et les condamnés y sont montés philosophiquement. Quand ils eurent la corde serrée autour du cou, les bourreaux, le large cimeterre au côté, ont retiré les chaises et tout a été fini. Les officiers de chaque bâtiment français et un officier allemand assistaient à l'exécution, leurs canots faisant face aux potences. Les autorités turques étaient également présentes et occupaient le balcon de la maison des passeports. Une foule immense encombrait le quai, les débouchés des rues adjacentes, les toits et les terrasses des maisons ; la rade était également couverte de caïques portant de nombreux spectateurs.

Les troupes turques sont restées à leur poste jusqu'au coucher du soleil ; à ce moment, on a détaché les cadavres des suppliciés pour les enterrer. Les officiers turcs ne paraissaient nullement émus par ce spectacle ; assis sur les chaises qui avaient servi à l'exécution, ils fumaient tranquillement leur pipe à l'ombre des pendus.

Nos remerciements sincères à M. Julien V..., qui a bien voulu nous adresser le croquis, d'après nature, de cet acte de réparation.

Autre texte du *Monde illustré* du 17 mars 1877 : « L'Eclipse de lune à Constantinople » à comparer avec les chap. XXVI et XXVII de la 3ᵉ partie du roman :

« Le 17 mars 1877 :

L'Eclipse de lune à Constantinople

Stamboul était en grand émoi dans la nuit du 27 au 28 du mois dernier : la lune, haut perchée dans un ciel sans nuage, offrait aux musulmans le *terrible* spectacle d'une éclipse. Or, les Turcs ont toujours sur ce phénomène les idées les plus singulières. Ils sont dans la ferme croyance qu'il est produit par un dragon qui se jette sur la lune et cherche à la dévorer. Or, ils ont pour cet astre une vénération particulière. Leurs armes ne sont-elles pas composées d'un croissant et d'une étoile ? Ce combat du dragon contre la lune leur offre donc un intérêt tout spécial. Aussi chacun d'eux durant cette nuit-là faisait de son mieux pour venir en aide à l'astre protecteur de la Turquie. Dès que le phénomène se manifesta, les Turcs sortirent en foule dans les rues ou montèrent sur les plates-formes de leurs demeures. L'un tirait des coups de fusil, l'autre déchargeait son revolver ; celui-là faisait retentir les cymbales dont il s'était armé. Les *hodjas* montaient dans les minarets, et leurs voix, plus ou moins harmonieuses, invoquaient le secours d'Allah et de son prophète pour le triomphe de la lune. Les bandes de chiens des rues, effarées par ce mouvement insolite, couraient en aboyant avec fureur. Tel était le spectacle qu'offraient les quartiers turcs durant la nuit du 27 au 28 février.

Au bout de quelques heures de ce vacarme infernal, on vit

la lune, parfaitement rétablie, briller de tout son éclat dans le beau ciel d'Orient, et les acteurs de cette scène extraordinaire rentrèrent chez eux, après force congratulations sur l'efficacité du concours par eux prêté à la lune dans sa lutte contre le dragon.

Pareilles choses ne surprennent pas dans un pays où, sur la liste des dignitaires du palais, à côté du grand eunuque, on voit figurer le grand astrologue.

Voir la gravure correspondante en hors-texte.

Voici, d'autre part, trois lettres de Loti à sa tante Nelly Lieutier (femme de lettres qui l'avait introduit auprès des journaux en question) qui à la fois montrent le côté financier de l'entreprise (un jeune officier *pauvre*...) et donnent la première chronique : « Les exécutions à Salonique » qui « précède » immédiatement le début d'*Aziyadé* (on notera un premier changement de dates) :

Salonique, 17 mai 1876.

Chère Nelly,

Nous avons été conviés hier au soir à assister à la pendaison de plusieurs Turcs ; j'ai pris un croquis de la cérémonie que j'ai expédié par ce même paquebot à M. Hubert. Ce croquis est très barbouillé, mais comme il est fait d'hier, je pense qu'il sera quand même admis ; peut-être même le tarif est-il plus élevé pour les sujets d'actualité.

Je dis à M. Hubert que tu es chargée de lui remettre au plus vite des notes sur ces événements de Salonique ; je vais me dépêcher de les écrire pour qu'elles puissent t'arriver avec cette lettre par le paquebot qui va partir.

JULIEN.

J'ai expédié directement à M. Hubert pour qu'il n'y ait pas de temps perdu à la gravure ; je voudrais que mon nom ne parût pas, ni mon grade ; mais que l'on mît seulement comme autrefois : « D'après le croquis de M. Julien V. »

NOTE JOINTE À LA LETTRE

Salonique, 17 mai.

Une jeune fille grecque de Salonique a l'étrange idée de se faire musulmane ; la colonie grecque s'en émeut jusqu'à l'exaspération ; quelques fanatiques la saisissent dans la rue, lui arrachent son voile turc et son masque ; ils l'enlèvent et elle disparaît.

Le consul américain, Grec d'origine, est accusé par la population mahométane d'avoir causé cet incident ; sa maison est cernée par une foule menaçante.

En même temps, le pacha de Salonique, pour répondre à l'agression des chrétiens, convoque tous les bons musulmans à se réunir, armés, à la grande mosquée.

Ceci se passait le samedi 6 mai ; de toutes parts, on avait répondu à cet appel aux armes et la mosquée était pleine de fidèles, porteurs de poignards, de fusils, de pistolets et de yatagans. C'est à ce moment que les consuls de France et de Prusse s'y présentent, parents tous deux du consul américain, Grecs aussi de naissance. Ils venaient intercéder pour ce dernier auprès du pacha.

Invités à se retirer par le pacha lui-même qui craint pour leur vie, ils font mine de suivre ce conseil ; ils exécutent une fausse sortie et rentrent aussitôt par une autre porte du sanctuaire.

Cette imprudence porte au comble l'excitation de la foule, qui s'empare de leurs personnes politiques et les menace de mort.

« Faites-nous la rendre, leur dit-on (la jeune fille), qu'elle vienne de suite ou vous êtes perdus. »

Les consuls connaissent la retraite forcée de la jeune Grecque ; ils écrivent à leurs amis : « Rendez-la-leur au plus tôt, amenez-la à la mosquée ; il y va de notre vie... »

Mais leur message ne va pas à destination et la prisonnière n'est point rendue. Les deux consuls tombent bientôt, criblés de coups de poignard et leurs cadavres mutilés et dévalisés sont traînés à terre (version qui a cours dans Salonique et dont l'exactitude est impossible à vérifier) [...]

A part que les pavillons sont en berne, signe conventionnel de la mort, on dirait les préparatifs d'une fête. Les salutations entre amiraux sont très longues toujours ; et tout le jour le canon retentit en rade.

Une masse de barques juives et turques circulent, remplies d'une population pittoresque ; le temps est splendide et les rives couvertes de verdure. Salonique est plantée en amphithéâtre sur la montagne hérissée de minarets pointus et de hauts cyprès noirs et dans le lointain vieux mont mythologique, l'antique Olympe, couvert de neige, se dresse dans un ciel pur.

A quatre heures trente, les puissances outragées sont invitées à assister aux premières pendaisons.

*
**

Salonique, 20 mai 1876.

Chère Nelly,

Voici des croquis encore et des notes et une lettre pour M. Hubert. Tout cela vaut de l'argent, je pense, parce que cela est fait hier sur place. Plus tôt cela arrivera et mieux cela vaudra parce que la seule valeur de tout ceci est l'actualité.

Quand tu auras touché l'argent du premier croquis que j'ai expédié directement d'ici à M. Hubert (les pendus), tu pourrais le faire passer à mes chères vieilles de Rochefort. Mais l'argent des croquis ci-joints, tu voudras bien le garder un peu et me dire seulement à combien se montera la somme ; j'ai promis sur ceux-ci « un p. cent » au M. G... duquel je parle à M. Hubert, pour avoir la paix avec lui.

Je voudrais que l'on mît toujours « d'après les croquis de M. Julien V. » et rien au bas des notes. Je t'écrirai par le paquebot prochain. Je t'embrasse, chère Nelly ; je n'oublie pas mon oncle Théophile et je te remercie sincèrement de m'être si indispensable.

JULIEN.

*
**

Une autre lettre à Nelly Lieutier, du 18 juillet 1876, où Loti évoque sa vie intime : on voit ici comment la correspondance prépare le roman (1re p., chap. X) :

Depuis deux mois bientôt, nous sommes ici et il n'est nullement question de départ. Mes habitudes sont prises toujours très vite dans tous les coins de la terre où le hasard me pousse ; je suis déjà Turc aux trois quarts, et ne me souviens plus d'avoir vécu ailleurs. Je prends à ce pays tout ce qu'il y a d'oriental pour me distraire. Je vis et je m'habille comme un bon musulman ; de cette façon, je me prends pour un Turc et cela m'amuse. Chaque soir, dans un vieux quartier solitaire, ton dévoué neveu grimpe mystérieusement dans une maison d'aspect caduc et fantastique... Début de mélodrame. Premier tableau : un vieil appartement obscur, aspect pauvre, avec grand cachet oriental : des narguilés traînent à terre avec des armes... Autour de ton neveu, chère Nelly, s'empressent trois vieilles juives. Elles ont des costumes pittoresques, de longues vestes ornées de paillettes, des catogans de soie verte et des colliers de sequins. Elles se dépêchent de lui enlever ses vêtements d'enseigne et l'habillent à la turque avec une extrême recherche, en s'agenouillant devant lui. Elles mettent dans sa ceinture plusieurs poignards en argent, damasquinés d'or, lui passent une veste dorée et le coiffent d'un tarbouch. Après cela, elles expriment par des gestes qu'il est très beau ainsi, et vont chercher un grand miroir. Ton neveu trouve qu'il n'est pas mal, en effet, et sourit tristement à cette toilette qui pourrait lui être fatale.

Il conserve l'air sombre et mystérieux qui convient à un héros de mélodrame et prend son vol par une porte de derrière.

Le second acte se passe où il peut, dans un vieux cimetière quelquefois, dans une barque le plus souvent. Il y a là-dessous l'amour d'une jeune femme turque, une ivresse des sens et de l'imagination où le cœur n'a rien à voir. Chacun sait ce que sont les farouches surveillances des harems ; je joue, à ce jeu, ma tête, la sienne, la vie de beaucoup d'autres, et une quantité de complications diplomatiques. Ne dis pas que je suis trop égoïste, chère Nelly. J'ai tout calculé. Les consuls ont été payés cinq cent mille francs à leurs familles ; l'on paierait ma tête à ma pauvre mère plus qu'elle ne vaut, et je m'ennuierais tant si je vivais la vie de tout le monde.

Ces lettres ont été publiées dans les *Cahiers Pierre Loti*, N° 55, juin 1970.

B. Personne–personnage : Jousselin–Plumkett

Texte de la lettre adressée par Lucien Jousselin à Julien Viaud, que celui-ci utilise pour en faire le chapitre XVIII de la première partie : (en italiques ce qui est identique) :

3 avril *1876*

Mon cher Viaud,
(le premier paragraphe est identique. Loti coupe le premier paragraphe après « louage » alors que L.J. continuait)

(Loti change « envoyées » en « relues » dans la première phrase du second paragraphe puis coupe un long passage) :

... pas *envoyées*. Mais le moi d'un certain moment est trop bon juge du moi d'une demi-heure avant pour ne pas l'éplucher très sérieusement et lui faire son procès. Ecoutez donc, si vous n'avez rien de mieux à faire, le réquisitoire du moi actuel contre celui qui vous a écrit d'une manière si hyperphysique. Si ma mémoire ne me trompe pas, je commence dans cette lettre par gémir sur mon triste sort. Puis j'accouche du mot enfantillage. Ce mot, pour appeler les choses par leur nom, est une sottise. Je m'en serais bien aperçu si je m'en étais donné la peine. Vous ne le relevez pas, vous êtes réellement bien bon. Puis *des digressions*...

(fin du paragraphe : une autre coupure) :

... est assez *ridicule*. Les formes judiciaires voudraient que je vous fisse entendre le plaidoyer après l'accusation, mais je vous en ferai grâce, d'abord parce qu'il ne vous apprendrait rien que vous ne sachiez déjà, parce que sa lecture vous ennuierait et que sa confection ne m'amuserait pas non plus.

(le deuxième paragraphe de L.J. identique au troisième de Loti, sauf une phrase coupée à la fin) :

... *que vanités* (chez Loti au singulier). Dieu, suis-je assez ridicule, voilà que je cherche à faire de l'érudition !

(paragraphe suivant identique sauf coupure finale) :

... *l'ordre moral* (j'ajoute — et psychique —, afin d'éviter que vous ne confondiez avec le gouvernement de Mr Dusset (mot illis.)

(Loti coupe alors que L.J. poursuit) : « *Les confidences*

(suite identique à part un *là* coupé par Loti dans) : *Si ce ne sont là que des éclairs*

(suite identique jusqu'à l'avant-dernier paragraphe) :

... *et de mon admiration pour entrer* dans les détails positifs de la vie.

J'ai fait vos commissions à Polignac et à Bailly. Ils vous écriront ce qui me dispense de vous répéter ce qu'ils m'ont dit. Toutefois, je ne puis me retenir de vous dire quelques mots sur Polignac. C'est une nature d'une délicatesse exquise et foncièrement bonne. Malheureusement, le malheur l'a bien brisée. Il est fort malade physiquement et moralement, et le contact de ses collègues n'est guère propre à lui faire du bien, bien loin de là. Il est resté trois semaines à l'hôpital dans un état d'indifférence et d'abattement qui est le pire de tous, pour certaines natures. Il va aller prochainement aux eaux d'Amélie-les-Bains. J'espère que ce changement d'air, l'isolement de ses collègues, la vue d'un beau paysage, etc., lui feront du bien. Bailly est assez malheureux en ce moment-ci, aussi je le recommanderai à toute votre indulgence pour ce qui est de vos dessins.

Quant à moi, *je suis bien portant, et en traitement pour ce qui est du moral* (et du psychique). — *Mon traitement consiste à ne plus* lire pour un temps Rolla, Manfred, Werther et autres sublimes insanités du même genre qui me mettent *la cervelle à l'envers*

(la suite identique jusqu'à *sens commun* — sans !)

(puis Loti coupe) :

Bref, je viens de m'abonner à un tas de revues, d'acheter des tas de bouquins sérieux sur lesquels je vais passer mon temps à dormir paisiblement dans ma chambre du Travailleur *. J'ai le bonheur d'être logé en dehors du carré dans un tambour. Vous ai-je dit que j'ai horreur de la promiscuité ? Je me retire dans ce petit trou, et m'y trouve relativement bien. A la mer j'entendrai le bruit de la roue, et avec un peu de bonne volonté, je pourrai me croire dans un moulin et me prendre, l'illusion aidant, pour le Meunier d'Angibault de

---

* Le navire sur lequel est embarqué L.J.

George Sand qui employait ses temps perdus à lire des livres instructifs.

Je m'arrête, vu que je m'aperçois que je recommence à dire des bêtises,

Tout à vous,
Lucien Jousselin

P.S. Merci pour l'appuie-main et les airs Chinois, et mes meilleurs souhaits pour vos amours avec la Fille de Roland *.

---

* (Lettre inédite, Archives familiales.)

C. Daniel et Samuel

La consultation du « Journal Intime 1876-1877* » qui correspond en gros aux quatre premières parties du roman fait apparaître en particulier les passages retranchés qui concernent les rapports avec Daniel, le Samuel du roman — les « passages scabreux » dont parle Jousselin (cf. p. 255). Ils figurent principalement dans la première partie, puisque par la suite Samuel laisse la place à Achmet.

Les passages supprimés sont en caractères romains

Ire Partie

(Suite chap. IX) :

Les premières tentatives que je fis pour m'attacher Daniel n'eurent aucun succès, — résultat tout à fait imprévu —

Nombre de gens pour lesquels je ne prends aucune peine eussent été enchantés d'être traités comme ce garçon. Entouré par moi d'affection et d'égards, il était fort insoumis ; il ne me rendait même que méfiance et étonnement, et tout service concernant la jeune femme aux yeux verts m'était invariablement refusé. (Voir chap. XIII.)

(Fin chap. XIII) :

Mais j'ai vu d'étranges choses la nuit avec ce vagabond, d'étranges convoitises autour de moi-même, — *une prostitution étrange, dans les caves où se consomment jusqu'à complète ivresse le mastic et le raki.* Ainsi vont les choses en Turquie : les femmes sont pour les riches qui en ont plusieurs, — et les pauvres ont les jeunes garçons.

(Chap. XIV) :

Sa main tremblait dans la mienne, et je soulevai sa tête pour

---

* Archives de la famille Loti-Viaud. Certains de ces passages sont inédits, d'autres non (publiés ici et là dans des ouvrages sur Loti).

le voir. Il était toujours étendu : immobile, mais son regard avait une animation étrange, et son corps tremblait :

— « *Che volete, dit-il d'une voix sombre et troublée, che volete mi ? (Que voulez-vous de moi ?)...*

Et puis il me prit dans ses bras, et en me serrant sur sa poitrine il appuya ardemment ses lèvres sur les miennes... Le but était atteint cette fois, et même terriblement dépassé ; j'aurais pu prévoir cette solution, je fus navré de l'avoir si étourdiment amenée. Et je me dégageai de son étreinte sans colère : « Non, lui dis-je, ce n'est pas là ce que je veux de vous, mon pauvre Daniel, vous vous êtes trompé ; dans mon pays ce genre d'amour est réprouvé et interdit. Ne recommencez plus, ou je vous ferai prendre demain par les Zoptiés. Alors il se couvrit la figure de son bras et resta *immobile et tremblant. Mais, depuis cet instant étrange...*

(Fin du chap. XVI) :
Les courses nocturnes dans Salonique avaient surtout un grand charme, parce qu'à cette époque elles étaient dangereuses et interdites.

(Fin chap. XVII) :
... elle nous quitta.

Et quand nous fûmes seuls, Daniel vint s'asseoir près de moi dans la barque ; il m'attira sur sa poitrine et appuya ma tête sur la sienne ; c'est ainsi qu'il restait chaque nuit quelques minutes, immobile et heureux — à force de tendresse, d'humilité, de charme insinuant, de persistance, il avait obtenu de moi cet étrange salaire de son dévouement sans limites.

Je ne me méprenais point sur les sensations physiques inavouées de cet homme, le péché de Sodome fleurit dans cette vieille ville d'Orient où le hasard nous a réunis. Mais je ne sais pas repousser les humbles qui m'aiment, quand il ne m'en coûte rien de leur éviter ce genre de peine, le plus dur de tous — Y a-t-il un Dieu, y a-t-il une morale ? Je l'ignore et je suis impuissant à le découvrir ; dans cette vie qui passe, je prends tout ce que je rencontre d'amour en attendant la mort. Hakidjé pleure parce qu'elle n'a pas d'âme, — mais le même néant nous attend tous, — elle, moi, Daniel, — et ceux-là aussi qu'autrefois j'ai adorés...

— « Assez, Daniel à demain, lui dis-je. Prends tes avirons et ramène-moi à bord »

— « Et avec moi, dit-il, voudrais-tu y venir dans la mer ? » Il m'avait croisé les bras et me serrait si étroitement que, surpris ainsi, je n'avais plus de résistance possible ; en même temps il s'était brusquement jeté d'un bord, et la barque qui

s'inclina dans ce mouvement s'emplit à moitié d'eau verte ;
nous étions si penchés au dehors que le moindre mouvement
nous eût précipités — alors je compris que la question posée
était sérieuse et que j'étais à sa merci.

— « Mon Dieu, tu sais le cas que je fais de ma vie, lui ai-je
dit, fais-en ce que tu voudras, mon pauvre Daniel. Seulement, je sais nager, ne l'oublie pas dans ce que tu vas faire, je
pourrais t'échapper. »

Daniel, les dents serrées, murmura quelque chose d'inin-
telligible en langue turque, et lâcha prise pour retourner à ses
avirons.

Il était deux heures de la nuit, d'une belle nuit étoilée
d'Orient. Je pense que si j'avais réclamé, nous dormirions
ensemble à présent au fond de la baie sur la vase grise...

J'ai vu d'étranges choses dans ma vie, d'étranges sentiments s'agiter autour de moi-même ; j'ai aimé d'étranges
créatures ; j'ai été bien aimé aussi et adoré, en dehors même
de toutes les lois physiques et morales... Je n'ai rien vu de
pareil à ces nuits de Salonique.

(Chap. XXI) :
... les étoiles pâlissaient.

La tête de Daniel endormi était à mes pieds ; cette tête était
d'une beauté antique ; le sommeil lui avait imprimé une
expression tranquille, chaste et sévère. J'oubliai Hakidjé en
pensant à l'étrange lien qui m'unissait à cet homme...
Pourquoi celui-là encore, et suis-je destiné à conserver
toujours ce masque d'extrême jeunesse ?... Ce charme que je
puis exercer sur un homme me plonge dans des pensées
pleines de trouble, de vague inquiétude et d'horreur mystérieuse.

... de hasard.

Daniel ouvrit tout grands ses yeux, il me reçut dans ses
bras avec l'étreinte irréfléchie du réveil et appuya ses lèvres
sur les miennes.

— « C'est toi, dit-il, effendi (mon seigneur), — je t'aime-
E la nigra col el hombre veccho ? — les has ontado en el
mar ? » (Et la négresse avec l'homme vieux ? Tu les as boutés
dans la mer ?)

Et puis ses nerfs se détendirent et ses yeux se refermèrent.
Sans en avoir conscience,...

IIe Partie
(Fin chap. II) :
... ni les mesquineries.

Sur promesse jurée de sa part d'être sage, il est convenu

que je le garderai près de moi ; nous vivrons comme deux amis et ma case sera la sienne.

(Fin chap. VII) :

... *arrivé malheur* ? Reviens, mon cher Daniel, je t'aime, mon ami, mon frère, c'est maintenant que je le sens ; je ne te reverrai jamais sans doute, mais quand je rentre le soir dans ma case déserte, mon cœur se serre parce que tu n'y es plus...

(Chap. XXV) :

Daniel que je ne puis garder près de moi, est de tous celui auquel je tiens le plus ; je ne me fais pas d'illusion cependant sur lui ; c'est un grand enthousiasme d'enfant, dans lequel ses sens aussi jouent leur rôle, si inouï que cela paraisse. Un beau jour tout s'en ira en fumée et je me retrouverai seul.

D. Memet et Achmet

Une « lettre de Memet » (Achmet) (1878 ?) :

Monsieur,

Memeh vous fait beaucoup de salutations son frère de même les paquets qu'il vous a envoyé sont-ils venus quand la chance viendra elle que nous vous verrons à Constantinople quand viendrais vous. Votre animal connus est mort d'après votre pensée voulez que je reste sans employé ici avant que vous veniez à Constantinople je perdrai mon temps donc si vous voulez bien m'envoye un peu d'argent pour que j'en achete un autre si vous ne pouviez pas envoye ce que vous pourrez et je mettrais le reste il y a deux mois que l'animal est mort et que je suis sans employe je sais que quelque fois vous êtes gêné et que mes affaires me les permettrons je vous enverrai moi de l'argent la lettre que je vous écrit ne vous froisse pas lorsque vous viendrez à Constantinople que vous voiez avec un emploiye dans la main c'est pour ça que je vous écrit ce que j'écrit mes yeux cherche à voir venir le mois ou vous viendrai à Constantinople dites le moi d'ici je vous envoye dans qui vous parvienne vite pourquoi vos lettres vienne si tard dans le café aussi vous m'avez dit quelque chose encore je ne l'est point oubli le serment que j'ai fait ne l'oubliez pas moi je ne l'oublie jamais jour et nuit je pense toujours à vous je veux vous voir de mes yeux lorsque je vous ai perdu mon cœur s'est cassé de peine.

> mes salutations les plus humbles
> votre serviteur
> Memet

A comparer à la lettre du chapitre XXIV de la 4ᵉ partie.

III. PLUMKETT : « ÉDITEUR »
ET LECTEUR DU ROMAN

A. Jousselin « éditeur »

Lettre de L. Jousselin à Émile Aucante, 9 mars 1878 :

Monsieur,

Je regrette bien vivement de ne pouvoir me rendre à votre invitation de revoir avec vous le manuscrit d'*Aziyadé*. Vous pouvez m'objecter que je me suis mis à votre disposition. Malheureusement, je ne suis pas libre ; j'ai été rappelé de congé au moment où je m'y attendais le moins et suis actuellement à Toulon en expectative d'embarquement pour je ne sais où.

— Cependant, je prévois assez bien les points sur lesquels vous désireriez vous entendre avec moi pour essayer de vous dire dans cette lettre ce que je ne puis à mon regret vous dire de vive voix.

— Le second manuscrit renferme un certain nombre de passages qui sont d'un réalisme oriental qui brave l'honnêteté, que la censure n'admettra évidemment pas et qui, lors même qu'on les laisserait passer, auraient le très grave inconvénient pour vous de donner à l'œuvre un caractère malsain qui l'empêcherait d'être livrée à un journal et lue par un public honnête. Toutes ces réflexions, je les ai faites à la lecture du premier manuscrit que je ne vous ai remis qu'après l'avoir expurgé en coupant purement et simplement tous les passages scabreux. De plus, j'avais trouvé un grand nombre de défauts de forme que j'avais cherché à corriger de mon mieux. Le style était très monotone parfois, et la pensée presque toujours n'était pas heureusement condensée en un petit nombre de mots. Les expressions parfois manquaient de justesse et dans l'ensemble, il y avait une incohérence que certaines modifications très légères que j'avais faites à ce premier manuscrit avaient pu faire disparaître. Après avoir posé avec vous les bases du marché, j'ai averti Mr Viaud qui m'a alors envoyé son second manuscrit qui renfermait de nouveaux chapitres et d'heureuses modifications aux anciens. Ma première idée fut alors d'intercaler aux places convenables ces nouveaux chapitres qui augmentent beaucoup, je crois, la valeur générale de l'œuvre, de substituer dans le premier manuscrit les passages plus heureusement réussis dans le second et de vous remettre le premier avec les modifications. Après quelques heures de travail, craignant, en voulant trop bien faire d'accoucher du mieux ennemi du bien, j'ai renoncé à cet amalgame et ai pris le parti de vous porter le premier et le second, vous laissant libre de prendre dans le second ce que vous croiriez devoir ajouter au mérite du premier.

— Il y a donc à faire les modifications suivantes :

Aziyadé au lieu de Béhidgé (le nouveau nom est plus joli)

Achmet au lieu d'Ahmed (Je ne sais pas pourquoi, mais cela m'est égal et à vous aussi sans doute)

Le nom de Béhidgé se rencontre dans un chapitre du 2nd manuscrit appliqué à un nouveau personnage de Matrone turque, assez intéressant pour être ajouté au premier (qui a l'avantage d'être expurgé sauf le chapitre du Kaïroullah que j'ai laissé à tous hasards)

— Les lettres de la sœur de Loti sont à ajouter : elles en valent certes la peine : Elles sont imprégnées d'une poésie biblique qui les fera, je crois, goûter du public. Elles ont aussi l'avantage de jeter une note saine au milieu de ce concert discordant de sentiments contraires, presque toujours maladifs dont est animé le héros du roman. Je crois qu'une de ces lettres, celle où la sœur de Loti appelle son frère à cor et à cris, pourrait être mise assez heureusement après la première entrevue de Loti avec le Pacha à qui il demande le temps de la réflexion avant de se décider à se faire Turc — Cette lettre arrive à point nommé pour le décider à s'en aller — Elle a quelque chose de voulu qui a bien un peu l'air d'une ficelle providentielle, mais je crois que le public n'y regardera pas de si près.

Voici une liste de chapitres nouveaux qui sont dans le nouveau manuscrit et pourraient être très heureusement ajoutés au premier (Mon opinion personnelle puisque j'ai voix au chapitre est qu'ils sont charmants)

— La chouette

— Ma mère Béhidgé

— Détails dans l'intérieur d'Omer [?] effendi et dans les harems en général

— Le jeu des pantoufles

- — Acquisition d'un chat
- — Loti se faisant tatouer
- — Rencontre d'Aziyadé dans un caïque sur la Corne d'or
- — La fiction de la fin est mieux soignée dans le second que le premier.

— Enfin l'œuvre pourrait être un peu élaguée par la suppression des lettres des amis de Loti. Je ne vois guère ce que l'ensemble de l'œuvre y perdrait. Et il me semble en revanche que des lettres qui n'étaient pas destinées au public font jusqu'à un certain point tache avec le reste.

———————

Dans le 2ᵉ manuscrit il y a une femme dont l'oubli et la calme indifférence ont dérouté l'imagination du pauvre Loti, Je crois qu'il est à peu près indifférent de laisser ou de supprimer les passages où il est fait mention de la coquette — Marie B*** — Si l'on n'en parle pas, on la suppose. Si on ne la suppose pas, on s'en passe.

Voici Monsieur, tout ce qu'avec la meilleure volonté du monde je puis vous dire sur les deux manuscrits de mon ami.

J'ai conclu le marché en qualité de Collaborateur. J'ai eu l'honneur de vous déclarer de la manière la plus formelle que je n'avais pas collaboré avec Mr Viaud. Je vous écris dans cette lettre en gros caractères.

QU'EN CE QUI ME CONCERNE JE VOUS TIENS QUITTE DE TOUT ENGAGEMENT AVEC MOI ET QUE JE CONSIDÈRE LE MARCHÉ QUE J'AI SIGNÉ COMME N'INTÉRESSANT ABSOLUMENT QUE MR VIAUD — pour toutes les modifications que vous désireriez [manque un mot : apporter] à l'œuvre, ne vous occupez pas de moi. [manque un mot : adressez ?] vous à Mr Viaud dont je vous donne l'adresse.

— Je vous ai donné tous les renseignements qui précèdent simplement pour vous être utile. Je n'ai absolument fait que conclure un marché, comme un simple mandataire, mais je n'ai aucune espèce de volonté à émettre.

Veuillez agréer Monsieur l'assurance de mes
Sentiments distingués
Lucien Jousselin
Enseigne de Vᵉᵃᵘ Toulon —

L'adresse de Mr Viaud est la suivante :
              Monsieur Viaud, Enseigne de Vaisseau
          A bord du Garde Côte le « Tonnerre »
                 Rade de Lorient (Morbihan)
                                          Toulon 9 mars 1878

(Lettre inédite, résumée par J.-Yves Mollier dans la section « Pierre Loti et l'édition » de son ouvrage *L'Argent et les lettres*)

B. Jousselin lecteur de Plumkett

Golfe Juan, 21 janvier 1879.

Mon cher ami,
Je reçois votre volume d'*Aziyadé*. Je laisse tout et le relis tout d'une traite...
Je viens de la dévorer, cette œuvre de vous, dans un état d'âme tout autre que celui de mes précédentes lectures de votre manuscrit. La fin est particulièrement admirable. J'aime bien aussi le milieu. Les lettres de votre sœur feraient aimer la religion pour l'amour de l'apôtre : elles exhalent un parfum biblique qui évoque en moi une griserie très ancienne, une ivresse d'enfance, *ivresse de piété*. Mais je reviens à vous : vous faites, sans le vouloir et sans le savoir, de la bien belle prose rythmée, due peut-être à l'influence biblique ; mais il y a encore dans *Aziyadé* bien d'autres choses, ce qui est de *vous seul*, de *vous unique* : dans le chapitre de la mésange, que je mets au-dessus de tout le reste, comme envolée poétique et comme forme, il y a une note, celle de l'*os rouge*, qui me fait frissonner... Je vous envoie l'hommage de ce frisson... un réflexe, mais aussi un sentiment vrai. Dans le commencement du livre, il y a quelques passages que vous devriez refaire entièrement pour les éditions suivantes. Quant à mes lettres, elles m'inspirent cette réflexion : est-ce bien moi qui ai pu écrire cela ? Leur cherchant un sens, je ne leur en trouve plus guère. Ma première idée, quand j'ai eu, à votre insu, votre manuscrit entre les mains, a été de les supprimer ; mais je n'ai pas osé le faire, craignant, pour diverses raisons, de vous être désagréable. J'augure très bien du succès d'*Aziyadé*.
[...] Tout à vous,
H. Plumkett

Journal intime, 1878-1881 (Calmann-Lévy)

IV. DE STAMBOUL A ROCHEFORT

En 1904 Loti est à nouveau à Constantinople à bord du *Vautour*. Il fait rénover la tombe d'Aziyadé qu'il a retrouvée en très mauvais état, et en profite pour faire faire une copie de la stèle (le turbé) qui se trouve à l'une des extrémités de la tombe. Il installe l'original dans sa cabine comme l'indique ce passage du « Journal intime » :

« Mardi 8 mars (1904) : Hassan apporte à bord le matin, enveloppée et dissimulée, la pierre tombale de ma petite amie... 4 heures du soir... Je fais placer à demeure, dans mon salon, la pierre tombale de Hadidjè. »

Le 30 mars 1905 Loti quitte la Turquie avec cette stèle qu'il fait installer dans la « Mosquée » de sa maison de Rochefort. Voici la traduction de l'épitaphe inscrite (en caractères arabes) sur cette stèle :

Hélas, depuis la mort,
Dans cette tombe solitaire, gît un corps (jadis) plein de charme,
(dont) les regards (mêmes) n'osaient offenser la délicate beauté
La mort hélas a fané sa grâce dès la tendre jeunesse !
Allah n'a pas jugé bon qu'elle reste sur terre : il l'a prise près de lui
Pour l'âme de Hatidjè Hanum
Fille d'Abdullah Efendi le Caucasien,
En satisfaction d'Allah — qu'il soit exalté ! —
(dites) la Fâtiha *
L'an 1297 **
19 de zilkadè.

    * Fâtiha : première sourate du Coran : louange à Allah en faveur des morts.
    ** 1297 : année arabe à partir de l'hégire (en 622) ; zilkadè : 11ᵉ mois de l'année. Le 19 de Zilkadè 1297 tomba donc le 23 octobre 1880.

Voir l'article de André Grinneiser, « La tombe d'Aziyadé ».
Voir aussi *Les Désenchantées*.

BIBLIOGRAPHIE

I. *Ouvrages généraux :*

BLANCH, Lesley : *Pierre Loti*, Seghers, 1986 (biographie).
BUISINE, Alain : *Tombeau de Loti*, aux Amateurs du livre,
1988 (à ce jour l'essai le plus complet sur l'œuvre de Loti).
FARRÈRE, Claude : *Loti*, Flammarion, 1930 (souvenirs
d'un ami et contemporain).
FARRÈRE, Claude : *Cent dessins de Pierre Loti commentés
par*, Tours, Arrault, 1948.
GENET, Christian : *Pierre Loti l'enchanteur*, chez l'auteur,
17260 Gémozac, 1988 (copieuse iconographie).
LAINOVIC, Risto : *Les thèmes romantiques dans l'œuvre de
Pierre Loti*, thèse doctorat d'université, Paris III, 1977 (étude
utile).
LE TARGAT, François : *A la recherche de Pierre Loti*,
Seghers, 1974 (biographie).
QUELLA-VILLÉGER, Alain : *Pierre Loti l'incompris*, Presses
de la Renaissance, 1986 (biographie et essai insistant sur le
rôle politique de Loti).
ROBERT, Louis de : *De Loti à Proust*, Souvenirs et
confidences, Flammarion, 1928.
VALENCE, Odette, et PIERRE-LOTI VIAUD, Samuel : *La
Famille de Pierre Loti*, Calmann-Lévy, 1940 (livre de souve-
nirs réunis par une amie et par le fils de Loti).

Une biobliographie très complète des livres et articles
consacrés à Loti et à son œuvre se trouve dans l'ouvrage de
A. Quella-Villéger.
On consultera, par ailleurs, la collection des *Cahiers Pierre
Loti*, publiés de 1952 à 1979. Ainsi que la *Revue Pierre Loti*,
1980-1988.

II. *Sur* Aziyadé

Articles ou parties d'ouvrages :

Barthes, Roland : Préface à *Aziyadé*, in *Nouveaux Essais critiques*, Seuil, 1972 (le retour de la critique contemporaine à Loti).

Bird, C. Wesley : *Pierre Loti, correspondant et dessinateur, 1872-1889*, Impressions P. André, 1948.

Brahimi, Denise : *Exotisme et création*, L'Hermès, 1985.

Briquet, Pierre : *Pierre Loti et l'Orient*, La Baconnière, Neuchâtel, 1945.

El Nouty, Hassan : *Le Proche-Orient dans la littérature française*, Nizet, 1958.

Gaubert, Alain : « Aziyadé est-elle en Asie ? », *Revue Pierre Loti*, N° 13, janvier-mars 1983.

Grinneiser, André : « La tombe d'Aziyadé », *Revue Pierre Loti*, N° 33, janvier-mars 1988.

Fiorentino, Francesco : « Sogno esotico e racconto onirico : *Aziyadé* », *Rivista di letterature moderne e comparate*, Firenze, janvier-mars 1983.

Hacioglu, Necdet : *La Turquie vue par Pierre Loti*, thèse 3ᵉ cycle, Poitiers.

Laplaud, Fernand : « Un collaborateur de Pierre Loti L. Jousselin (H. Plumkett) », *La Revue Maritime*, N° 46, février 1950.

Mollier, Jean-Yves, *L'Argent et les lettres*, Fayard, 1988.

Quella-Villéger, Alain :
— « La stèle d'Aziyadé », *Revue Pierre Loti*, N° 2, avril-juin 1980.
— « Exotisme et politique : Istanbul, de Pierre Loti à Claude Farrère », Actes du Colloque « *L'exotisme* », *Cahiers du C.R.L.H.*, N° 5, 1988.
— « Aziyadé, femme de papier ? » postface à P. Loti, *Fantôme d'Orient*, éd. Pardès, Puiseaux, 1989.

Szyliowicz, Irène : « Exotisme et érotisme dans *Aziyadé* », *Revue Pierre Loti*, N° 26, avril-juin 1986.

Dans ses numéros 2 à 4, la *Revue Pierre Loti* a publié le « Journal intime » inédit consacré au séjour à Eyoub.

CHRONOLOGIE

Nous avons donné, proportionnellement, davantage de renseignements sur les premières années de la vie de Julien et sur le début de la carrière de Pierre Loti. Pour ne pas surcharger cette chronologie, nous donnons à part la liste des œuvres complètes de Loti (empruntée à l'ouvrage de A. Quella-Villéger, *Pierre Loti l'incompris*).

1850 : Le 14 janvier, naissance à Rochefort de Louis-Marie-Julien Viaud, troisième enfant de Nadine (Texier) et de Jean-Théodore Viaud, secrétaire en chef à la mairie (puis receveur municipal).

1854 : A Saint-Pierre-d'Oléron, vente de la maison de famille des Texier (que Loti rachètera en 1899).

1858 : Août-septembre : séjour à Oléron à La Brée avec Marie (amourette avec Véronique).

Décembre : mort de la grand-mère Viaud ; départ du frère aîné, Gustave, chirurgien de marine, pour la Polynésie.

1859 : Julien est élève pour une année (en septième) de l'institution protestante Bernard-Palissy.

1861 : Vacances d'été avec Marie, sa sœur, à Bretenoux (Lot), chez un oncle, Pierre Bon. Ils y retourneront en 1862 et 1863.

1862 : De septembre à décembre séjour de Gustave à Rochefort.

Octobre : entrée de Julien au collège.

1863 : Septembre : Julien écrit à Gustave qu'il a pris la décision de devenir marin.

Fiançailles de Marie avec son cousin Armand Bon.

1864 : Août : mariage de Marie et d'Armand. Ils s'installent à Saint-Porchaire, au sud de Rochefort. Leur fille, Ninette, tiendra une grande place dans les affections de son oncle.

1865 : 10 mars : mort de Gustave (maladies tropicales) à bord de l'*Alphée*, dans l'océan Indien.

12 juin : mort de Lucette Duplais, grande amie d'enfance, à son retour de Guyane.

1866 : A Saint-Porchaire, Julien est initié « au grand mystère de la vie » par une Gitane un peu plus âgée que lui.

Septembre : les Viaud, qui connaissent des difficultés financières, sont obligés de louer une partie de la maison familiale, après avoir supprimé les leçons de piano et d'équitation de Julien.

Jean-Théodore, le père, est accusé de vol par la mairie. Il passe quelques jours en prison. Il sera acquitté en février 1868.

9 octobre : départ de Julien pour Paris afin de préparer au lycée Napoléon (Henri-IV) le concours d'entrée à l'École navale. Il loge, rue de l'Estrapade, dans une pension tenue par Aimé Bon, frère d'Armand.

Novembre : Julien commence à rédiger son Journal intime, qu'il tiendra à peu près régulièrement jusqu'en 1918 (et qu'il expurgera dans les dernières années de sa vie).

1867 : 12 juillet : Julien passe le concours d'entrée à Navale ; reçu 40e sur 60.

Octobre : Julien arrive à Brest sur le *Borda*, navire-école de la Marine nationale. Nombreux séjours à l'hôpital durant ses années d'école ; vacances d'été à Rochefort.

1868 : Février : mort de la grand-mère Texier.

Août : première sortie de Julien en mer, sur le *Bougainville* (depuis Cherbourg).

1869 : Octobre : embarquement sur le *Jean-Bart* (jusqu'en août 1870).

Campagne d'instruction en Méditerranée, Brésil, États-Unis, Canada.

Amitié avec Joseph Bernard (le « John » du *Mariage de Loti*) qui l'aide à essayer de sauver la maison familiale de plus en plus menacée.

1870 : 8 juin : mort de Jean-Théodore Viaud.

8 août : embarquement sur le *Decrès* (jusqu'au 15 mars 1871).

Guerre en Manche, mer du Nord, Baltique.

1871 : Henry Duplais, le frère de Lucette, conseille à Julien, majeur, de racheter la maison familiale. Julien ne sera libéré de ses dettes qu'en 1880.

Mars : embarquement sur le *Vaudreuil* (avec J. Bernard) : Amérique latine, détroit de Magellan. A Valparaiso, en novembre, embarquement sur la *Flore* : île de Pâques, Tahiti (janvier-mars 1872), San Francisco, Montevideo, Rio. Julien envoie des dessins de l'île de Pâques et de Tahiti à *L'Illustration*. A Tahiti, il visite la case de son frère Gustave, retrouve la femme que celui-ci avait aimée. Lui-même reçoit le prénom de « Loti » (ou Rôti : rose ? laurier-rose ?).

1873 : à Rochefort pour quelques mois.

Juin : nommé enseigne de vaisseau.

Septembre : embarquement (avec J. Bernard) sur le *Pétrel* : campagne du Sénégal (encore des dessins pour *L'Illustration*). A Saint-Louis, passion malheureuse pour une femme mariée ; Julien est transféré sur *L'Espadon* à Dakar.

1874 : Octobre : voyage à Genève pour revoir la femme de Saint-Louis du Sénégal et son fils présumé. Échec. En 1882, Julien renoncera à tout droit sur ce fils.

1875 : Mise en congé. Stage de six mois à l'École de gymnastique de Joinville. Fin de l'amitié avec J. Bernard.

1876 : Avril : numéro d'acrobatie au Cirque Étrusque à Toulon, où Loti est stationné depuis le 17 février sur la *Couronne*.

Mai : départ pour le Levant via Athènes. A Salonique du 16 mai à la fin de juillet. Il y rencontre Hakidjé (Aziyadé). Envoie dessins et articles au *Monde illustré*.

1er août : départ pour Constantinople. Loti embarque sur le *Gladiateur*, navire stationnaire de l'Ambassade de France à Constantinople. Hakidjé le rejoint le 4 décembre. Quand il n'est pas à bord, Loti s'est installé à Pera, puis à Hadjikeuï.

1877 : Janvier-mars : toujours à Constantinople ; Loti s'est installé dans le vieux quartier musulman d'Eyoub.

17 mars : le *Gladiateur* quitte Constantinople.

8 mai : retour à Toulon ; puis Rochefort, Lorient, et Brest, embarquement sur le *Tonnerre*. A Brest, il retrouve le matelot Pierre Le Cor (héros de *Mon frère Yves*) ; découverte de la Bretagne.

1878 : Sur la *Moselle,* côtes bretonnes.

Février : séjour à la Trappe de Bricquebec (il en fera un second en 1879).

A Paris, il fréquente Sarah Bernhardt (qu'il connaît sans doute depuis 1875).

1879 : 20 janvier : publication d'*Aziyadé*, sans nom d'auteur (« extrait des notes et lettres d'un lieutenant de la Marine anglaise […] mort le 27 octobre 1877 ») chez Calmann Lévy, qui publiera tous ses livres, à une ou deux exceptions près.

Service à la caserne Saint-Maurice à Rochefort.

1880 : Sur le *Friedland* en Méditerranée (Algérie, Adriatique) ; reportages au *Monde illustré*, signés Pierre Loti.

Mars : publication de *Le Mariage de Loti — Rarahu,* par « l'auteur d'*Aziyadé* ». Le roman est d'abord paru en feuilleton dans *La Nouvelle Revue* de Juliette Adam qui devient la protectrice littéraire de Loti.

Amitié avec A. Daudet.

1881 : Février : nommé lieutenant de vaisseau.

Septembre : *Le Roman d'un spahi,* signé Pierre Loti.

1882 : Rencontre à Brest d'une jeune femme bretonne, « l'Islandaise », qu'il tentera d'épouser, sans succès.

Novembre : *Fleurs d'ennui* (en collaboration avec « Plumkett », pseudonyme de Lucien Jousselin qui a contribué à la publication des premiers romans).

1883 : De mai à décembre : sur *L'Atalante,* campagne du Tonkin. Loti publie trois articles dans *Le Figaro* pour dénoncer les massacres du corps expéditionnaire. Scandale. Il est rappelé en métropole et affecté au bureau du port à Rochefort.

Octobre : *Mon frère Yves.*

1885 : nouvel embarquement pour l'Extrême-Orient sur le *Mytho* puis la *Triomphante*.

Juillet : séjour à Nagasaki.

1886 : *Pêcheur d'Islande.*

21 octobre : mariage avec Blanche Franc de Ferrière.

1887 : Septembre-octobre : congé, voyage en Roumanie (auprès de la reine Élisabeth, sa traductrice sous le nom de Carmen Sylva) et à Constantinople où il apprend la mort d'Hakidjé et de Memet (Achmet), et visite les cimetières où ils sont inhumés.

Novembre : *Madame Chrysanthème.*

1889 : 17 mars : naissance de son fils Samuel (en 1887, Blanche avait fait une fausse couche).

Avril-mai : en mission officielle au Maroc.

1890 : Avril-mai : nouveau séjour à Bucarest et à Constantinople.

Mai : *Le Roman d'un enfant.*

1891 : Mai : élection à l'Académie française à sa seconde tentative.

Il est alors en Méditerranée sur le *Formidable.*

1892 : 7 avril : réception à l'Académie. Son discours est un pamphlet contre le naturalisme. Zola, à son insu, assiste à la séance.

Décembre : affecté à Hendaye.

1893 : Rencontre de Crucita, jeune Basque espagnole, que Loti installe à Rochefort le 1er septembre 1894. Il aura d'elle trois enfants, Raymond, Edmond et Léo.

1894 : Février-mai : voyage privé en Terre Sainte (Jérusalem, Arabie, Damas, Baalbek, Turquie).

Installation dans la maison d'Hendaye (« Bakhar-Etchea ») qu'il achètera en 1904.

1896 : 10 novembre : mort de Nadine Viaud, la mère de Loti.

1898 : Mis à la retraite d'office. Il obtient d'être réintégré en 1900 et promu capitaine de frégate.

1899 : Novembre : pour le ministère des Affaires étrangères, voyage en Inde et en Perse (jusqu'en juin 1900).

1900 : Sur le *Redoutable* : campagne d'Extrême-Orient, révolte des Boxers en Chine.

1901 : Novembre-décembre : pèlerinage aux ruines d'Angkor.

1902 : Au retour de Chine, Loti installe une salle chinoise dans la maison de Rochefort qu'il a commencé à transformer en 1877, y aménageant successivement une salle turque, une chambre arabe, une pagode japonaise (disparue depuis), une immense salle gothique (en 1895, il achète une maison mitoyenne, puis une autre en 1897), des salons Louis XV et Louis XVI, une salle à manger Renaissance, une chambre des momies, la mosquée. Il y donne des fêtes célèbres (dîner Louis XI, fête arabe, représentation de *Salammbô*, du 4ᵉ acte des *Huguenots* de Meyerbeer, etc.).

1903-4 : A Constantinople sur le *Vautour*. Il y rencontre trois femmes (dont une Française « Marc Hélys ») : victime d'une mystification qui conduira à l'écriture des *Désenchantées* (1906), livre sur la condition de la femme turque. Il profite d'une remise en état de la tombe d'Aziyadé pour faire faire une copie de la stèle qu'il place au cimetière — et emporte l'original qu'il installera en 1905 dans la mosquée de sa maison de Rochefort.

1905-6 : A Rochefort, commandant du Dépôt.

Août : nommé capitaine de vaisseau.

1907 : Janvier-mai : voyage privé en Égypte et en Arabie.

Août : mis en résidence conditionnelle jusqu'à sa retraite.

1909 : Voyage officiel à Londres.

Sa femme se retire en Dordogne (elle mourra en 1940).

1910 : 14 janvier : mis à la retraite après quarante-deux ans de service dont douze ans à la mer.

Août-octobre : voyage à Constantinople.

1912 : Septembre-octobre : voyage aux États-Unis.

1913 : 25 avril : gala Pierre Loti en hommage à l'écrivain.

Août-septembre : voyage en Turquie.

1914 : Loti veut reprendre du service.

Septembre : agent de liaison de Gallieni.

1915 : A l'état-major des armées de Champagne.

Négociations avec la Turquie.

1916 : Pétain refuse de le laisser venir à Verdun.

A l'état-major des armées de l'Est.

1917 : 29 juin : baptême de l'air sur le front.

Mission en Italie.

1918 : Démobilisé puis réintégré.

1er juin : départ définitif de l'armée. Citation à l'ordre de l'armée.

Août : il abandonne la rédaction du Journal intime qu'il tenait depuis plus de cinquante ans.

1919 : Nouvelles actions en faveur de la Turquie et de Mustapha Kemal.

1921 : Première attaque de paralysie.

1923 : 10 juin : Loti meurt à Hendaye, qu'il a voulu revoir.

12 juin : funérailles nationales à Rochefort. Il est enterré dans le jardin de la maison de Saint-Pierre-d'Oléron.

La maison natale de Pierre Loti à Rochefort est devenue un musée. Cette maison est peut-être l'œuvre la plus originale de Loti, celle où se traduisent le plus clairement ses goûts et ses fantasmes. S'y juxtaposent et s'y imbriquent une maison bourgeoise traditionnelle et des reconstitutions médiévale et orientale. S'y exposent les souvenirs des voyages comme les reliques de l'enfance.

CHRONOLOGIE DE L'ŒUVRE

Il s'agit des œuvres publiées en volume par Pierre Loti de son vivant et, sauf mention contraire, chez son éditeur Calmann-Lévy. La date ici mentionnée est celle de la mise en vente en librairie.

janvier	1879	*Aziyadé — Stamboul 1876-1877* (ano-nyme).
mars	1880	*Le Mariage de Loti — Rarahu* (« par l'auteur d'Aziyadé »).
septembre	1881	*Le Roman d'un spahi.*
novembre	1882	*Fleurs d'ennui — Pasquala Ivanovitch — Voyage au Monténégro — Suleïma.*
octobre	1883	*Mon frère Yves.*
octobre	1884	*Les Trois Dames de la Kasbah* (1re édition séparée).
juin	1886	*Pêcheur d'Islande.*
juin	1887	*Propos d'exil.*
novembre	1887	*Madame Chrysanthème* (éd. du *Figaro* datée 1888. En mars 1893 chez Cal-mann-Lévy).
mars	1889	*Japoneries d'automne.*
janvier	1890	*Au Maroc.*
mai	1890	*Le Roman d'un enfant.*
juillet	1891	*Le Livre de la Pitié et de la Mort.*
novembre	1891	*L'Œuvre de Pen-Bron, près Le Croisic* (brochure de 14 p., Tours, Mame, paru dans le volume précédent).

février	1892	*Fantôme d'Orient.*
mars	1892	*Constantinople* (Paris, Hachette, « Les capitales du monde » ; livraison IV, repris dans *L'Exilée*).
avril	1892	*Matelot* (A. Lemerre éd., chez Calmann-Lévy en avril 1898).
avril	1892	*Discours de réception à l'Académie française* (Firmin-Didot, puis Calmann-Lévy).
février	1893	*Une exilée* (Lyon, Soc. des Amis des Livres. Chez Calmann-Lévy en mai 1893, sous le titre *L'Exilée*).
février	1893	*Pêcheur d'Islande* (adaptation théâtrale, en collaboration avec Louis Tiercelin).
septembre	1893	*La Grotte d'Isturitz* (tiré à part du *Bull. de la Soc. des Sciences et des Arts de Bayonne*, réimprimé dans *Figures et choses qui passaient*).
janvier	1895	*Le Désert.*
mars	1895	*Jérusalem.*
octobre	1895	*La Galilée* (daté 1896).
avril	1897	*Ramuntcho.*
novembre	1897	*Figures et choses qui passaient* (daté 1898).
mars	1898	*L'Ile du rêve*, en collaboration avec André Alexandre et Georges Hartmann.
novembre	1898	*Judith Renaudin* (théâtre).
novembre	1898	*Rapport sur les prix de vertu* (Firmin-Didot puis Calmann-Lévy) repris sous le titre « Ceux devant qui il faudrait plier le genou » dans *Le Château de la Belle-au-Bois-dormant*).
décembre	1898	*La Chanson des vieux époux* (Lib. Conquet-Carteret, daté 1899 ; tiré du *Livre de la Pitié et de la Mort*).
mai	1899	*Reflets sur la sombre route.*
février	1902	*Les Derniers Jours de Pékin.*
mars	1903	*L'Inde (sans les Anglais).*
mars	1904	*Vers Ispahan.*
novembre	1904	*Le Roi Lear*, de Shakespeare (traduction en collaboration avec Émile Vedel).
avril	1905	*La Troisième Jeunesse de Madame Prune.*

juillet	1906	*Les Désenchantées.*
avril	1908	*Ramuntcho* (théâtre).
janvier	1909	*La Mort de Philae.*
décembre	1909	*Discours à l'Académie pour la réception de Jean Aicard* (Firmin-Didot puis Calmann-Lévy).
mai	1910	*Le Château de la Belle-au-bois-dormant.*
juin	1911	*La Fille du ciel* (théâtre, en collaboration avec Judith Gautier).
février	1912	*Un pèlerin d'Angkor.*
janvier	1913	*Turquie agonisante* (plusieurs éditions revues et augmentées la même année).
juillet	1915	*La Grande Barbarie (fragments)* (repris dans *La Hyène enragée).*
octobre	1915	*A Soissons* (Firmin-Didot, repris dans *La Hyène enragée).*
juillet	1916	*La Hyène enragée.*
mars	1917	*Quelques aspects du vertige mondial* (Flammarion, chez Calmann-Lévy en mai 1928).
juillet	1917	*L'Outrage des barbares* (impr. Malherbe, Paris, repris dans *L'Horreur allemande).*
juin	1918	*Court intermède de charme au milieu de l'horreur* (Paris, impr. Renouard, extrait de *Revue des Deux Mondes,* repris dans *L'Horreur allemande).*
août	1918	*L'Horreur allemande.*
janvier	1919	*Les Massacres d'Arménie.*
janvier	1919	*Les alliés qu'il nous faudrait* (brochure à compte d'auteur, Bayonne, A. Foltzer, augmentée chez Calmann-Lévy en nov.).
juillet	1919	*Mon premier grand chagrin* (Champion, réimprimé dans le volume suivant).
décembre	1919	*Prime jeunesse.*
septembre	1920	*La Mort de notre chère France en Orient.*
septembre	1921	*Suprêmes visions d'Orient* (en collaboration avec son fils Samuel Viaud).

Posthumes :

juillet	1923	*Un jeune officier pauvre* (en collaboration avec son fils : fragments de journal intime, 1870-1878).

| juillet | 1925 | *Journal intime — 1878-1881* (publié par son fils Samuel Viaud). |
| janvier | 1929 | *Journal intime — 1882-1885* (publié par son fils Samuel Viaud). |

TABLE

DERNIÈRES PARUTIONS

GF Flammarion

02/09/97130-IX-2002 – Impr. MAURY Eurolivres, 45300 Manchecourt.
N° d'édition FG055008. – Octobre 1989. – Printed in France.